關於我轉生變成史萊姆這檔事 7

Regarding Reincarnated to Slime

朱拉·坦派斯特

魔國聯邦

八星魔王「新星」
利姆路·坦派斯特
Rimuru Tempest

「暴風龍」
維爾德拉·坦派斯特
Veldora Tempest

「巫女姬」
朱菜
Shuna

「大將軍」
紅丸
Benimaru

「師範」
白老
Hakurou

「密探」
蒼影
Souei

黑嵐星狼「寵物」
蘭加
Ranga

「狼鬼兵部隊長」
哥布達
Gobuta

「第二祕書」
迪亞布羅
Diablo

「第一祕書」
紫苑
Shion

神聖法皇國魯貝利歐斯

十大聖人　聖騎士團長
坂口日向
Hinata Sakaguchi

十大聖人「光」之貴公子
雷納德・傑斯塔
Renado Jiesuta

十大聖人「空」
阿爾諾・鮑曼
Aruno Bauman

十大聖人「地」
巴卡斯
Bakkasu

十大聖人「水」
莉緹絲
Riteisu

十大聖人「火」
蓋羅多
Gyarudo

十大聖人「風」
夫利茲
Furittsu

十大聖人「三武仙」蒼穹
薩雷
Sare

十大聖人「三武仙」巨岩
格萊哥利
Guregori

十大聖人「三武仙」荒海
古蓮妲
Gurenda

神
魯米納斯
Ruminasu

日向唯一的主子，
魯米納斯教的至高神。

七曜大師

每名成員都是仙人級高手中的高手，還負責培訓勇者，是傳說級人物。西方聖教會的最高顧問。

目錄 — 聖魔對立篇

序章

魔人們的追悼

Regarding Reincarnated to Slime

克雷曼死了。

拉普拉斯帶來噩耗，在他面前，在場眾人皆沉默不語。

「不可能！這不是真的！」

有人激聲嚷嚷，是福特曼。

可是，沒有人隨他吼叫。

拉普拉斯平常總是吊兒郎當，不會輕易展露真實的一面。但現在卻沒端出往常的戲謔態度，看起來真的很沮喪。由此可知克雷曼真的死了，眾人皆有所體認。

「——昨晚在魔王盛宴之夜，克雷曼跟我的聯繫突然斷了。他形同我的骨肉，卻無法跟他取得聯繫。這表示那傢伙真的死了……教我怎麼接受。拉普拉斯，雖然已經收到你的報告，但現在的我還是難以相信那孩子真的死了，真的不敢置信……」

這時，卡札利姆沉重地如此說道。

蒂亞開始啜泣。

「是我失策。小看那幫魔王。應該更小心蒐集情報，再採取行動才對。」

另一人悔恨地說著，是黑髮少年。

十大魔王——他們立於該世界的頂點。儘管地位相當，實力上仍免不了有優劣之分。

克雷曼成功用支配咒控制蜜莉姆，讓他忽略這點。

不，不只如此——甚至讓人天真地以為甚至能支配其他魔王。

「真要說起來，提案人是窩。萬萬沒想到事情會變成這樣，但現在說這些都太遲了。」

像要將沉重的氣氛一掃而空，拉普拉斯用戲謔的口吻說道：

「再說這次的事都怪克雷曼太笨。窩都警告他要小心了，那傢伙得意忘形才會把事情搞砸啦。」

拉普拉斯繼續拿話譏笑克雷曼，福特曼則出面指責。

「拉普拉斯！用不著說成這樣吧！」

「這是事實啊。那麼弱還自我感覺良好，所以他才會死翹翹啦。」

「拉普拉斯——！」

福特曼義憤填膺，出手痛毆拉普拉斯。

拉普拉斯不打算避開，這拳用力打在他的臉頰上。不過，僅止於此。拉普拉斯當場穩住下盤，朝福特曼狠瞪回去。

「怎樣，想打架嗎，福特曼？好啊，窩當你的對手！」

他語氣輕浮，臉上掛著不屑的笑容，出言挑釁福特曼。希望對方把怒氣全往他身上倒。

然而卡札利姆早就看穿他的想法。

「住手，你們兩個！大家都很難過啊。」

他放聲一喝，制止兩人。

「對啊。拉普拉斯，一個人扮黑臉，這不像你喔！既然要扮，應該讓給我這個僱用你們的僱主吧。」

少年接著說出這段話，這下福特曼總算知道拉普拉斯是故意那麼說的。

「原來是這樣——對不起喔，拉普拉斯。」

「……沒關係。不過會長跟老大真素壞心眼耶。窩好不容易假扮成黑臉，用不著掀窩的底嘛。」

拉普拉斯摩娑臉頰，嘴裡碎碎念。樣子非常滑稽，讓現場氣氛稍微輕鬆些。

魔人們振作起來，開始商議今後的方針。

一直哀聲嘆氣，也不能慰死者克雷曼的在天之靈——由於卡札利姆用這句話讓大家轉換心情，所以會談前所未有地認真。

「——不曉得那邊發生什麼事。可是根據魔王瓦倫泰所說，克雷曼的確死了。至於是誰殺了那孩子，目前還不清楚——」

「要素窩有問出來就好了……」

「不。就算只有你一人平安歸來也很值得慶幸了。」

「那素窩運氣好。那天剛好是新月日，魔王瓦倫泰素吸血鬼族，力量正好大幅減少。地點還素聖教會，充滿神聖氣息，窩的攻擊才勉強管用……」

大夥兒都沒有質疑拉普拉斯的說詞。

他們認為拉普拉斯能打贏和遠古魔王卡札利姆勢均力敵的魔王瓦倫泰——背後有各式各樣的因素層層交織。

不僅如此，拉普拉斯還是僅次於卡札利姆的實力派戰將。中庸小丑幫副會長的位子並不是用來擺好看的，他有那個實力。

因此大家都不疑有他，接受拉普拉斯越級打王的勝果。

沒人發現他的報告藏了謊言，會議繼續進行下去。

「不過，事情變棘手了。」

「算是吧。交給克雷曼的據點、軍隊、財寶，這些都飛了。損失慘重。」

聽卡札利姆這麼說，少年頷首道。

對話內容令人擔憂，蒂亞拋出疑問。

「咦，什麼意思？就算克雷曼真的被眾魔王殺掉，大本營也不會有事吧？」

「克雷曼的軍隊確實被人滅了，但還能捲土重來啊？根據地那邊還有那個瘋狂的聖人阿德曼。那個死靈之王很強，跟我們實力相當。再說就算死靈龍沒到暴風大妖渦等級，依然具威脅性。會長下的咒術也還沒失效吧？」

先是蒂亞，緊接在後的福特曼也吃驚地追問，少年和卡札利姆面面相覷。接著苦澀地應聲。

「今天找你們來，就是要談這個。」

「我把據點交到克雷曼手裡，昨晚淪陷了。令人不敢置信的是，那隻史萊姆只派少許部下過去。」

「你說什麼？」

「不會吧！」

「怎麼可能！也就是說在那一戰看到的魔人，不是那個魔人利姆路旗下所有的戰力——不，等等，先暫停一下，這麼說來那顆水晶球——」

經卡札利姆說明後，拉普拉斯和蒂亞發出驚呼。福特曼則抬起臉龐，似乎想起什麼。

看福特曼抬頭，少年點頭回應。

「沒錯。拉普拉斯錄下的那些影像，裡面照到幾個鬼人吧？最好心裡有底，知道他們各個都有相當於特A級的戰鬥能力會比較妥當喔！」

聽到這種話，就連福特曼都啞口無言。

「——真的假的？」

蒂亞喃喃自語，無人回應她。

「至少名叫利姆路的史萊姆沒參加那場戰役。推敲起來，他可能計劃拿那場戰役當誘餌，直搗根據地。如果是那隻史萊姆，突破我引以為豪的防禦網也沒什麼好奇怪。」

經卡札利姆點明，在場眾人總算了解事情有多嚴重。

這時少年開口：

「所以說，今後該怎麼走，我打算重新擬定計畫。」

他表示眼下失去大半戰力，應暫時凍結所有的作戰行動。再說光是克雷曼死去一事，就在眾人心裡留下極大的傷痕……

幸好他們並未失去一切。

他們保留部分資產好分散風險，再加上於西方諸國扎根的組織——有這兩樣當靠山，對各國仍具備政治上的影響力。

他們派出了在直接戰鬥能力上雖非他人對手，情報蒐集能力卻很優秀的部下們出動以掌握各國動向。

少年曾經在一無所有的狀態下白手起家，情況仍有轉圜的餘地。

正因如此——

「我們接下來先安分一陣子。克雷曼的事令人遺憾，不過，要跟魔王眾作對替他報仇，我們的力量仍過於薄弱。為了實現征服世界的野心，現在要忍辱負重。」

大夥兒紛紛表示贊同。

「我贊成。我們這十年來培養龐大勢力。就結果看來，已一點一滴成長茁壯。」

「說得對。因為這樣，克雷曼那傢伙才會得意忘形……」

「嗯。雖然不甘心，但急於一時好像會全盤皆輸呢。」

「是不想承認啦，可是現在該隱忍才對……」

大家的看法不盡相同，不過魔人們還是接受少年的提議。

「哈哈哈，你就試著接受嘛，福特曼。我手上還有你們這幫最強王牌啊。可不能在這兒逞強，連你們都失去。」

少年邊苦笑邊拍福特曼的肩膀，拿話安慰他。那是少年的真心話，也是他如此決定的原因。

畢竟若不事先在這跟他們提醒，某些人可能會氣到出現失控舉動。

接著，知道了少年的用意，福特曼也不得不選擇隱忍。

「我知道啦，老大。現在先按捺這把怒火，改天一定要大肆宣洩。」

福特曼也心裡有數。若他氣到找魔王眾算帳，只會遭人反過來教訓一頓。

所以他老實聽從少年的勸告。

福特曼的表現讓他很滿意，少年環視這些魔人。

「話是這麼說，老被人打得滿頭包很不是滋味吧？我們不能出手，但總能出張嘴吧？那隻史萊姆奪走克雷曼的一切，我們要給他點顏色瞧瞧。」

少年嘴角一歪，說話時帶著壞心眼的笑容。

「你有什麼打算？」

卡札利姆問道，少年沒有正面回應，微微一笑接話。

「那不是一隻普通的史萊姆。短短數年就構成一大勢力。說真的，令人難以置信，用一般角度思考不該跟他敵對。所以啦，我們何不試探對方的實力。為了試探，我打算安排一個陷阱。」

開心地說完，少年閉上嘴巴。

「真素的，又想動歪腦筋？好吧，總比逼窩出極限任務好，就讓窩隔岸觀虎鬥吧。」

拉普拉斯聳聳肩說完，大夥兒就此解散。

如此這般，魔人們暫時走下舞台。

靜靜地沉潛於黑暗中……

為了因應終將來臨的復仇之日，他們磨刀霍霍。

第一章

與惡魔商議

Regarding Reincarnated to Slime

八星魔王這個稱呼正式採用後——

金的部下，也就是那些女僕，綠髮的米薩莉和青髮萊茵替大家準備豪華餐點。暗紅色女僕裝穿在她們身上很有味道，做菜手藝似乎也不同凡響。

正如菈米莉絲所言，魔王盛宴原本是用來讓魔王交流或交換情報。不知這初始宗旨是否仍未磨滅，他們另外準備讓人放鬆歇息的休閒場所。

不過，似乎沒硬性規定大家都得參與。

有人一開完會就走人、有人盡情享用他人準備的美食，也有人分成小群體聊他們自己的話題等等，魔王們的反應各不相同。

我個人覺得機會難得，決定來品嚐飯菜。要說真心話，其實是金在眾魔王間高居強者之位，我對他的飲食狀況很感興趣。

結果食物超讚超好吃，超乎想像。

我盡情品嚐數道堪稱這個世界最棒的料理——

《宣告。素材分析完成。料理名：黑毛虎燉菜、炙燒仙羽鳥、黃金桃雪酪、地眠龍肉排，已能重現這幾道菜。》

然後邊偷學味道。

說我卑鄙？狡猾？

在說什麼啊，我不懂耶。

說我偷學未免太難聽，這是情報蒐集的一環喔。

素材都是A級以上的魔物，要找齊似乎很困難，但料理方式已經有眉目了。最後他們端出綜合水果拼盤，替宴會劃下休止符。

順便補充一下，參加宴會的魔王共計六名。

有金、蜜莉姆、菈米莉絲、迪諾、達格里爾，再加上我。瓦倫泰和雷昂沒參加宴會，老早就回去了。

蜜莉姆猛吃菜餚，我找她抱怨她欺騙我的事。她想敷衍了事，但我沒那麼好講話。

至於卡利翁和芙蕾，我們已經敲定改天找時間商量今後的打算。等戰後處置告一段落，我願意讓他們諮詢都市重建計畫及其他事項。國家形態將煥然一新，改以蜜莉姆為首，我希望讓事情進展也有利於我方。

菈米莉絲硬要來我國居住，被我鄭重拒絕，不過……看她的眼神擺明會堅持到底。還以為德蕾妮小姐會幫忙勸她，看來那個人超寵菈米莉絲。

德蕾妮小姐盡其所能寵菈米莉絲，似乎無法對她抱持期待。今後要注意這點才行。

達格里爾跟維爾德拉很聊得來，金和迪諾也開心地話家常。

我事先向他們提供魔國聯邦特產——用葡萄酒蒸餾的白蘭地。

這是用來提昇形象的策略之一。

讓我國的益處廣為人知，在外交上立於優勢。即使對手是魔王，應對手法依舊沒變。

「真好喝。」

「哦，這樣東西真棒——」

「咳咳，這玩意兒太烈了……」

迪諾在那猛咳，金和達格里爾則給予好評。我說維爾德拉老弟，你可別把土產全部喝光喔。

雖說我的「胃袋」還備有一大堆存貨，但那些可不是帶給維爾德拉喝的。

蜜莉姆理直氣壯地出手，當然被我擋下。

要是讓這傢伙喝酒，之後肯定會全面失控。連同她騙我的事一併考量進去，我毅然決然禁止蜜莉姆喝酒。

「那我可以喝吧！」

一轉眼，菈米莉絲已經黏在酒杯上，瞬間喝得爛醉如泥。

貝瑞塔跟德蕾妮小姐慌慌張張地趕來，菈米莉絲就交給他們處理。她老是想跟我回魔國聯邦（Tempest），睡著對我來說反倒是好事也說不定。

就這樣，宴會進入尾聲，我們趁菈米莉絲還沒睡醒先行離開。

原本還擔心會遇到什麼狀況，結果就像這樣，平安度過魔王盛宴。

真是緊鑼密鼓的一天。

魔王盛宴始於午夜十二點，直到接近隔天正午才結束。

我離開會場，返回魔國聯邦。

去程姑且不談，回程用「空間支配」一下就到了。

回來的時候國家還在，大家都過得很好，我才放下心。大家遵循我的命令，各部隊都嚴加戒備。

大夥兒變得更成熟，為街道周邊的保安工作克盡心力。

絲毫沒有破綻。以警察為藍本導入警備組織，可以說辦得滿成功的。

這時某個念頭忽然閃過腦海——本國的軍事防禦是否已經夠優秀，那些國力普普的國家根本不是對手？

畢竟用來留守的區區衛兵幾乎全員都來到B級。

一般魔獸和妖魔根本不敢靠近。

本國周邊的治安算很安定。可是從這邊跑走的魔物會不會因此危害其他地方，我有點擔心。

或許該針對這方面做個調查——我邊想這些，邊帶著維爾德拉和紫苑，騎在蘭加背上一路晃進城鎮。

我一進入城鎮，居民跟巡邏的士兵紛紛在街邊下跪。就這樣，他們讓出一條通道。

不知何時練習的，動作整齊劃一。

他們在幹嘛？當我納悶地觀望，迪亞布羅就從街道彼端走來。

欣喜之情溢於言表，笑得很燦爛。

接著迪亞布羅跟利格魯德互使眼色——

「您回來了，利姆路大人！」

「這次您當上八星魔王，實乃可喜可賀！您平安歸來真是萬幸！」

身為代表的利格魯德出言恭迎，緊接在後，迪亞布羅送上祝賀。

不對吧，你們到底在演哪齣！是說我正式獲准當上魔王，你怎麼知道這件事！

還有那個稱呼，應該是在那場會議首次問世吧。因為是我想的……

疑問滿天飛。

迪亞布羅不是去攻略法爾姆斯王國嗎？怎麼有閒工夫在這裡跟大家細細討論，做出這番舉動？我覺得有夠丟臉的，同時決定直接問他。

「很簡單，利姆路大人。就是拜託維爾德拉大人。」

迪亞布羅笑著回應。

我看向維爾德拉，結果他不敢看我。

喂。喂！這個大叔。

光看反應就知道，肯定做了什麼虧心事。

經我逼問，維爾德拉便從實招了。他似乎跟迪亞布羅約好，用餐點附的三人份甜點交換情報。然後他就遵守約定，向迪亞布羅詳細告知魔王盛宴的經過……

怪不得。

所以他才知道我獲准當魔王、經那場會議表決通過的新稱謂是「八星魔王」。

是說我該誇迪亞布羅很會蒐集情報嗎？

行動力高到跑去收買維爾德拉這種強者，一般人就算想到也不會付諸實行。答應的人也很那個，不過下決定付諸實行的人也不是泛泛之輩。

既然他們當事人一個願打一個願挨，我就少說兩句。

講是這樣講——

「維爾德拉，我說你，根本不需要吃東西吧？」

「你、你說什麼蠢話，利姆路！重點不是要不要吃東西，而是我想吃才吃。真要說起來，你也不必進食啊！」

唔！

我被人反嗆，但他說得有道理。

這方面我也站不住腳。最近朱菜的料理手藝高超到不行，甜點種類也豐富許多。甚至完美重現自英格拉西亞王國那間咖啡店引進的泡芙，連布丁都難不倒她。

再加上酒的種類變多，可以著手開發新的點心。身為咖啡店店長的吉田大叔也出力相助，正在研發新的菜色。我準備的豐富酒品令他心喜，店長答應會幫忙我們，條件是定期發送酒品。

吉田大叔還說「這下就能重現之前不能做的菜色了」，一臉欣喜樣。經歷一番努力，幾樣試作品開始出現在餐桌上，維爾德拉也在復活後的慶祝大典吃到那些東西，大概讓他很震撼吧。

竟然被食物引誘，這樣對嗎，維爾德拉？

不，這麼說來，蜜莉姆也被蜂蜜……

某種想法不禁閃過腦際——搞不好可以用料理征服世界。

我才在想這些，紫苑跟迪亞布羅就開始唇槍舌戰。

「妳有善盡護衛利姆路大人的職責吧？」

「那當然！事實證明有我在，你只是多餘的。我才要問你，利姆路大人指派的任務辦得怎樣啊？」

「咯呵呵呵，辦得天衣無縫。我打算親自向利姆路大人回報。」

兩人朝彼此綻放笑容，眼裡卻沒有半點笑意。

他們誰也不讓誰，爭得你死我活，放著不管似乎會吵個沒完。

「你們兩個，要有分寸喔！」

「說得是。利姆路大人也累了，哈露娜等人已經在準備飯菜。先放鬆身心養精蓄銳，到時再談也不遲。」

利格魯德認同我的看法，替我訓斥二人。

不愧是利格魯德。最近愈來愈有架勢，感覺好可靠喔。

我們在利格魯德催促下來到別處。

城鎮居民臉上都洋溢著喜悅之情，很想快點舉行宴會熱鬧一番，但紅丸他們出遠門打仗仍未回來。因此我們決定延後舉辦正式的慶功宴，目前就低調點，為解決一樁麻煩事開心一下。

我們泡溫泉洗個澡，享用哈露娜準備的餐點。

等大家安頓好、調適心情後，再來聽迪亞布羅彙報。

跟克雷曼對戰大獲全勝，眼前問題只剩尤姆那邊要建設新王國，還有如何對付西方聖教會。另外還衍生新的問題，就是跟獸王國猶拉瑟尼亞、天翼國弗爾布羅、還有信奉蜜莉姆的祭祀龍之子民交涉……這類外交問題似乎能用友好的方式解決，眼下不需要過於煩惱。

我喝著餐後紅茶，用輕鬆的心情問迪亞布羅：

「所以呢，你這是在幹嘛？滅掉法爾姆斯王國，立尤姆為新王——你丟下這個任務回國，是缺人支援嗎？」

我變回睽違已久的史萊姆，悠悠哉哉，被紫苑抱在大腿上，頂住頭的豐胸讓人心曠神怡，一派輕鬆地試探。

若迪亞布羅需要人支援，我打算派蒼影他們過去幫忙。

目前比較有餘力了，用不著逼迪亞布羅一人苦撐。

這時紫苑嗤之以鼻，嘴裡說著：「像他那種奉茶小廝，只配幫利姆路大人泡茶。這件事還是讓我去辦吧！」但我當耳邊風。因為這工作交給紫苑辦肯定行不通。

我說這話原本是想助迪亞布羅一臂之力啦——結果我的用心似乎是多餘的。

「不不不，利姆路大人，沒這個必要。一切都按計畫走，進展順利。」

迪亞布羅替我倒第二杯紅茶，開始向我報告。

用史萊姆姿態喝紅茶不方便，所以我只品香氣，順便聽他說話。

當他一開口，如此安穩的氣氛就煙消雲散。

「首先，我讓那些人恢復原狀。畢竟一直處於肉塊狀態不方便——」

肉塊！

咦，是那個嗎！

似乎察覺我在驚恐什麼，紫苑的身體震了一下。

對喔……確實是這樣沒錯，那些東西一直是那副德性根本行不通啊。

我曾造訪拷問室，就那麼一次。當時偷偷瞄了一下，我好後悔，要是沒看就好了。

我看完就不管三名俘虜，提醒紫苑「別做得太過火」……

當時是想——只要紫苑沒殺這幫人就好，並沒有認真起來制止她。

現在才知道後悔為時已晚。

我心裡突然一陣不安，但在這兒害怕也於事無補。

掩飾內心的動搖，我要迪亞布羅接著告知後續情況。

要說迪亞布羅第一步怎麼走，正如他對利姆路做的說明，就是讓雷西姆大主教跟宮廷魔法師長拉贊恢復原狀。

前往法爾姆斯王國時，一路上有兩台馬車和數名騎兵與之並行。

其中一輛馬車載了迪亞布羅，與三名俘虜同乘。

說同乘有語病。

可以容納六名乘客的車內，只看得到迪亞布羅的身影。這是因為另外三人塞在置於地面的箱子裡。

——沒錯，以活著的肉塊形式塞著。

紫苑把他們變得醜惡不堪，人不像人。

剝下薄薄一層皮，不至於將他們弄死。反覆剝啊剝，讓肌肉裸露在外，將肉一片片割下……紫苑拿人練習鮮魚活剖術。而且還讓被剖的人肉體在過程中不會感到任何痛苦……

利用獨有技「廚師」，把他們逼到要死不活的境地。到極限再用回復藥醫治，從頭練習一遍。

在毫無痛楚的狀態下，自己的身體遭人肢解——反覆受這樣的行為折磨，三人的精神徹底遭到破壞。

被外露的內臟淹沒，露出苦悶的表情。

讓這些人直接以那種狀態回國根本行不通。懷著上述想法，儘管心不甘情不願，迪亞布羅還是著手替他們解咒。

「真棘手……法則被人扭曲，回復魔法不能直接作用……」

抱怨歸抱怨，除了魔法，技能也有它的用途，迪亞布羅為此雙眼發亮。

他將魔法鑽研到極致，精通這個世界的一切法則。即使如此，世界上依然充斥神奇事物。

這點讓迪亞布羅打心底感到雀躍。

後來，待在駛向法爾姆斯王國的馬車裡，他成功解除紫苑加諸在三人身上的力量殘渣。

首先是雷西姆。

再來讓拉贊復原。

誰先誰後沒有原因可循，迪亞布羅隨意解咒，最後看向法爾姆斯國王艾德馬利斯，停下手邊動作。

「感謝你，謝謝！」

雷西姆大喜，朝迪亞布羅道謝。

「我不重要，請讓王……讓王復原──」

出於對王的忠心，拉贊懇求迪亞布羅。

迪亞布羅目光冷峻地瞥了拉贊一眼，接著他──不屑地笑了。

「咯呵呵呵呵，你在求我嗎？你應該明白，要付出不小的代價喔？」

迪亞布羅揚起優美的笑容。

可是，他眼裡沒有任何溫度。

「……啊……不，我……」

拉贊面色蒼白，心生恐懼，他後悔了──

拉贊想了起來。

想起悠然地端坐在眼前的迪亞布羅，是可怕的惡魔。

高階魔將——不對，他說自己可沒這麼討喜。

再說連高階魔將都是一種威脅。要是他出現在小國，將成為影響國家存亡的危機。

因此才被評為災厄級——危險程度達到特A。

半吊子魔法結界無法與他的魔力抗衡。只消發出強烈的妖氣，就能毀掉都市的防禦機制。甚至還會用魔法單方面蹂躪對手。

冒險者不在A級之上無法對付。看到他出現在眼前形同宣判死刑。高階魔將就是如此可怕的存在，就連拉贊都不想獨自一人對付，是他不想與之為敵的惡魔。

不過，迪亞布羅有過之而無不及。

幾乎沒發半點妖氣，樣子怎麼看都像人。

但他的眼睛特別引人注目。

那是浮於暗夜的金色月亮。中間有一抹不祥的紅。

這是最恰當的形容，對方的眼讓人看過一次就忘不了。

看起來尤其詭異。

除了眼睛，其他都與人類相仿——換句話說，都市的防禦機制將強度達到一定水準的魔物阻擋在外，而他卻可以大搖大擺走進去。

人類之於魔物，最大的優勢在於他們心思縝密、懂得運用智慧。

某些魔物很聰明，但這類魔物都會想在某種程度上誇示自身實力。像在誇耀魔素量有多龐大，平常不吝於釋放妖氣。

因此會對這些魔素量起反應的結界才能奏效。

可是，要是這種魔物隱藏妖氣該怎麼辦？

災厄級魔物突然出現在大街上——這種事連想都不敢想，拉贊在心裡暗道。

也就是說，事情是這樣的——

若結界是遭人用蠻力破壞就無可奈何。可以趁敵人毀結界的這段期間整頓戰力，之後再出兵迎擊就行了。

可是，若敵人完全不把結界當一回事——那可不是鬧著玩的，任誰都會這麼想吧。

此等魔物已經超越高階魔將。

迪亞布羅就是其一。

他的真面目還是其中一名始祖惡魔——

然而相較之下……

還有更可怕的事等著。

這個叫迪亞布羅的惡魔已侍奉一主。

他是那群魔物的主人，既駭人又美麗、擁有金色眼眸和青銀髮絲。

有種透明感，晶瑩剔透。

顯得脆弱飄渺，蘊藏的力量卻超乎想像。

魔王。

這個稱號當之無愧。

虐殺兩萬大軍的情景直教人渾身發毛，後來跟他見了一次面，拉贊又被別的感情支配。

當時他被人以俘虜身分帶往該處——

對方看拉贊的眼神就像在看路邊石頭一般。

當那對金色眼眸看著他，折磨拉贊肉體的苦楚、害怕面對死亡的恐懼全拋到腦後，只覺得飄飄然。

接著他了解一件事。

這世上某些東西只可遠觀。

「別做得太過火。」

當時響起一道天籟美聲。

那是在警告拉贊吧。

要他別得意忘形。

連始祖惡魔都歸順其下，跟這樣的對手為敵，難怪國家被滅。

——如果是那個魔王，憑一己之力毀滅法爾姆斯王國易如反掌。

過往記憶在拉贊腦中打轉。

沒把馬車的搖晃當一回事，拉贊從座位上起身，在迪亞布羅跟前跪下。

「這是當然。請讓我——不，請讓在下當您最卑微的僕人！今後這條命就獻給您了。求您高抬貴手，放過艾德馬利斯王——」

拉贊奉上赤裸裸的忠心，苦苦哀求迪亞布羅救國王一命。

聽到拉贊的願望，迪亞布羅游刃有餘地頷首。

「好吧。雖然你不怎樣，在人類世界好歹算強者。既然這樣，就有用得上你的地方。若是沒有利姆路大人的命令，我也不打算殺他。就放他一條生路吧。只不過——」

讓王恢復原狀前，先讓他幫個忙。

迪亞布羅打算讓那群國家棟梁見識這醜惡的姿態，讓他們明白跟敬愛的利姆路為敵有多愚蠢。

拉贊緊張地吞下口水，就等迪亞布羅開口。

至於雷西姆，他早就被現場氣氛嚇到渾身僵硬。

「我只通融這一次。看你們今後的表現而定，不只是王的性命，就連法爾姆斯全境都可能淪為死城呢。」

背後的含意如他所說。

只要隨迪亞布羅——或該說隨利姆路的意就沒事，否則……

不管是拉贊、雷西姆，甚至是眼下仍以醜陋姿態裝箱的艾德馬利斯王——

他們全都將迪亞布羅的意思聽得明明白白。

三人蠢歸蠢，可不是傻瓜。事已至此，就算不想承認，也知道迪亞布羅會毫不猶豫地付諸實行。

能讓他們活命的唯一手段，顯然是乖乖配合迪亞布羅。

「這還用說！有什麼事儘管吩咐，我什麼忙都幫！」

雷西姆開始說些諂媚的話，人跟著跪下，看那模樣連迪亞布羅的鞋子都願意舔。

「我願效忠閣下！」

拉贊已經做好覺悟。

就算王平安無事也於事無補。然而他長年守護法爾姆斯王國，那份驕傲讓他渴盼王的血脈繼續存續下去。

既苦悶又絕望的艾德馬利斯王也明白這點。

拉贊已經對艾德馬利斯王死心，亦即放棄法爾姆斯王國。

這是正確的選擇，艾德馬利斯王心想。

忤逆魔王的國家將會走向滅亡。

艾德馬利斯王只剩兩條路可走。

看是要歸順，還是試著抵抗再被人滅掉——只有這兩種。

王可沒蠢到在這個節骨眼上選錯。身為國君的他要履行最後一項職責，做出正確的抉擇。

「我以法爾姆斯末代君王的名義宣誓，會依迪亞布羅閣下的意思傾力相助——」

他放棄掙扎，如此宣示。

迪亞布羅得他們三人口頭保證。在那瞬間，獨有技「誘惑者」悄悄發動。

結果他們三人都變成迪亞布羅的奴隸……

「你們大可放心。只要聽我的話，我就不會虧待你們。」

惡魔迪亞布羅扯嘴一笑，溫柔地細語著。

●

這天法爾姆斯王國出現驚天動地的大騷動。

他們的主君艾德馬利斯王回來了，模樣淒慘無比。

地點來到王城內的謁見廳。

齊聚一堂的國家棟梁全都鐵青著臉目睹那一幕。

立於該處的王座之上，一個箱子恭敬地擱在上頭。

裡面裝了肉塊。

國君的臉就埋在肉塊中央。

這東西是活的。眼神雖然空虛，意識卻很清明。

「省吾，到底發生什麼事了！我們的王怎麼變成這副慘樣！」

「是啊。另外兩人怎麼了？我國的大軍呢？」

「騎士團長弗肯在幹嘛！還有拉贊大人同行，怎麼會發生這種事！」

各家重臣激動地嚷嚷，不過，這是為了掩飾恐懼。

會這樣也不能怪他們，變成省吾的拉贊如此心想——

…………

…………

……

透過魔法回傳的定期通訊中斷後，這幾天來，留在王國裡的人寢食難安。

他們認為兵力過人的兩萬大軍不至於敗仗，但事情總有萬一。眼下連王的生死都無從確認，足以在他們心裡埋下不安的種子。

這時拉贊帶著雷西姆大主教回國。透過元素魔法「據點移動」，出現在王城內部的傳送室。

負責巡邏的士兵有所警覺，發現兩個人倒臥於該處，事情就發生在該日清晨。

撞見二人的士兵趕緊跑去，確認對方的身分。

其中一人是「異界訪客」田口省吾。

另一名是受王器重的大主教雷西姆。

士兵驚愕之餘，仍助樣子疲憊不堪的雷西姆起身。接著他發覺倒地的少年很寶貝地抱著一個箱子，就在沒有心理準備的情況下窺探內容物。

這名士兵在王宮內屬於位階較高的近衛兵，平常的他絕不會這樣不可自拔地發出驚恐慘叫。

要說為何，是因為那具箱子裡……

肉汁牽出黏絲、飄著惡臭——裡面裝著內臟直接切爛拼湊而成的扭曲肉塊。

那是模樣變得極度駭人的這個國家的至尊。

撞見這一幕，近衛兵大不敬地哀號，卻無人斥責他。因為聽到士兵的慘叫，其他人跑過來，他們也跟士兵一樣嚇個半死。

看自家主子變成這副模樣，近侍和大臣全都慌亂至極。

有人尖叫、又哭又喊。

有人嚇到吐出來。

有人腿軟。

大家都不想相信這是王。

可是，那卻是現實。

一開始人們去確認，看王是不是冒牌貨。

結果那確確實實就是王本人沒錯。

「你們在幹嘛！快點救國王啊！」

某名大臣慌得開口，這下大夥兒才集體總動員。

留在王宮裡的魔術師都被找來，將所有魔法試過一遍。

連西方聖教會的高階神官都請來，看能不能治好國王。

那模樣足以喚醒人們內心深處最原始的恐懼，可怕的姿態當前，人們努力振作，試圖讓王恢復原狀。

雖然每個人的臉都因恐懼扭曲，卻靠意志力強忍，持續進行手邊工作。然而成效不彰。

不管用什麼手段都無法拯救國王。

…………

…………

……

——時間來到現在。

聽到省吾醒了，眾人便將他叫去問話。

看到以前的同仁，拉贊有點同情他們。

如今拉贊已是迪亞布羅的手下，可以毫不猶豫地背叛同伴。他們的選擇將左右自身命運。但有那麼一點、就一點點，拉贊覺得他們可憐。

一切行動都按迪亞布羅的命令執行。

假裝昏倒，這是計畫的一部分。

身為迪亞布羅的僕人，迪亞布羅向他解釋接下來會如何處置這個國家。為此他們該做什麼，拉贊已經聽明白了。

這個國家將淪為魔王的玩具。

當法爾姆斯王國獲選為供人遊戲的舞台、讓人用傀儡支配，這個國家的氣數就走到盡頭。

但這似乎並非國民的不幸。

從迪亞布羅口中得知魔王的計畫，拉贊燃起一絲希望。腦裡浮現某種畫面，就是法爾姆斯這片土地即將邁向更加繁榮的未來。

為了讓那般未來成真，免不了瓦解現存的古老體制，拉贊不禁這麼想。

因此他目前仍按計畫行事。

「冷靜點，我是拉贊。保護著國王，跟英雄大人同心協力才逃回國。」

「什麼？你這傢伙——不，您不是省吾嗎？」

「省吾那傢伙怎麼……沒什麼，原來是這樣啊。」

「話雖如此還是讓人困惑啊。沒想到拉贊大人竟然變成那個囂張的省吾。」

剛開始大家都沒進入狀況，但他們想到拉贊是偉大的魔法師，在場眾人這才想通。此時又對拉贊連聲質問。

「您說逃回來？這麼說法爾姆斯軍……我國大軍敗給那群魔物？」

「到底發生什麼事？討伐魔物失敗，你們怎麼還厚著臉皮逃回來！」

貴族們紛紛出聲追問。

他們是支撐這個國家的棟梁，然而事實上，許多老狐狸只想拿戰爭當幌子中飽私囊。對這些人來說，壓根沒想過會損失財產的戰敗一事。

「各位稍安勿躁。先聽聽拉贊大人怎麼說。」

有人出面要大家肅靜，是米歐拉侯爵。

這也是計畫的一部分。昨晚迪亞布羅採取行動，透過布爾蒙王國的自由公會分會長費茲跟他取得聯繫。

事情走向都照迪亞布羅的計畫進行……

首先由拉贊出面說明「英雄尤姆為了救王跟魔物主君交涉，將會把回復藥帶回來」。據此傳令給守門人，安排好讓尤姆一行人不須出示證件就能被迎入城內的準備。

後來他開始針對法爾姆斯軍的情況進行說明……他才講解一下，現場眾人就為之譁然。

沒錯——就為了「暴風龍維爾德拉復活」這句話。

「怎、怎麼可能……」

「那隻邪龍竟然在該處復活……？」

「怎、怎麼會……維爾德拉不是消滅了嗎！」

「那我等要快點向聖教會報備，請他們派遣聖騎士團！」

「這下完蛋了！若拉贊大人所言屬實，我們無力回天。光靠留在國內的軍力，戰力上根本不夠迎敵啊！」

「說得對！要快點把騎士團叫回來！」

「正是。若『魔法通訊』不管用，就讓弗肯將軍傳令下去！」

「現在沒那個時間啦！得趁人民還沒得知這件事要快點逃走才行，否則到時想逃都逃不了！」

有人因恐懼陷入慌亂。

有人主張迎擊。

還有人提議丟下人民逃跑。

每個人的反應不盡相同，此時米歐拉侯爵當眾一喝，要大家閉嘴。

「安靜！就算騎士團平安，結果還是一樣。還有西塔大人，您慌也沒用。要逃去哪兒？那隻『暴風龍』可是不折不扣的天災級魔物啊。」

重臣們恢復冷靜。

打破造訪現場的片刻寧靜，拉贊繼續進行說明。接著道出那片土地曾經發生什麼事。

道出法爾姆斯軍一敗塗地——亦即因「暴風龍」維爾德拉復活，全軍行蹤不明這般戰場上的悲劇（捏造的謊言）。

聽完拉贊所說，在場眾人陷入沉默。

大家都無話可說。

事情太過荒誕無稽，實在難以置信。很明顯的，大夥兒都這麼想。

在這種情況下，開始有人想釐清現狀而提出疑問，拉贊則逐一回覆。

「拉、拉贊大人，這是真的嗎？全軍當真不知去向？」

「是。我軍與那幫魔物交戰，喚醒沉睡在那片土地上的龍。」

「在說什麼鬼話，太奇怪了吧！西方聖教會都說龍徹底消滅了，您的意思是他們在說謊？」

「不，並非如此。維爾德拉確實消失一段時間。但『龍種』不會消滅。會於世界的某個角落重新誕生。」

只是沒想到相隔這麼短暫的時間，還在鄰近區域復活──」

「拉贊大人，那其他倖存者怎麼了？」

「是、是啊。弗肯將軍沒事吧？您說全軍行蹤不明，但總有幾個人留下吧？」

被人這麼一問，拉贊只搖頭回應。

其實是他們觸怒利姆路，全都死於非命。可是迪亞布羅跟拉贊談過，命令他對外隱瞞事實，說全軍行蹤不明。

「什麼意思？」

「已經說了，他們不知去向啊。維爾德拉復活，待在現場的騎士跟魔物都消失了。只剩下我們幾個──」

「不會吧──！」

「我再問一次，沒有倖存者敗逃……他們當真不知去向？」

「後方配有補給部隊……這些人應該沒事吧？」

拉贊默默無語。

接著靜靜地垂下眼眸。

看他那樣，大家不信也得信。

──騎士團真的滅了。

一名大臣當場泣不成聲。

他就是追問補給隊是否安好的人，因為此人將孩子送上戰場，讓兒子打生平第一場戰爭。還特地動用關係安排兒子到後方，遠離危險的前線，這一切都淪為徒勞。

說到底，他以為這次的戰爭可以從魔物那邊奪取財物，能恣意蹂躪，才應允兒子參加人生第一場戰役。最後卻變成這樣——不幸的意外令他淚流滿面。

然而這樣的悲劇以宏觀數量來看，只是其中一個例子罷了。

這次戰爭行蹤不明的人共計兩萬。

史無前例，受害人數實在太過龐大。

雖說他們行蹤不明，歸來的希望卻是零。

這樣形同死亡。

大家都不禁覺得跟維爾德拉的復活脫不了關係。講白點，他們認為消失的人都變成活祭品。

維爾德拉因此遭到不實指控，但這樣正合利姆路陣營的意。

迪亞布羅手段高明，利用拉贊操弄法爾姆斯王國各路重臣的想法。

＊

就在這時，彷彿算好時機似的，設有王位的王廳響起腳步聲。

來人是尤姆一行。

有參謀繆蘭、護衛克魯西斯，還有擔任書記官的魔法師隆麥爾隨行。

最後入內的人是迪亞布羅，身上穿著筆挺的管家服。然而其態度傲慢，一點也不像管家。

話說這座王城的王廳，冒險者這類地位低下的人無法隨意進出。然而這次有拉贊打通關，負責帶路的人事先待命，讓尤姆等人順利抵達該處。

「抱歉，來晚了。但我總算說服那個人啦。」

尤姆充當代表，朝拉贊搭話。

他的態度落落大方，粗鄙的說話方式卻改不過來。畢竟貴族風範不是一朝一夕就能培養出來，不能怪他。

可是看在這群貴族眼裡，他的態度只有無禮兩個字能形容。免不了出現反彈聲浪。

「你是什麼東西！那種平民口吻未免太失禮了！」

尤姆他們會拿可以醫治王的藥過來——儘管事前提過，其中一名大臣還是開口怒斥。

他當然聽過英雄尤姆的大名。並且四處都能看到尤姆的肖像畫，他也知道來的人是尤姆。再加上尤姆的骸甲全身鎧很特別，雖然只是耳聞也不至於弄錯人。

可是對這名大臣而言，那種事不重要。這裡可是王城，規矩跟民間大不相同——畢竟這對他而言是常識。

所以他對尤姆的粗鄙語氣忍無可忍。

這下拉贊可慌了。

他朝迪亞布羅張望，看大臣的話是否惹毛他。畢竟沒跟眾大臣透露計畫，這方面的責任自然算在拉贊頭上。

他明白大臣吼叫出於什麼樣的心情，平常這種行為沒什麼不對，但現在狀況惡劣。拉贊後悔沒進一步鉅細靡遺地解釋，跳出來當和事佬。

「請等一下，卡爾洛斯閣下。這幾位是我等的救星。能救國王陛下的就只有他們了！」

「什麼？這些人救了你們？」

「真沒想到王國守護者拉贊大人會說出這種話，究竟發生什麼事了？」

雖然有些人不服氣，但拉贊是法爾姆斯王國最厲害的魔法師。身為魔導師的實力毋庸置疑，加上他守護王國數百年功勞匪淺。拉贊說的話不好當耳邊風，貴族們暫時收斂氣焰。

話雖如此，他們會反應這麼激烈只不過是因為維爾德拉復活，國家存亡危機擺在眼前，才在那虛張聲勢。正因如此，他們藉著釐清拉贊等人獲救的過程，看自己是否能獲得人身安全的保障。

正當拉贊要回答他們的問題時，有人從旁插話。

「就由我來替各位解答吧。」

是大主教雷西姆。

他假裝自己的身體狀況剛復原，過來替拉贊圓場。

拉贊在心裡暗道來得好，跟雷西姆互使眼色，再朝迪亞布羅看去，只見他笑著坐觀其成。

拉贊這才放心，讓雷西姆出面解釋。

「那麼，敢問拉贊大人一行是如何得救的？」

「『暴風龍』復活一事，拉贊大人已經跟你們說過了吧。兩軍在那個戰場上碰面，雙方激烈交戰。以人數來說是我方占上風，但那群魔物占據地利之便。打起來比想像中還要辛苦，死傷慘重——」

大廳頓時安靜下來，只剩雷西姆的聲音。

他一面窺探迪亞布羅的神色，持續進行說明。

據他表示，戰場上的混沌之氣成了維爾德拉復活關鍵。後來維爾德拉突然出現在戰場上，不分敵我，雙方都跟著遭殃。

拉贊也點點頭，補上一句話。

「我跟在場的雷西姆大人一起，光是為保護國王便可謂拚盡全力。」

他特別強調自己無能為力。

雷西姆接著搭話：

「沒錯，就是那樣。我跟拉贊大人待在後方的大本營裡，對眼前發生的慘劇感到絕望。死神近在眼前，偉大的『暴風龍』將粉碎一切，我們已經做好赴死的覺悟。可是那時有人挺身而出，擋在我們和『暴風龍』之間——」

拉贊悄悄偷瞄迪亞布羅。

他滿意地點頭。看到這一幕，拉贊和雷西姆朝彼此頷首。

「——他就是那群魔物的主人，利姆路大人。」

「正是。我跟雷西姆大人都認為自己的死期將至。可是，魔物主君利姆路大人出面勸維爾德拉大人。」

拉贊這句話讓大夥兒不約而同感到詫異。

「勸他？他們可以對話嗎？」

「說來，敢擋邪龍維爾德拉的去路就跟自殺行為沒兩樣。浸在那麼濃的魔素裡，大部分的生物都會沒命。」

「關於這點，他是怎麼——？」

貴族們開始騷動起來。

既然能交涉，也許維爾德拉失控還能安撫牠也說不定。貴族們這麼想，滿懷希望與期待，朝拉贊和雷西姆看去。

維爾德拉或許不會到法爾姆斯王國這邊，但光顧著期待不做任何防範可就大錯特錯。不過，要是有人問該如何因應，眼下誰都答不上來。

如今他們得知包含王立騎士團在內共兩萬名精銳已如情報所示，消失得一乾二淨，沒人有勇無謀到敢跳出來主張，說要跟維爾德拉對決。透過交涉能解除維爾德拉帶來的威脅，這是最棒的結局，大家都這麼想。

「想必各位都知情吧？知道魔物主君利姆路大人是朱拉大森林的盟主。」

「那不是他擅自替自己冠的稱謂嗎？」

其中一名大臣講到這邊，迪亞布羅不悅地皺起眉頭。

拉贊看到了，趕緊回話打斷那名大臣。

「沒那回事。我已經親眼見識過魔物城鎮了，稱之為國家首都一點也不為過。總之現在先不談這個。說起那位利姆路大人，連朱拉大森林的管理者樹妖精都追隨他呢。」

拉贊解釋，維爾德拉跟利姆路透過樹妖精進行交涉。

這句話更增添幾分說服力。

森林管理者很有名，是守護維爾德拉沉睡之地的強力魔物。照自由公會定的等級區分已在A級之上，推測相當於特A級，是危險人物。

連這樣的樹妖精都追隨他，可見名喚利姆路的魔物實力可觀。在場所有貴族都能參透個中奧妙。因為他們都是地位崇高的貴族，每個人都勤於蒐集情報。

「原來如此……」

「看樣子與他為敵是種錯誤——」

大臣們回想起是他們主動進攻魔物王國。雖然不想承認，但這項事實讓他們苦惱不已。

「這下糟了。若可以跟邪龍交涉，我們跟那個叫利姆路的敵對，實在不妙……」

其中一名大臣提起這件事，其他重臣皆面色鐵青。他們想的不是拜託利姆路仲裁，而是想到他搞不好能唆使維爾德拉。

就在這時，一直被人當空氣的尤姆來到大廳中央，大家的視線都集中在他身上，他開始用沉著的語氣說話：

「原來是這樣啊，各位。這點你們不需要擔心。以前討伐豬頭帝(半獸人王)時，我曾經跟利姆路先生合作過。利姆路先生其實很隨和，希望跟人類和平共處——」

可是尤姆話說到一半，又被人打斷。

「噢噢！既然如此，那位大人可以當中間人，傳達我們的要求。內容待會兒再行商議，你去別的房間待命吧。」

是剛才怒斥尤姆的貴族卡爾洛斯，尤姆的解說被他打斷，還高高在上地下令。

身分差距實在惱人，就算身為英雄，尤姆骨子裡不過是一介平民，甚至沒受封當上騎士，有不少貴族子弟都看不起尤姆一行人。

卡爾洛斯是位居伯爵的高階貴族，可說是在意這類身分差距的貴族的最佳案例。平常端這種架子還說得過去，但已經強調好幾次了，眼下狀況不適合這樣。

幾名貴族開始用不悅的眼神看卡爾洛斯，認為他不識時務。

「喂喂喂，你別急嘛。這個嘛，平常那個人是滿和善的啦，但現在不一樣啦。你們應該很清楚背後原因是什麼吧？」

「你說什麼？」

「你們派兵攻打利姆路先生的國家吧？就是這點不妙。利姆路先生的同伴也因那件事死傷慘重，他氣炸了呢。」

「區區一介平民，亂講什麼東西！國家大事豈是你這種平民可以評斷的！你跟那個什麼利姆路有交情正好。當中間人調停也是英雄的職責吧，去想想辦法！」

不把尤姆的話當一回事，態度傲慢至極的卡爾洛斯大言不慚地說道。

尤姆也對他的態度頗有怨言。

（嘖，所以我才討厭貴族……）

尤姆心裡不悅地發牢騷，但表面上仍一派從容，繼續進行說明：

「好了，總之先聽聽我的意見吧。你們似乎沒派使者，沒向他們下戰帖，只送『異界訪客』過去，讓他們大鬧特鬧吧？我過去為這場戰爭調停，聽到這些只覺得傻眼呢。但我好歹在這個法爾姆斯王國出生，無法接受祖國被滅，才去拜託對方，想辦法平息怒火再交涉看看。再說那位拉贊先生都拜託我了。」

尤姆按捺心中的怒火，結束這段說明。

要是不懂得察言觀色的貴族在這胡攪蠻纏，到時可就慘了，法爾姆斯王國將會毀滅。感受迪亞布羅自背後散發的氣息，尤姆在心裡暗道。

看到迪亞布羅，尤姆才知道真正的「惡」是什麼。

才知道他們只是一群小混混罷了。

真正的惡人不會趨炎附勢。

唯我獨尊，貫徹自身意念。

如今迪亞布羅會如此安分，只是忠於利姆路的命令罷了。如果在這個節骨眼上亂來，立尤姆當新王時將會構成負面影響。

對貴族的處置不夠明朗將留下禍根，如果把他們殺光封口，肯定會受世人撻伐。最理想的狀況，就是想辦法讓反對派貴族主動挑起爭端。

所以迪亞布羅現在才悶不吭聲，一直默默地觀察。

但還是有疑慮。

要是貴族們惹毛迪亞布羅，情況將瞬間扭轉。如果他認為「這些人不必留活口」，那幫貴族會當場殞命吧。

尤姆找繆蘭和克魯西斯商量過，他們也這麼認為。

能將拉贊這樣的強者操之於鼓掌間，這樣的高手就算在高階魔人裡也只占一小部分。如此強大的迪亞布羅一旦認真起來，如今法爾姆斯王國喪失主要戰力，大概沒辦法做出像樣的抵抗。

正因為狀況如此，比起那些貴族，尤姆等人在交涉上神經繃得更緊。

拉贊的心情跟尤姆一樣。

迪亞布羅擺明不將人命當一回事，不管對方是貴族或平民都一樣。都沒有任何價值。

看他對艾德馬利斯王的處置方式就知道。

假如有人用話語愚弄魔物主君利姆路，難以想像到時迪亞布羅會做出什麼事情來。

若洩恨對象只有貴族卡爾洛斯倒還好。要是沒弄好，所有人將從法爾姆斯這塊土地上蒸發。就因為拉贊清楚這點，才這麼拚命，掩飾內心的動搖，對尤姆的話表態贊同。

「卡爾洛斯大人，請您自重！」

「什麼！拉贊大人，您要跟那種死老百姓站在同一陣線嗎！」

「給我閉嘴！不清楚內情的人少在那亂講話！」

拉贊朝卡爾洛斯厲聲喝斥。

平常總是冷靜沉著的拉贊很少這樣吼人，其他貴族也大吃一驚，紛紛閉嘴靜觀其變。

「聽好了，各位。剛才尤姆大人講的都是事實。省吾他們三個被魔物幹部打倒，想讓軍隊全數出動殲滅敵人卻受『暴風龍』阻擾，我們注定落敗。最後倖存者只剩我、雷西姆大人還有艾德馬利斯王三人。我們被抓起來，多虧尤姆大人美言才被放行。」

拉贊開始講起事先決定好的內容。

大家都不疑有他，事情進展順利。

拉贊、雷西姆和尤姆輪番上陣。有時米歐拉侯爵跟海爾曼伯爵會跳出來掩護，跟他們一搭一唱。互相替對方護航，藉此說服聚集在此的王國重臣。

「——這麼說來，王在戰場上受到詛咒，才變成這副模樣是吧。」

「王答應跟他們和平共處，魔物主君才願意跟我方協商嗎……」

「大國法爾姆斯竟然要向魔物低頭？」

「可是，這也是沒辦法的事。難道閣下想跟他們對戰不成？要是跟他們敵對，『暴風龍』也會與我們為敵喔！」

「不，這個嘛……」

拿來當王牌的「異界訪客」也不能倖免，敗給追隨利姆路的大將們。不僅如此，維爾德拉還復活。他們看不起魔物王國「朱拉．坦派斯特聯邦國」，然而光看軍事面其早就超前法爾姆斯王國。跟他們正面對決愚蠢至極。

王承認敗仗也是逼不得已——大家都這麼認為。

接著結論出現。

「我們就接受提議吧。好嗎，各位？」

聽米歐拉侯爵這麼說，多數人都認同地點頭。可能有幾個人不認同，但沒人表態。別讓戰火繼續延燒下去，關於這點大家都沒意見。

就這樣，法爾姆斯王國跟魔國聯邦兩個國家達成和平協議。

當事情塵埃落定，迪亞布羅便有所動作。

「咯呵呵呵，聰明的判斷。那麼就按約定釋放這個國家的王吧。」

帶著這句話，他悠然地踏出步伐。

「你是誰——！」

「多有冒犯。我的『名字』是迪亞布羅。吾王乃偉大的利姆路大人，我是他忠實的管家。」

迪亞布羅自豪地告知。

聽他道出名諱，眾臣不知該做何回應才好，全都一臉困惑。迪亞布羅的態度過於自然，讓他們沒掌握好插話的時機。

他的自我介紹讓某人面露懼色，就是拉贊。

只有拉贊知曉其中奧妙。

知道這個惡魔有「名字」代表什麼。

世上有些事，不知道反倒幸福──拉贊背地裡羨慕那些無知之人，悄悄地嘆了一口氣。

有些人對迪亞布羅保持警戒，伺機而動。

就是在王廳暗處注視每個人一舉一動的王家近衛騎士們。

迪亞布羅朝國王寶座一直線走去，他們擋住他的去路，打算制止他。

不過──

迪亞布羅沒把他們看在眼裡，走近安放在王位上的箱子。

幾名王家近衛騎士臉色大變，但他們卻僵著身子動彈不得。想出聲也出不了。

王家近衛騎士以自由公會的判定基準來看相當於A⁻。雖不及A級，在B級裡卻是高手中的高手。留在王宮裡守護王族成員和重臣，可以說是法爾姆斯王國現存的最高戰力。

這些騎士約百名，在迪亞布羅面前卻無法挪動半步。

迪亞布羅並沒有動手腳。

而是出於恐懼。

基於敏銳的生存本能，他們發現迪亞布羅是危險人物。

「就乖乖待著吧。你們也不想白白送命吧？」

說這話時，迪亞布羅的語氣顯得很滿意。接著他繼續往前走，在箱子前方站定。變成肉塊的艾德馬利斯王就待在裡頭。

迪亞布羅從懷裡取出完全回復藥，朝肉塊艾德馬利斯王灑下。同時在其他人沒有察覺的情況下，解除紫苑下在王身上的咒縛。

結果出現戲劇性的變化。

一灑上藥，王那副身軀就回到原本的健朗模樣。

迪亞布羅的計畫也隨之告捷。

無論那幫人用什麼樣的手段都救不了王，卻眨眼間恢復人類姿態，醫師和魔法師見狀紛紛揚起驚呼。

「這、這個藥究竟……？」

「是完全回復藥。為我國特產，只出口到友邦國家的頂級回復藥。」

其中一名大臣提問，迪亞布羅則溫文有禮地回應。畢竟這種藥今後將成為魔國聯邦的主力商品。

完全回復藥——有時會從古代魔法王國的遺跡挖出這類物品。喝了連身體殘缺都能徹底治癒，是僅次於復活藥的傳說級回復藥。

那種藥製法現在已失傳，據說矮人族正努力重現……要是能量產，來討藥的人肯定前仆後繼。

戈畢爾他們曾向迪亞布羅鉅細靡遺透露，得知利姆路致力於推廣回復藥。跟紫苑不同，在這麼短的期間內完成情報蒐集。

因此迪亞布羅很精明，在這種情況下仍不忘利用法爾姆斯王，上演一場效果顯著的戲。

這方面的細心表現只有完美二字能形容。

由此可見迪亞布羅性格上不容妥協。

所以跟他為敵才可怕……

算。

至於拉贊和雷西姆，他們都怕迪亞布羅虐殺王城裡的人，迪亞布羅早就發現了，但他並沒有這個打算。

做那種事，利姆路將不再信任他。既然立尤姆為王的計畫落在他身上，迪亞布羅就不會蠢到做出那種事情。

他狡猾地算計。

恐懼與慈悲。

他交替運用，誘導這些大臣和地位崇高的貴族——這些國家棟梁的想法。

讓他們覺得跟我方作對還不如乖乖聽話才是上策。接著濾出不識時務的蠢材，肅清這些人。這便是迪亞布羅的計畫大致走向。

大夥兒屏息以待，王在萬眾矚目下恢復人類姿態。

旁人看來有如靠完全回復藥的藥效復原吧。

「您還好吧？」

迪亞布羅一問，艾德馬利斯王鐵青著臉點頭。

「很、很好……多謝……相救。」

王答得很虛弱，半是演技半是出自真心。

他照迪亞布羅的意思起舞。

迪亞布羅的獨有技「誘惑者」跟利姆路創造的獨有技「無心者」歸屬相同系統。若誰對迪亞布羅俯首稱臣，就能利用該技能徹底支配對方。

如今艾德馬利斯王已受「誘惑者」影響，他一有二心，迪亞布羅就會在第一時間得知。
看王恢復原狀，近侍趕緊送來衣物。
王穿上衣服暫時喘口氣，迪亞布羅則用眼神向他示意。
艾德馬利斯王點頭回應。
「那麼，法爾姆斯的王啊。吾王利姆路大人有話對你說。」
「說來聽聽，魔物王國的使者。」
此時，法爾姆斯王已經承認魔國聯邦是一個國家。
對在場眾人而言，這無疑是個暗示。
艾德馬利斯王對他們昭告，從今往後雙方是國對國，承認魔國聯邦是有體制的交涉對象。
就這樣，迪亞布羅獲人正式接待，成為戰爭敵國派來的使者。
艾德馬利斯王用最高規格禮遇他，但王的用意其實是不想惹惱迪亞布羅。
多虧王對外昭告，有意見的貴族也不再發表高見。
再說他們這次並不打算跟對方繼續戰下去。因此這些宣言與其說是為迪亞布羅所說，保護自國重臣的用意更加濃厚。
「那好，容我轉達。一星期後，希望兩國都能派出代表，在這簽訂和平協議。締結談和條約前，我國對貴國提出下列條件——」
迪亞布羅從懷裡取出羊皮紙。
——就給你們選擇的機會吧——

劈頭就是這句話，以書面形式列出的休戰條件，是來自利姆路的要求——名義上如此，其實內文都是迪亞布羅提的要求。

內容很超過。

選項一，王退位並對戰爭進行賠償。

選項二，向魔國聯邦投降成為從屬國。

選項三，甚至根本稱不上選擇。若一跟二都不選，戰火將繼續延燒下去。

看起來似乎能讓他們維持現狀，實則不然。如今他們承認魔國聯邦是一個國家，沒下戰帖擅自攻打魔國聯邦的法爾姆斯王國根本站不住腳。

至少周邊國家不會認同這種行為。

西方聖教會今後將忙著對付維爾德拉。大家都認為他們不會刻意搭救法爾姆斯王國。

這些條款形同威脅。

告訴他們不答應就是死路一條，為了避免國家滅亡，只能勉為其難答應……

迪亞布羅刻意高舉那份書狀，用洪亮的聲音朗讀內文條款。滿臉喜悅，期待貴族們接下來會有什麼反應。

他一唸完條款，某大臣便喃喃自語道「太強人所難了……」，語氣充滿無奈。

然而迪亞布羅沒放在心上，朝艾德馬利斯王一鞠躬。

「——條件如上。時間是一星期後，屆時請您給出答覆。」

「等、等等！這樣時間上太過倉促！起碼要一個月——」

「住口。我沒那麼多耐心。」

「不，話不能這麼說！這不是光靠宮廷會議就能決定的事。必須召集各地貴族，經法爾姆斯王國的國家會議審核——」

「不是要你住口嗎？我才不管你們行事上是否有困難。給我聽好，最好別要什麼小花招。不許你們藉故推託，拖時間不回應。一星期後沒有回音，就當貴國要跟我們『開戰』。你們就好好想想，再做出答覆。」

迪亞布羅說完他想說的，立刻丟下法爾姆斯王和貴族頭也不回地走人。

真是太蠻橫了！有人喊出這麼一句，但迪亞布羅可不會為這點小事改變主意。事情一辦完，他便丟下尤姆一行人隻身離去。

●

迪亞布羅走了以後，艾德馬利斯王下令召集所有貴族開御前會議。

開會時間訂在三天後。

即使有魔法加持，這樣的時間要聚集所有貴族還是很趕。

但那也是沒辦法的事。迪亞布羅給的期限只有一星期，必須在那之前決定我國如何因應。

時間確實緊迫。

所以王匆匆下達諭令，要在三天內召集所有的貴族。

王的近侍們紛紛加快腳步行動。現場頓時忙碌起來，大夥兒開始為會議做準備。

艾德馬利斯王一臉疲憊，放眼環視眾人。

「想必眾愛卿也清楚事情輕重吧？在貴族聚集前，我們必須擬定今後的方針。明天我們換個地方，跟大家透露朕的想法。到時再聽聽各位的意見。」

他張望留在現場的心腹大臣們，無力地道出這句話。

眼下可以確定的是，法爾姆斯王國正走向滅亡。情況都這樣了，自己人更不該起內鬨。

屆時召開會議必定爭執不下。

因此趁御前會議尚未召開，王想盡可能讓大家達成共識。

——此外，還要盡量避免出現犧牲者。

艾德馬利斯王如此打算，做了不為人知的覺悟……

隔天。

地點換到會議室，大夥兒再次齊聚。

被叫來的人都是親王派心腹。除了他們，不知道為什麼，中立派的巨頭米歐拉侯爵及其追隨者海爾曼伯爵也來到現場。

為了重新理清狀況，艾德馬利斯王開始闡述事情的來龍去脈。

大家都靜靜地聽王說話。

雖然拉贊和雷西姆已經跟他們說過了，然而被迫認清如此可怕的現實，大臣們全都陷入沉默。

這時米歐拉侯爵開口，向王提出疑問。

「陛下……這是真的嗎？您說維爾德拉已經復活了？」

「正如昨天拉贊和雷西姆所說。在朕看來，問題只有三個選項該選哪個才最妥當這點。此外也想針對後續因應方案進行協商。」

艾德馬利斯王給出肯定答覆，催促在場眾人自由發言。

就等國王這句話，大夥兒開始闡述各自的看法。

「朱拉大森林由維爾德拉守護，是一塊禁地，就連那個東方帝國都不敢貿然出手，就我國單獨挑戰，簡直是愚蠢至極啊。」

「說、說得是！根本沒勝算。繼續跟他們打下去，國家會滅亡的！」

「也對。這樣一來，只能選條款一或條款二吧……」

「怎麼能當他們的從屬國！我們的立場可能會動搖，再說被魔物使喚萬萬不可！」

「話別說得這麼死。可不能再挑起更多紛爭。」

「那怎麼行！有領地的貴族不會接受這種狂言吧。」

「會引發內亂的！」

「那才是這群魔物的目的吧。」

「不然難道要請國王陛下退位，做出戰後賠償？你們都聽說賠償內容了吧？國家肯定會垮掉。」

「星金幣一萬枚。換算成金幣相當於百萬枚。占我國稅收的百分之二十啊。」

「不可能……」

「可是，各位仔細想想。總比國家滅亡好吧？」

「正是。他們沒把我國榨乾，該說對方還算有良心。」

「到頭來，還是只能接受那些條件嗎——」

「嗯，我也這麼認為。」

艾德馬利斯王全程不發一語，專心聽王宮貴族和眾大臣交談。邊聽邊沉思。

美麗——如少女般楚楚可憐，卻很有存在感、充滿威嚴。

他是名叫利姆路的魔物主君。

令人聞風喪膽的魔王。

光是回想起來，恐懼就自內心深處不斷湧現。

尊嚴跟其他東西都排第二，出於恐懼，王甚至不敢再跟對方作對。

被迫變成肉塊，遭人餵食自己手腳的那些日子。

王無論如何都不希望再受那種恐懼折磨，決定說服這些大臣。

除了吃敗仗，事後還歷經無數拷問。

那些魔物出乎意料地守規矩。

還有新魔王誕生，「暴風龍」復活。

接受這些事實，艾德馬利斯王深知自己一敗塗地。

他被慾望矇蔽，做了錯誤的判斷。假如一開始就跟對方友好相處，或許能以別種形式共創未來。

然而事到如今，說這些都太遲了。

——接下來絕不能再出現任何失誤。

迪亞布羅說過，三個選項要挑哪樣都行。換句話說，不管選哪個都能助迪亞布羅達成目的，如此一來，看哪個選項造成的傷亡較低就選哪個，才是最正確的選擇。

想找出哪個選項造成的傷害最少，艾德馬利斯王開始針對自身想法做統整。

選項三自然排除在外。

不只國民，所有人將無一倖免。

選項二值得納入考量。

可以保障國民的生命和財產。

他曾瞥見魔國聯邦的美麗街道。在那個王國裡，一些冒險者還跟魔物有說有笑。

（也許他們本性並不壞……）

艾德馬利斯王想得很美好，但他立刻打消這個念頭。

（應該行不通吧。若是沒親眼見識，人們不會信賴魔物的。就連我光只是耳聞，都會把它當狂人的戲言一笑置之——）

再說貴族有保護國民的義務。要那些貴族無條件投降，成為對方的屬國根本不可能，就算天地風雲變色也無法逼他們就範。

周邊各國的反彈聲浪肯定不小，又無法獲議會認可。即使他這個王想靠權力闖關，最後也會落得遭人暗殺的下場。

至於選項一，顯然是最安全的選擇。

王退位就如字面意思，艾德馬利斯王必須退位。再把王位讓給新的繼承人，讓他發誓從今往後絕不會挑起戰爭。

對方要求他們支付戰爭賠償金，雖強人所難，但這也是沒辦法的事。花費的成本比繼續打仗還少，還能和平共處。

不過，前提是魔物們不會繼續對我國予取予求。

這兩個要求，背後隱藏某種目的。

迪亞布羅也對艾德馬利斯王鉅細靡遺訊問過。以此為基礎訂立計畫，想樹立新國家，讓尤姆當王。

艾德馬利斯王膝下有三個孩子。

長女、次女、長男。

長女和次女結婚嫁到其他國家，有王位繼承權的只剩長男，也就是王子。可是他才剛滿十歲，還沒成人，假如現在艾德馬利斯王退位，很可能引發繼位爭奪戰。

艾德馬利斯王知道哪些人覬覦王位。是貴族派系的首腦，自己的親弟弟，位列公爵的愛德華。

往這個方向解讀，迪亞布羅的企圖便呼之欲出。

他想利用這場王位繼承權爭奪戰，讓親王派和貴族派爭個你死我活。

現在想想，三個選項不管選哪個都會引發鬥爭。他們在衡量該選哪個好，對迪亞布羅來說一切都在計畫之中。

（——也就是說，選哪個都無所謂……）

艾德馬利斯王在心中悄悄地嘆息。

結局都是一樣的。既然如此——

「好了，各位。請你們聽聽朕的想法。」

等大家都說出自己的看法後，艾德馬利斯王提議道。

「聽說他們的國家叫『朱拉・坦派斯特聯邦國』。各式各樣的種族住在朱拉大森林裡，全都追隨名為利姆路的盟主。其實我們也可以加入這個大家庭……」

「您想讓我國成為他們的屬國嗎？」

「不，並非如此。朕只是覺得出乎意料，那個國家被治理得一片祥和。」

艾德馬利斯王說到這裡暫時頓住，接著用毅然決然的表情環視眾人。

「這次打這場仗，實在失策。朕不是為了國民，而是基於私慾。因為這樣，連老天爺都放棄朕了。這份傲慢喚醒維爾德拉，替我國法爾姆斯帶來災厄。若朕聽從米歐拉侯爵與海爾曼伯爵的諫言，就不會發生這種事——」

「陛下，您過獎了……」

「承蒙錯愛，臣感激不盡。」

「嗯」的一聲，艾德馬利斯王朝兩人點頭示意。

再來便發自肺腑道出真心話：

「不會有第二次機會了，不會有第二次。因為他，魔物盟主利姆路閣下，朕才保住性命。下不為例。若是又做出錯誤的選擇，到時不只朕大難臨頭，人民也會遭殃吧。朕的名聲和尊嚴，這些都不重要了。至少別讓人民遭受波及。該怎麼做才能讓事態好轉，對國民來說什麼才是幸福的。大家一起想想吧！」

大臣們全都為之震愕，當場頓住。

那是因為城府深、將自身利益擺第一的王承認他錯了。不僅如此，還要大家集思廣益找出理想的解決之道。

怪不得大家如此驚訝。

這些臣子看王那樣頓時悔悟，開始自我省思。結果他們只是拿榮耀當藉口保住自身利益，其實只關心自己的利益罷了，對此有了深刻的體認。

眾臣起身，在王面前下跪。

接著——

「對不起，吾王。以前的我們也過於愚昧。我等將會找出最好的解決辦法，為了……這個國家的國民！」

米歐拉侯爵代表大家發話，此話一出眾臣皆無怨言，紛紛跪地行叩拜之禮。

事後他們找來以客人身分造訪的尤姆一行，請這些人當顧問，會談持續進行，不知何時結束……

●

「——就是這樣，我為他們帶來震撼教育。」

迪亞布羅笑著向我報備。

咦，等等！要吐嘈的點太多，讓我不知該從哪兒問起。

不過，最讓人在意的還是——

「你讓他們看了那個？」

「是。我認為這樣最能挑起他們的恐懼。」

這樣啊……你讓他們看啦……

「那個」也就是指肉塊。

紫苑還為此沾沾自喜，我可沒誇她。

看到那個不怕也難。我也是，轉生前的我肯定會吐。

那玩意兒就是如此震撼人心。

話說回來，這完全是魔王會幹的事啊。

我清廉正直的形象遭到抹黑，變得很駭人。算了，都生米煮成熟飯了還能怎麼辦。手法的運用上，可以先嚇嚇他們再安撫，這樣好像比較容易博取他們的信任……咦，好像黑道會打的如意算盤。

我從紫苑的大腿跳下。

為了轉換心情找回內心平靜，我打算變成人身喝杯紅茶。

「再來是談和的條件，我要求星金幣一萬枚當賠償金。」

噗！

含在嘴裡的紅茶不禁噴出。

竟然要求星金幣一萬枚，你這傢伙……

下令用賠償問題分裂王和貴族的人確實是我……但這個金額實在大得很誇張。

高得超乎常理，周邊諸國無法諒解吧。

其實在這個世界裡，以物易物至今仍是主流。

在布爾蒙王國首都、英格拉西亞王國這類大都會大多以貨幣交易，但鄉下沒看過比銀幣更大面額的人大有人在。

講白點，錢的價值出乎意料地高。銅幣等同日幣十圓、銀幣是千圓，金幣相當於十萬圓。感覺上大致是這樣，但這種價值觀充其量只限都市。

實際情況差距可大了。

具體而言，都市勞動人口的平均薪資為一天銀幣六枚。換算成月薪有一百五十枚。大約十五萬圓。相較之下鄉下人一整年賺的錢不到銀幣百枚。年收入在十萬圓以下，貧富差距相當懸殊。

不過呢，這個世界的娛樂不多，可以花到錢的地方也少，基本上貨幣的必要性很低。因此就算貧富差距懸殊，生活上也沒有太大的落差。

換個角度來看，目前世界經濟沒有受國際金融資本左右，經濟面可以說是非常健全……

因此現在構築巨大經濟體正是時候。

迪亞布羅的腦袋真不是蓋的。

聽我之前在會議上透露共存共榮計畫，他似乎已經徹底解讀經濟支配的架構。為了讓價值觀相異的商品流通，貨幣不可或缺。

若能掌握這些貨幣金流，世界經濟盡在掌控之中。

這個世界有很多國家都用自家貨幣，但現今矮人王國加工製造的通用貨幣才是主流。

換句話說，要使用特定貨幣構築世界經濟圈並不難。

迪亞布羅會那麼做，八成有這層打算。

話題拉回。

來談談目前國家訂定的貨幣概略價值。

銅幣約百圓，銀幣一萬圓，金幣約莫一百萬。

索賠星金幣一萬枚，等同請求一兆圓的戰爭賠償。這個世界的物資不若前世日本富足，沒必要編列如此巨額的國家預算。由此可見，要求那些賠償金肯定被當成天價。

「你的條件會不會開太大啊？」

「咯呵呵呵，沒問題。雖然給他們三條路選，但最終能選的只有一個。選項三自然不在考量範圍內，選項二也不可能。這樣一來，他們會選第一個，再跟我們交涉吧。」

但他們選第三個對我們來說反倒省事，迪亞布羅笑著說道。

的確，只有第一個能選。

可能會跟我們談降價的事──不，應該沒這麼蠢。大概會說他們無法一次付清，想以十年為單位分期付款吧。

似乎看出我的想法，迪亞布羅開口道：

「想殺價是不可能的，法爾姆斯王國只能照單全收。但事實上難以實現。這麼多的金幣從市場上消失，經濟也會停滯吧。」

也對。

迪亞布羅果然另有目的。

「他們能使的手段只有──將責任推給別人。」

原來如此。

迪亞布羅是指下列方法。

先張羅頭期款，再用別的東西支付尾款。而那些東西的擁有者拒付也無妨，到時再推說跟法爾姆斯王國無關。

出這招的話，他們可以主張法爾姆斯王國已經付清款項，就算我方發怒也可以推說他們已經表態歸順。

雖說走這步能闖關成功的前提是對方還知道講道理，但拿這招對付我們，到時就麻煩了。

「如果成真該怎麼應對？」

「照原訂計畫行事。至少能收到星金幣千枚，第一階段計畫就此告一段落。」

嗯，等等？

「你根據什麼判斷能收到星金幣千枚？」

「哦，您想問這個啊。」

迪亞布羅的樣子就像在說「這個簡單」，針對我的問題做通盤講解。

簡單來說，原因似乎在於星金幣無法直接使用。

我懂了，確實是這樣。

經他一說我就懂了。

一枚星金幣的價值相當於一千萬到一億圓，兌換成金幣要花不少工夫。星金幣未因應大買賣就沒機會用到，對方會覺得現在拿出來也不至於造成太大影響。迪亞布羅就看準這點嗎？

編列國家預算都以金幣為主。預藏的星金幣如同證券，無法隨意兌換。

這個世界沒有銀行，存了也不會生利息。所以他們支付起來比較不會心不甘情不願吧。

迪亞布羅還真是狠角色。

我還以為要跟對方妥協，星金幣頂多談個一百到三百枚呢。

一名犧牲者的賠償金相當於一億。

還要往上加，加上毀壞屋舍之類的修繕費用。

我認為這是無法退讓的底線。若是能照迪亞布羅說的，拿到星金幣一千枚，到時要跟他們談和也沒問題。

一千億圓，金額大到超乎我的預期。

然而光這樣無法滿足迪亞布羅，還計劃挑起內亂。

這傢伙真的好可怕。

「除了要他們徹底彌補我方損失，你還想幹嘛？」

「咯呵呵呵。艾德馬利斯王獲釋，他已經是我的傀儡了。受獨有技『誘惑者』影響，在某種程度上都會依我的意思行動。講白點——」

艾德馬利斯王受獨有技「誘惑者」支配，迪亞布羅對他握有生殺大權。雖無法強行操弄他的意志，但迪亞布羅隨時都可以按自己的意思取他性命。

對迪亞布羅言聽計從自然不會有事，然而他一萌生叛意，迪亞布羅就會在那瞬間得知。

也就是說，當下可能被迪亞布羅殺掉……知道其中的利害關係，就不會想背叛了吧。

用恐懼控制他人，好可怕的技能。別背叛就保你平安，就是這麼一回事。

後來迪亞布羅說他有在觀察艾德馬利斯王的動向。

他似乎如迪亞布羅所料選了條件一，這下肯定會退位。原本預計讓米歐拉侯爵跟海爾曼伯爵出面究責，但已經沒那個必要了。

該說他們現在完全成了親王派，跟艾德馬利斯王互相協助……雖然跳脫一開始的計畫安排，但深入了解會發現如今的狀況更加理想。

艾德馬利斯王退位，權力根基將徹底瓦解。如此一來，矛頭自然會指向他，遭人興師問罪。

「王立騎士團被利姆路大人殺個精光，王族無人保護。如今跟貴族敵對，對艾德馬利斯王來說形同死路一條。只能任人宰割。但那只是表象，事實上──」

守護王族的騎士團已經沒了。各路貴族可不會客氣，王就成了迪亞布羅口中的「責任推卸對象」，是這樣說的吧。

一場鬥爭將無法避免。

貴族派系打算犧牲艾德馬利斯王。而艾德馬利斯王將看出這點，會拚命想辦法對付吧。

這個嘛，接下來會如何發展呢。

沒有兵力撐腰的親王派將敗給貴族派。

要怎麼避免？

《答。為此吸收尤姆他們，雙方聯手才是上策。如此一來──》

對喔，尤姆跟我是一國的。

艾德馬利斯王也知道我想立尤姆為王，要是他協助尤姆登基……

突然讓出王位太牽強，若能將尤姆打造成他們的救世主，就能演出將沒落王室託付給尤姆的戲碼了。

「艾德馬利斯王打算拉攏尤姆，也就是說要跟我們同進退嘍。」

「小人惶恐，正如您所料。」

聽到我的答案，迪亞布羅開心地笑了。

猜對了嗎？

有我們當靠山，等同獲得超越王立騎士團的戰力。貴族們以為王無力抵抗開始作威作福，遇上尤姆這個英雄豈是他的對手。

「這麼說來，只要派兵支援尤姆就行了吧？」

「是。僕人拉贊會聯絡我們，屆時再麻煩您。」

不愧是迪亞布羅，就算我們鞭長莫及也無妨，他已經安插手下了。「未雨綢繆事半功倍」正是其寫照，這個男人優雅地處理手邊任務。

話說回來，竟然收服拉贊啦。

聽說他是人稱法爾姆斯王國守護者的厲害角色，但看在迪亞布羅眼裡似乎無關痛癢。

收都收了，我就別掛懷了吧。

「這樣就能打贏他們吧？想繼任當王的人會不會拖其他國家下水，組什麼聯軍之類的？」

「費茲先生跟蓋札王會對周邊諸國施壓，盯著他們。因此這種可能性不高……如果真的發生我也會參戰的，請放心。」

聽他說得自信十足，我只好由他去了。

話說迪亞布羅，他真的打算完全隱身幕後耶。「打下一國江山」，如此重責大任竟然要全權交由他人處理，讓我有點惶恐。

對手組成聯軍的機率微乎其微。跟「智慧之王拉斐爾」的預測一致，所以交由他人辦應該沒問題啦。

「好，就交給你了。有什麼事再跟我報備。」

「是！屬下會處理妥當的，吾王！」

我朝跪地的迪亞布羅肩頭拍啊拍，要他繼續將任務完成。

＊

經他大致說明後，細部確認也告一段落。

正好這時哈露娜替我們準備新作甜點當配茶小點心，幫我們端過來。

「噢，這是抹茶布丁吧？」

「是的，利姆路大人。雖然不如朱菜大人，但我的手藝也有進步了。」

帶著溫婉的微笑，哈露娜小姐將布丁端上桌。

緊接著，從頭到尾沒跟我們講到半句話、顧著看漫畫的維爾德拉立刻晃過來，而且一臉理所當然。

「哦？應該有我的份吧？」

「當然有，維爾德拉大人。」

嗯了一聲，跩個二五八萬的維爾德拉朝布丁盤伸手。

「維爾德拉大人，這是之前跟你講好的份。」

說這話的人是迪亞布羅，一面將他的布丁遞給維爾德拉。

「嘎——哈哈哈！迪亞布羅，看來你這個男人很講義氣嘛。」
維爾德拉滿意地點點頭，從迪亞布羅手中接過布丁。
話說回來，這賄賂的代價真夠廉價的。
「迪亞布羅，你不吃沒關係嗎？」
我可以跟哈露娜小姐說一聲，讓她多準備一個。我基於這種想法才問，結果迪亞布羅一鞠躬婉拒。
「我是在支付換取情報的報酬，您無須掛懷。」
看來他很有紳士風範，言出必行。
不對，只是一顆布丁用不著搞得這麼誇張吧，我悄悄地想著。既然迪亞布羅可以接受，我就別多嘴吧。
「是嗎？那就好。對了，你剛好在我參加魔王盛宴的時候回來，我們兩個才沒碰到。」
我不經意朝迪亞布羅提起此事。
當我午夜出發時，他已經不在了，我猜他回來的時間剛好跟我錯開。
然而——
「啊，不是的。我威脅完艾德馬利斯王一干人等後，到各地巡查法爾姆斯的財政狀況。這些調查是為了釐清計畫是否有疏失，那時維爾德拉大人聯絡我，要我回去。」
他語不驚人死不休，隨口掀人底牌。
這時喀嚓！一聲，維爾德拉從椅子上慌慌張張地站起。
「我、我突然想到一件事要辦。」
他說這話擺明想唬弄過去，別想逃。

「哎呀，別急嘛，維爾德拉老弟。」

我動作飛快，伸手牢牢搭上他的肩頭。

「等、等等！有話好好說嘛！」

「說你的大頭鬼！人家辦正事你攪什麼局啊——！」

維爾德拉拚命逃避，我把他的布丁沒收，還要哈露娜小姐暫時不給維爾德拉甜點吃。

維爾德拉哭了，但我不原諒他。

真是大意不得。

就結果而言，維爾德拉闖進魔王盛宴其實有加分作用，但這跟那是兩碼子事。要是今天原諒他，往後搞不好會捅出什麼簍子。

還好今天是能幹的迪亞布羅跟他配合，換成其他幹部，光想就毛骨悚然。維爾德拉隨便下令，換成其他人肯定手腳大亂吧。所以我仔細地叮嚀維爾德拉今後一定要先徵求我的同意才行。

幸好須迪亞布羅親自出馬的工作只剩一樣，就是將在五天後召開的和平協議。重點都交給他人承辦，他本人打算繼續當我的管家。

迪亞布羅是這麼說的——「我是利姆路大人的管家，必須隨侍左右」。

紫苑的臉臭到不行，這方面是迪亞布羅勝利。

再來要談談那場和平協議。

「啊，我也要出席嗎？」

「不，我一個人就夠了。」

他拒絕我的提議。

談大買賣有上司跟著也許較有鎮定人心的作用，但對能幹的男人迪亞布羅來說，操這種心似乎是多餘的。

不如說，由我出馬似乎會挫了那幫貴族的戰意。

雖然有點納悶，但交給迪亞布羅去辦就對了。

想到這兒，我放心將法爾姆斯王國攻略大作戰的事推到腦海角落。

●

——後來，事情的走向都被迪亞布羅料中。

貴族們集合在一起，召開御前會議。

跟上次不同，王和眾臣神情緊繃，一臉嚴肅。

貴族派成員也知道氣氛不對，表情不自覺緊張起來。

王對這些貴族說的第一句話如下：

「這次我國法爾姆斯軍出戰是為了剿滅魔國聯邦，卻被復活的『暴風龍』維爾德拉殲滅。生還者只有朕，另外兩人是拉贊和雷西姆。我們戰敗了。」

這句話極具震撼力，會場開始嘈雜起來。

艾德馬利斯王訴說法爾姆斯軍的慘狀。

令人不敢置信的內容讓大夥兒驚訝不已，接下來王說的話又讓他們罵聲連連。

這也難怪。

因為王說他要接受魔物的要求，依約對戰爭進行賠償。

賠償金額是——星金幣一萬枚。

「這怎麼可能！星金幣相當於百枚金幣。要我們付金幣一百萬枚嗎！」

「怎麼可能付魔物這麼多錢。絕對不能答應他們！」

「再說就算散盡國有財，也沒辦法籌到那麼大的金額啊！」

順帶一提，這種星金幣通常用於國對國的交易，形同「利於保存的證書」，一般國家的持有數甚至連百枚都不到。任憑法爾姆斯王國再怎麼強大，頂多也只能集到千枚。除此之外再加流通用的金幣，就如剛才貴族之一嚷嚷的，須準備的量相當龐大。

跟他們有商業往來的國家還能用商品代替，然而換成新興國——還是魔物國度——這種手段根本行不通。這麼一來勢必對經濟造成影響。

迪亞布羅要求一萬枚，原本就是為了刁難他們。怪不得貴族們頗有微詞。

此外，這些貴族並沒有親臨戰場，沒什麼危機意識。國家正面臨存亡危機，他們沒這種自覺。

因此這些貴族紛紛站出來反對，主張繼續跟敵國作戰。

「說得是。竟要我們俯首稱臣，那怎麼行。不保證對方會遵守約定，不對人民出手。」

「只能跟他們抗戰到底了。不過是從沉眠中甦醒的邪龍，我等賭上榮耀定會討伐他們！」

「對手是維爾德拉，西方聖教會可不會坐視不管。那個美麗女戰神日向也會採取行動的。」

「噢噢，聖騎士團長日向嗎？那隻母狐狸心思狡猾，但這種時候就該讓她出馬。」

「西方聖教會把維爾德拉當敵人看，這件事人盡皆知。」
「不是還有勇者嗎？」
「噢噢，英格拉西亞王國的閃光正幸啊！」
「就是他。對手還來不及反應就被打倒，人稱史上最強名揚四海的勇者。稱號『閃光』可不是浪得虛名，就請他去打倒維爾德拉來證明這點！」

貴族們談得很起勁。
都沒發現自己只想靠別人。
「嗯，就是這股氣勢！去把那些魔物打跑！」
甚至有人開始大言不慚地說些天方夜譚。
親王派大臣看貴族派這樣，似乎有點羞愧。他們想起王一開始告知這件事情的時候，自己是如何應對的。
有的人還紅著臉嘆氣。甚至也有人想起王當時是什麼樣的心情，開始自我反省。
而聚集在此的貴族心裡想些什麼，艾德馬利斯王也很清楚。
眼下高聲主張開戰的貴族只想鞏固自身權益。絕不是為了守護法爾姆斯王國，或者保護國民的生命財產。
他們並不是真心想跟對方作戰。所以才能理直氣壯撂狠話。
艾德馬利斯王早就知道事情會變成這樣。來這裡開會的貴族都封有領地，他們還沒認清現實。
這些人不曾品嚐恐懼的滋味，原本就沒有上第一線面對的意思。

只想待在安全的地方，找人代替他們上戰場。
要是輸了也不打算負責吧。
以前玩那套還行得通。
畢竟法爾姆斯王國是強盛大國，壓過周邊各國。
但這次可不能走老路。對周邊國施壓，這種老方法已經沒用了。
再說對手是單憑一己之力滅掉大軍的天災級魔物……

盛怒之下，貴族們大聲追究王的責任。
說賠償金應由王室支付。
魔物的要求必須拒絕。
應集結法爾姆斯所有兵力決一死戰。
貴族的看法從某個角度來說，其實沒錯。
但他們忘記一個重點。
那就是法爾姆斯國內的戰力早已大幅減少。
又或者，他們只是不願接受事實罷了……
此事被人一語中的，有些人鐵青著臉，有些人死皮賴臉發飆。
艾德馬利斯王的擔憂成真，貴族們無法達成共識，會議亂成一團。
此時貴族派的代表——王弟愛德華蓄勢待發地開口道：
「兄長，不，陛下！就算您退位，也不能擺脫責任！尊貴的王豈能輕易認輸？」

「……聽好，愛德華。對手是『暴風龍』維爾德拉。朕的榮耀，對那個暴君來說如同草芥！朕可不想再受那種恐懼折磨。還是說，你願意為榮耀奮戰！朕不會阻止你！不過，這樣只會讓士兵白白犧牲。」

「不，這個……可是陛下，若剛才說的是真的，莫非你想一個人逃走？」

「愚蠢，要逃去哪兒！所以朕才想應要求支付賠償金，還說要退位。」

愛德華認為這是對國王追究責任的好機會才走那步棋，卻被艾德馬利斯王顯少展現的氣魄鎮壓，因而陷入沉默。

看他這樣，艾德馬利斯王放緩音量接著說道：

「若朕不退位，只能選擇當屬國或者繼續與他們作戰。這樣行嗎？國家會滅亡的——」

「唔……可是，竟然要束手就擒向魔物投降……」

即使如此仍無法信服，愛德華心有不甘地支吾。

此時，會場暫時恢復平靜，海爾曼伯爵小心翼翼地開口：

「能否聽我一言？今天早上，我收到一封書信。內容相當重大，所以我想藉這個機會告知諸位……」

海爾曼伯爵說完，開始轉達布爾蒙王國發表的聲明稿。

據他所說內容如下，布爾蒙王國支持魔國聯邦，對這次法爾姆斯王國派兵一事予以譴責。

如假包換，這聲明稿就是為了譴責法爾姆斯王國。

「一個小國竟如此猖狂！」

「若我國戰勝就選擇保持沉默吧，這次敗仗讓他們借題發揮得意忘形。」

而這群貴族的憤慨彷彿被人潑了一盆冷水般，矮人王國也發出同樣的聲明——負責國內外貿易的大臣出面補充。這下貴族們顯得神色慌張，說話的氣勢也不若先前張狂。

「只有布爾蒙王國就算了，如果武裝大國德瓦崗出動，事情就麻煩了。矮人王蓋札還會保持中立立場嗎？」

「不，問題在於他說話的分量。該國也是我國重要的貿易對象，惹火蓋札王不是好事吧。」

以海爾曼伯爵的報告為契機，會場氣氛沉重起來。就在這時，有人投下更大的震撼彈。

「啟、啟稟陛下！剛才自由公會傳來緊急消息！」

一名士兵衝進來，白著臉大喊。不管他們現在開重要會議，衛兵似乎也沒有攔他。理由只有一個，因為那名傳令兵拿著「最至緊急傳達書」。

貴族本來想發牢騷，卻因書狀上寫的「最至」兩字硬生生吞回。這書狀只因應危險度特S級事態發布，誰敢妨礙傳令將被處以相當於叛國罪的重罪，這是法爾姆斯王國跟自由公會一起訂立的。

「說吧。」

經艾德馬利斯王許可，士兵緊張到抖著手執起書狀，緩緩地朗讀內容：

「魔物利姆路自稱朱拉大森林的盟主，聽說已經對外昭告，說他當上魔王！」

「什麼！」

「這——」

「危機就是轉機。這樣我國就有救了。」

「說得是。那些魔王可不會坐視不管。這個不知天高地厚的利姆路，到時就知道正牌魔王有多可怕。」

「若事情進展順利，魔王們可能會連復活的維爾德拉一起滅掉！」

傳令的士兵剛念完一段，貴族們就興高采烈地接話。但士兵接下來的話讓那些聲音一口氣消失殆盡。

「——魔王克雷曼不滿便挑戰利姆路——魔王利姆路，據說反遭討伐！」

士兵這話一出，驚訝之情在會場內不脛而走。

「——什麼！」

「怎麼會……」

「『獅子王（Beast Master）』卡利翁呢？還有『天空女王（Sky Queen）』芙蕾，他們在搞什麼？難道要將朱拉大森林的霸權拱手讓給一個新人！」

他們得知敵人當上魔王，怪不得如此驚訝。

其中一名貴族追問領地跟朱拉大森林鄰接的幾名魔王有何動靜，像在替他的疑惑解答，士兵讀完最後一段。

「您說的卡利翁和芙蕾二人，他們交出魔王寶座加入魔王蜜莉姆旗下。魔王勢力也隨之變動，如今共八名魔王稱『八星魔王（Octagram）』！」

這句話讓貴族派的人徹底噤聲。

他們已經知道我方大敵利姆路也名列八星魔王。

親王派人馬早在事前就得知消息，但心裡有底不代表他們能從容看待。不管聽幾次都難以置信，同樣沉默不語。

這情報由眾魔王連署，是他們單方面發布的。因此對消息存疑一點意義也沒有。每個魔王都擁有莫大的力量，沒必要拿這種事欺騙人類。

會場被這股沉默籠罩，艾德馬利斯王語重心長地開口：

「都聽到了吧，各位。維爾德拉是一大威脅，名叫利姆路的魔物也是危險人物。三兩下打倒魔王克雷曼，是超乎想像的怪物。這會也不用開了吧？朕退位的心意已決。口口聲聲說為國著想卻沒把敵國的情況考量進去，太愚蠢了。朕被利益蒙蔽雙眼，是朕失策。若我們換個角度與該國接觸，他們也許就是我國的好鄰居。」

艾德馬利斯王表示他退位或許能讓兩國構築新關係。貴族們專心聽他說話，從態度看來已經沒有唱反調的意思。

大家終於接受現實，只能照艾德馬利斯王提的方式做。

「朕要退位。此外，朕舉薦愛德華繼承王位。」

「兄長……」

「您說什麼！」

「您的王位不傳給艾德卡王子嗎？」

出人意表的一句話讓會場騷動起來。

大家都認為艾德馬利斯王一旦退位，自然會將王位傳給王子。所以愛德華才拚命突顯自己。王兄艾德馬利斯肯定得退位。面對這個天賜良機，愛德華想將夢想已久的王位納入手中。

就算這次由艾多卡王子繼位，於此突顯自身存在仍有轉機。

王子年僅十歲。然而兄長尚在人世，他還是無法垂簾聽政。

既然如此，就要讓貴族對這事心生不滿，讓他們朝這個方向想——「愛德華才是當王的合適人選」。

不過，國王寶座卻歡迎愛德華入主。

「往後將面臨艱困的局勢。艾多卡還小，難以克服障礙。」

艾德馬利斯王一席話充滿苦澀。

眾臣對此看法不一，當中也有人點頭表示贊同。

「陛下，我也覺得如此甚好。」

是米歐拉侯爵。

聽到這句話，愛德華在心裡暗自竊笑。連中立派巨頭米歐拉侯爵都認同了，這決定肯定不會出現變數。

只要坐上王位一定能跨越這次的難關——愛德華有信心。

推推托托來拖延付款期限，利用這段時間拉攏周邊各國，一起對抗魔國。就如自家派系的貴族所言，組成有勇者和聖騎士撐腰的人類聯盟也是有效手段。

再說，用不著出這招……

換人繼承王位，表示政權會隨之交替。

舊時代政權接受的條件，新政府沒有繼續遵循的必要。也就是說，不須支付天價賠償金。

若遭人撻伐，到時再把責任都推給先王——親哥哥艾德馬利斯。

愛德華的想法很膚淺。

（呵呵呵。等我當上王，一定會把國家治理得更繁榮。）

沒發現這些都是事先安排的劇本，愛德華沉浸在繼任新王的喜悅裡……

後來會議順利進行。

列舉各種問題點，做細部調整。

統整出一個概要，全場一致表決通過與對方進行和平協商。

——場景來到和平協商會場。

歷史悠久的大國法爾姆斯與朱拉·坦派斯特聯邦國簽訂休戰協議。雙方達成共識。

這樣一來，表面上等同法爾姆斯王國承認魔國聯邦是國家。儘管他們還沒建立邦交，也不能隨便跳過國際法了。

話雖如此，魔國聯邦並沒有加入西方諸國組成的評議會——西方諸國評議會，就算法爾姆斯王國再次展開侵略行動，依然不會發生法律制裁。

頂多只是從人道觀點出發，確立魔國聯邦在各國之間的地位。

不過，已經證實魔國聯邦握有武力。

該國統治者是新魔王利姆路。

「暴風龍」維爾德拉的盟友，短短不到兩年就徹底支配朱拉大森林，是超乎常理的怪物。

這項事實就擺在眼前，不會有國家跟魔國聯邦開戰。比起能得到的利益，他們認為蒙受的損害會過於龐大。不僅如此，輕舉妄動將害國家滅亡。

從這天開始——利姆路成了不可冒犯的存在。

在這個世界人稱魔王，達到災禍級。

就這樣沒出什麼大問題，計畫第一階段結束。

一切都照迪亞布羅的安排走——

第二章

各自的職責

Regarding Reincarnated to Slime

在迪亞布羅向我彙報後，隔天早上朱菜和蒼影率先回國。

「我們平安歸來嘍！」

朱菜說著用臉頰磨蹭我。對戰似乎讓她用盡魔力，要讓魔力恢復到可以進行「空間移動」的程度，好像花了不少時間。

我能輕輕鬆鬆用「空間支配」來個「傳送」大法，但朱菜的魔素量不多，一天能發動的次數有限。

蒼影可以開「影瞬」回國，可是他說護衛不能先行回國，所以等朱菜回復。目前幾具「分身」正擔綱克雷曼據點周邊的警戒工作。看來他比想像中更加游刃有餘。

「對了，白老呢？」

「是。我拜託他處理後續事宜。」

朱菜笑瞇瞇地回應。

蒼影悄悄地別開目光。這麼看來，他們將收尾工作推給白老，自己先跑回來了。

白老無法進行「空間移動」，被人丟著一點辦法也沒有。不過呢，白老將朱菜當孫女疼愛，被她拜託也不嫌煩吧。

聽說他現在跟蓋德同心協力，指揮人員調查克雷曼的城堡、打理戰利品、看要如何處置俘虜。

有勞白老費心了——我在內心如此感激。

他那邊的工作八成堆積如山，但我這個門外漢幫不上忙。在他提出要求前，我就閉嘴待機吧。

接著當天晚上，紅丸等人也回來了。

「咦？大將軍回來沒問題嗎？」

我這麼一問，紅丸扯嘴一笑。

「呵呵。既然仗都打完了，我們總不能一直在那攪和吧。指揮權就下放給優秀的副官，我們幾個早早抽身。」

紅丸這話說得爽快，無事一身輕。

說穿了，後面的事都丟給三獸士處理。我彷彿看到阿爾比思他們懊惱的表情浮現在眼前。

幹的好事跟朱菜如出一轍，不愧是兄妹。

看我的責任感那麼強，好歹跟我學學——

《答。據判他們就是跟主上學的。》

據判什麼啦！

一定是你搞錯了。

難道說，從「大賢者」進化成「智慧之王拉斐爾」，你的演算能力退化了？

《否。並未偵得類似現象。》

還給我否認。

這方面肯定有進化到。

跟它吵沒勝算，我就大人不計小人過，放它一馬。

吵不過智慧之王拉斐爾，我決定找紅丸了解一下後續情形。

「對了，戈畢爾還在戰場上？」

「是。那傢伙跟蜜莉姆大人的部下米德雷志趣相投，幫忙替戰場善後。」

「原來如此。蓋德待在克雷曼的大本營，戈畢爾留在戰場上。」

戈畢爾也留在戰場上善後啊。

蓋德也好，戈畢爾也罷，實際執行也處理得妥妥貼貼，真的很可靠呢。

戰爭並非打贏就沒事了。

後續才麻煩。特別是這次，我們將克雷曼的黨羽一網打盡……

有抓些俘虜做苦力，不論戰場或大本營都抓到一大票。既然保證不會殺他們，我們就要負起責任照顧這些俘虜。

他們是不同於人類的魔人，稍微操一點應該也沒差。可是不賞飯吃，他們還是會懷恨在心吧。

因戰爭招致憎恨是沒辦法的事，但善後工作該由勝方負責……

將戰場上捕到的俘虜同時移送，做起來相當費力。趁我方不注意時叛變就麻煩了，必須時時刻刻盯著他們。

即使解除武裝，魔人還是讓人放心不下。

這個世界有魔法，有技能。朝這個方面想，怪不得從來沒人敢抓俘虜。

得想辦法防止他們起意叛變——

「哦，這方面請您放心。我把俘虜全部找來，當著他們的面稍微做點說明了。」

「是、是喔。」

看紅丸露出爽朗的笑容，我下意識點頭。

都跟他們說些什麼，我刻意略過不問。

一些俘虜應該有看到紅丸把暴風大妖渦燒個精光，要是他們把消息傳出去，大概沒人敢反叛吧。

再說還有三獸士。統率俘虜的事就交給獸人吧。

「那戈畢爾暫時不會回來嘍？」

「大概吧。他不會『空間移動』，八成會跟三獸士一起回來。」

我還以為都安頓好，戈畢爾他們會用飛的飛回來。是說，先不管那個——

「咦？三獸士也要過來嗎？」

三獸士為什麼要一起過來？

該不會要帶著救到的人民、繳械的俘虜，所有人一起過來吧？

「您想想，猶拉瑟尼亞的首都不是被蜜莉姆大人夷為平地嗎？所以最後決定暫時投靠我國。」

紅丸說獸人體力充沛，用行軍的方式也沒問題。

但我想問的不是這個……

「可是我們沒辦法收容所有人吧？」

上次只是收容兩萬人，整出可以露營的環境就花了不少時間。而且這次可靠的男人蓋德和豬人族（高等半獸人）工作部隊都出差去了。就算已開墾的開發預定地還有多餘空間，要準備供所有人過夜的地方還是有難度。

「關於這點，我已經跟蓋德和阿爾比思商量過。我們會將俘虜編成幾個大隊，各別找地點收容。」

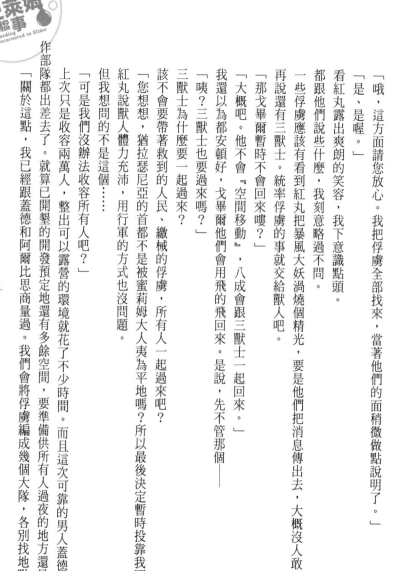

紅丸出聲解釋，要我別擔心。

他們好像要篩選收容對象。

有村落可回的人各自踏上歸途。

至於來魔國聯邦的，似乎都是想學技術的獸人。

仍保有體力的獸人跟魔人留在當地，聽令於蓋德的部隊。在各部隊的指導下，讓他們開發被夷為平地的猶拉瑟尼亞遺址。

卡利翁卸下魔王光環，加入蜜莉姆的陣營，猶拉瑟尼亞也變成蜜莉姆的領土。朱拉大森林南方有一片肥沃的土地，其中心地帶就是猶拉瑟尼亞，預計在那建造蜜莉姆的居城。

反正都要重建都市，乾脆遷都吧？我靈光一閃朝蜜莉姆提議，結果她爽快答應。

還以為要花點時間商量……但對方畢竟是蜜莉姆。

當機立斷。

仔細想想，蜜莉姆沒有部下。

祭祀龍之子民的米德雷等人形同部屬，但形式上他們只是祭拜蜜莉姆，沒有受她掌管。因此用遷都這個字眼或許滿怪的。

算了，這種小事隨便怎樣都好。

卡利翁跟芙蕾都沒意見，我們能毫無罣礙地建設新都市。

財源就是克雷曼積攢的金銀財寶。

勞動力有俘虜遞補，目前正在替他們編隊。

不需要我操心，紅丸跟蓋德似乎有到現場親自指揮坐鎮。

他們的成長令我震驚。

不管說明幾次都無法照我的指導方式辦理的後輩田村啊，連魔物都比你優秀喔——我在心裡偷偷地想著。

照紅丸的話聽來，魔國聯邦要接收的人數似乎沒先前多。

「這麼說來，我們不用準備新的臨時居所吧？」

「對，應該不用。可是不只獸人過來，還有當俘虜的魔人。這點最好確實昭告所有人，為了以防萬一，我去叫大家加強警備。」

「也對。我知道了，這就去跟大家解釋一下。」

聽紅丸這麼說，利格魯德大力點頭。

這兩個傢伙好能幹啊。

沒我的指示，他們還是能自行判斷並採取行動。

咦？是不是少了我也沒差啦？這讓我有點落寞。

＊

自從紅丸他們歸來後時隔數日，傍晚迪亞布羅抱著黑漆漆的箱子進入辦公室。

「利姆路大人，已按預定計畫交涉完成。這裡有簽訂和平協議的證書，以及部分賠償金星金幣一千五百枚。」

迪亞布羅說完將箱子遞到我面前。

我都忘了。今天是跟法爾姆斯王國簽訂和平協議的日子。

是他說我不去也無妨，我忘得一乾二淨也不會怎樣……但我有點心虛。

感覺上好像部屬努力工作，我卻在摸魚。

不，我絕對沒有摸魚喔。

還有啊，我的目標是「名義上當王權力下放給國民」，所以沒問題啦。

我拿這些話替自己找台階下，掩飾內心的慌亂，然後朝迪亞布羅點頭。

「哦，那就好。話說回來，星金幣比預料中多呢。」

我方針對戰爭賠償索求星金幣一萬枚，這原本就是無理的要求。

事後詢問得知，在這個世界流通的星金幣總數有沒有一萬枚還是個問號。

製造商蓋札王是這麼說的：「星金幣一個月只能打造一枚。聽說自我國創立以來，有段時間都沒製造星金幣。因此物以稀為貴。」據說金幣的流通量高出星金幣數百倍，說它稀有確實不假。

而這種稀有物品星金幣，眼前就有一千五百枚。想到占全體流通量一成以上的星金幣都在這兒，只能說真的好神。

「法爾姆斯不愧是強盛大國。竟然能弄到這麼多。」

光從他們能準備如此龐大的量來看，就可窺知其國力。

「您說得是。不過這些錢多半來自艾德馬利斯王，拿他的私有財產硬湊。」

據迪亞布羅指稱，交到這的星金幣多半歸屬王室財寶，沒機會用一直收著。有矮人王國背書易於兌換，兼具藝術價值，有很長一段時間都被當成王室財產。

「反正現在負責守護王族的騎士團沒了，跟貴族派鬥爭必定將遭洗劫一空——艾德馬利斯王果然如同預料地這麼想。」

所以他才交出一切資產，把國庫掏空？

「原來是這樣……咦，那不就會按計畫開打嗎？」

「是的，必定如此。對照請求金額不足的部分以借款形式記帳欠著，想必新王無法接受這種做法。」

迪亞布羅老弟笑著回應。

他已經把眼光放遠、放在新王的想法上，才不選王子艾多卡，改由國王的弟弟愛德華繼任。

這方面艾德馬利斯王也能接受，他們認為眼下只有這個辦法了。

照理說該讓艾德馬利斯接受相當於公爵的待遇，但他回絕了。

還交出王位，成了子爵。移居至鄰近尼德勒．麥格姆伯爵領地的鄉間小領土。

看在他人眼裡，艾德馬利斯已經捨棄追求權力的野心。

這樣一來——

《答。不想由國家承擔剩下賠償事宜的他派勢力，將設法讓艾德馬利斯扛起所有的責任吧。》

果然。

看來計畫都照迪亞布羅的安排走。

「尤姆他們將尼德勒的領地當成根據地，一有狀況就能立刻趕去對吧。」

「是。如您所料。」

迪亞布羅笑盈盈地頷首。

紫苑站在我背後，臭著臉聽我們說話。

不，她左耳進右耳出吧。肯定聽到一半就放棄動腦。

喔，紫苑的事先擺一邊。

嗯嗯。

尼德勒的領土面向朱拉大森林，在邊境地帶屬於中規模的領土，還設有自由公會分部。當地人口眾多，很容易引發事端。

尤姆就待在那兒。

廣受民眾支持，很多人知道他是英雄。

「就算新王要犧牲艾德馬利斯，尤姆也會阻止他嗎？」

「是。還會讓尤姆先生指責新王不講信用，到時肯定會發生動亂。」

讓尤姆保護艾德馬利斯等人，自然而然造成對立局面嗎？

太完美了。

要是新王乖乖支付剩下的賠償金，我們就不便進一步究責。最好把眼光放遠一點，擬定策略，讓法爾姆斯王國慢慢分崩離析。

不過，迪亞布羅的策略連我都想不到。他操弄人心，導出理想的結果。

如此一來，很可能短時間內就會出現動靜。

新王會採取行動，設法除掉艾德馬利斯吧。假如艾德馬利斯被他制住，我們的計畫就會告吹。

當然，不管對方如何主張我們都能當耳邊風啦，但那麼做會喪失在國際社會上的威信。不管做什麼都需要正當理由——這就是人類社會的規矩。

「要保持警惕喔！操縱新王的人馬，能盡量避免對人民造成損害嗎？」

「若您希望如此，小人迪亞布羅定不負所望。」

你真的好能幹喔。

頭腦太好讓人有點怕，但交給迪亞布羅辦似乎都能水到渠成。

「就交給你了。如果軍用資金不足，可以用這些星金幣。」

我用「胃袋」收納千枚星金幣，其餘五百枚交給迪亞布羅。

幸好犧牲者都復活了，只要個別慰問他們就好。以賠償金來說，就算只要到千枚也十分充足。我們獲得克雷曼大本營的金銀財寶，如今財政上非常富足。今後的都市創造計畫可會花掉不少，但我們有充足的預算支援尤姆。

我基於上述想法才提議的，不料迪亞布羅笑笑地婉拒。

「利姆路大人，您的用心令我倍感欣喜，但沒這個必要。只要按原定計畫備妥兵力，這樣就夠了。或者恩准我參戰——」

「啊，那可不行。我會準備兵力，你盡量低調點。」

我趕緊打斷迪亞布羅的話。

迪亞布羅很強我再清楚不過，可不會蠢到錯用。聖騎士級的對手出現另當別論，對付人類國家派迪亞布羅，戰力上太超過。

那麼做只會讓大家懼怕我們，要相互理解就更難了。就現狀來看也像走在岌岌可危的橋上，我希望跟人類社會相處得更和平些。

此外，戰力方面沒有任何問題。

目前沒人敢明著跟我們作對。蓋德部隊被派去處理營建工作，不過，單憑紅丸麾下的戰力就綽綽有餘。法爾姆斯如今失去大半戰力，無法對我們構成威脅。

因此我就先準備援軍就好，這筆錢拿去投資尤姆將來要樹立的新國家吧。

「遵命。那我就保持低調，徹底隱身幕後。」

聽我解釋，迪亞布羅一下就應允了。

「紫苑，多學學迪亞布羅。」

「為什麼！我總是保持冷靜，徹底奉行利姆路大人的命令啊！」

我有時會像這樣提醒她，但紫苑好像沒自覺。

真是的。

只能慢慢催生她的自覺，讓她自重別失控。

能放紫苑單獨出任務的日子似乎還很遙遠呢，我在心裡悄悄地嘆氣。

結束彙報後，迪亞布羅突然想到什麼，問我一個問題。

「利姆路大人，西方聖教會試圖跟我的手下雷西姆接觸。似乎想深入了解我們跟法爾姆斯王國的戰況如何，對他發布召集令……您怎麼看？」

說到這個雷西姆，就是在當法爾姆斯王國大主教的大叔。

現在好像變成迪亞布羅的忠心走狗，可是要他無視召集令會出問題吧。

「嗯——放著不管好像會讓事情變得很棘手呢。」

「沒錯，為了打探教會的動向，應該派他過去說明一下。」

「也對……生還者只剩三人，一般來說都會想探聽。」

前國王艾德馬利斯、宮廷魔法師長拉贊、大主教雷西姆，要從這三人挑選，當然會直接找雷西姆問話了。

應該說人選是這些，只能找雷西姆。

「維爾德拉復活是事實，但時間兜不攏。西方聖教會好像一直在監視維爾德拉，要是我們撒謊可能一下就穿幫……」

「這樣啊。那麼，要讓他說實話嗎？」

為此我開始思考。

依西方聖教會的應對而定，可能對今後的計畫造成妨礙。可以的話希望雙方河水不犯井水，不過，他們的教義不願認可魔物實在很麻煩。

好比矮人王國，他們也跟西方聖教會處得不好。矮人對待魔物並沒有大小眼，這種行為正好與西方聖教會的教義相牴觸。

可是他們並沒有變成敵人，彼此都把對方當空氣……

我們也要促成這種關係。

我不打算否認歷時千年以上的宗教教義，話雖如此，又不能無條件接受。有人說「因為是魔物所以該死」，總不能回「你說得對」還乖乖照辦。

要尊重另一方，彼此體諒。要是雙方各持另一方無法接受的意見，最後免不了開戰吧。因此該包容彼此的歧見，避免碰觸那部分，用成熟的方式交流。

講是這樣講，也要對方願意配合才行。

若他們未抱持相同想法，只剩我們唱獨角戲。

既然西方聖教會把我們當成「神之大敵」，我們只能與之抗衡。事情演變成那樣，我們就不能手下留情、必須盡全力擊潰對手。

但目前還是——

「好，那我們先送個訊息過去。我們有從克雷曼那邊沒收用來記錄影像的魔法道具吧？把我的留言錄進去，再讓雷西姆拿那樣東西試探教會，看他們反應怎樣。」

「遵命。」

「是！那我馬上去準備！」

此話一出，迪亞布羅立刻領命頷首，紫苑則跑去張羅水晶球。

迪亞布羅向我報告，說他已經把雷西姆送過去了，後來又過了幾天。

去是去了，西方聖教會一點反應也沒有。

他們那邊好像亂成一團。

這也難怪。

畢竟維爾德拉復活，還有新的魔王誕生，也就是我。

該用什麼樣的態度跟我們應對，他們大概無法在第一時間決定吧。

如果他們一直沒反應，那也無妨。

所以這件事就先放著觀察，我們決定等對方回應。

＊

三獸士到了。

連同俘虜在內，浩浩蕩蕩數萬人，抵達的時間比預料中還早。

獸人跟魔人果然厲害。跟人類相比，基礎體力就有差異吧。而且這個世界有魔法，體力用盡靠魔法，魔力耗盡靠自己的腳，可以像這樣用很有效率的方式移動，據說行軍速度會加快好幾倍。

連一般居民都能行使，讓我不禁感到佩服，不愧是戰鬥民族獸人。

沒看到戈畢爾，大概在隊伍後面吧。

才想到這兒，三獸士阿爾比思和蘇菲亞就結伴過來，向我打招呼。

我也跟著問候他們，這時發現三獸士少一個。

「咦？法比歐沒來嗎？」

「關於這點，其實法比歐留在那監視俘虜的魔人。」

蘇菲亞替我解惑，順便解釋一番。

蓋德待在克雷曼大本營的這段期間，他要法比歐盯著魔人防止他們叛變。簡單講就是被迫接下雜務。

法比歐老弟，你節哀。

不過說真的，雖然紅丸威脅他們，監視工作還是少不了。法比歐沒有把事情全推給我們，願意出力協助，我打心底感謝他。

順帶一提，鎮上的收容配套都安排妥當。

在利格魯德的帶領下，臨時住居已清點完畢。

還有職業分配，他去跟生產部門的負責人凱金和黑兵衛商量，看各個部門能接收多少人員。

來到這的人都懷著滿腔熱情，希望學些技術，但我們能接受的人數有限。所以說，較多人想加入的部門將採輪班制。

既然這樣，像是專門培養技術人員的教室之類的，也許可以開辦看看。以後再蓋間學校，藉此傳授技藝應該不錯。

那些念頭在腦裡打轉，收容作業也在這時悄悄展開。

等阿爾比思他們都進入城鎮後，只見戈畢爾出現在隊伍末端。

「利姆路大人，我回來了！」

他看起來一點也不累，從空中精神抖擻地降下。

「噢，辛苦啦！聽說你在戰場上很活躍喔。」

「沒這回事，我的功夫還不到家。蜜莉姆大人的部下米德雷先生把我電得慘兮兮。」

哦，紅丸也跟我提過，對方是異常強大的龍人族。

「好吧，他們很崇拜蜜莉姆，想必非常好戰。你的實力不弱，剛進化還不能徹底發揮真本事吧？今後還有好長一段路要走。」

不知道這樣有沒有安慰到他，總之我不忘說個幾句。

看他並沒有一臉落寞樣，戈畢爾也這麼想吧。

「是！本人戈畢爾為了回應利姆路大人的期待，今後也會繼續精進！」

證據就是戈畢爾說完送上一個笑容。

後來我稍事慰問戈畢爾的部下們，這時戈畢爾突然從懷裡取出一封書信遞給我。

「這是什麼？」

「回您的話，蜜莉姆大人交給我的，要我呈給利姆路大人——」

什麼東西？不祥的預感揮之不去。

魔王盛宴過後跟她道別時，蜜莉姆有說改天會過來玩啦……

打開信件一看，上頭是蜜莉姆別具風情的美妙字跡（亂七八糟鬼畫符）——

『我是蜜莉姆！下次去找你玩的時候，會順便帶幾個老愛照顧我的人過去。希望你教他們真正的料理是什麼。這是我一生一世的請求，你是我的死黨務必幫幫忙。求求你，拜託你了！』

上頭寫了這些。

從她的字跡可以看出真的很殷切，寫得很拚命。

要說誰很愛照顧蜜莉姆，就是祭祀龍之子民吧？

「這是怎麼一回事，你有聽說什麼嗎？」

「是，有聽說一點點。我跟祭祀龍之子民的赫爾梅斯先生相知相惜，有幸從他那邊得知內情……」

按戈畢爾的話聽來，那個叫赫爾梅斯的似乎是個通情達理的男人，不像米德雷那麼好戰，生性自由奔放還去矮人王國跟西方諸國旅行。

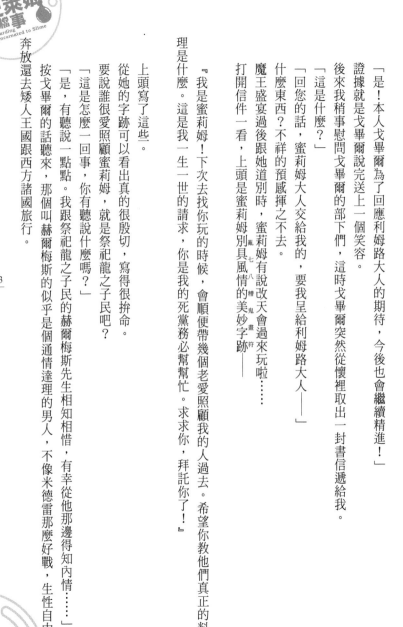

赫爾梅斯跟戈畢爾提過，祭祀龍之子民過著非常簡單樸實的生活。

「所以他們認為，要給蜜莉姆大人吃的東西也不需要過度調理。可能類似我族將生魚當成至高無上的美味——」

戈畢爾這麼說，但我認為兩者有些許差異。

蜥蜴人族在味覺上適合直接食用生魚，還包含燻製法等等，並非對調理食物一無所知。平常用餐除了魚，也會食用其他簡易料理。

相較之下，祭祀龍之子民似乎缺乏所謂的調理概念。是不至於吃生肉，不過，感覺上只是要避免食物中毒罷了。

「……知道了。龍人族的味覺和人類相同吧？」

「對。我拜進化所賜，獲得豐富的味覺。以前吃東西沒什麼味道，如今用餐已成一大樂趣！」

「對吧？所以啦，吃到好吃的東西，會想要再次品嚐吧？」

聽我訴說感想，戈畢爾頗有同感地大力點頭。

「我懂了，原來是這樣啊！赫爾梅斯先生言下之意是希望這種風俗習慣走入歷史吧！」

恐怕被戈畢爾說中了。

是不是風俗習慣有待商榷，但我知道蜜莉姆的訴求是什麼了。

將蜜莉姆當成神崇拜卻無視神的意願，這樣就本末倒置啦。話說回來，蜜莉姆跟他們抱怨一下就能解決啦……

搞不好蜜莉姆很識時務。知道對方為她好、那麼做是一片好意，才沒有抱怨，一直配合他們吧。

「既然如此，這次她來就盛情款待吧。」

是蜜莉姆！
下次去找你玩的時候會順便
帶幾個老愛照顧我的人過去。
希望你教他們真正的料理是
麼。這是我一生一世的請
你是我的死黨務必幫幫忙
求求你，拜託你了！！

「是！好主意！」

要暗中提點，切忌自以為是地否決他們。

創造那類情境，讓他們自行發現怎麼做能讓蜜莉姆更開心。

這任務好像會比想像中要來得難呢。

關於這件事，改天開會順便問問大家的意見吧。

我要戈畢爾繼續回洞窟做研究。

如今有培斯塔努力撐場，但研究員的數量還是太少。

少了戈畢爾等人會很辛苦。

「那麼，我就先告辭了。」

「好。下次開會要順便討論獎賞，你也一起參加吧。」

「是！」

大概想起自己當上幹部的事，戈畢爾一臉驕傲。

接著開開心心朝洞窟去。

＊

魔王盛宴結束後，時隔一個月。

人變多了，城鎮變得更熱鬧。

這時蓋德用「空間移動」回國。

許久不見蓋德，他的神情看起來相當疲憊。

「蓋、蓋德兄。辛苦了。」

我反射性問候，結果蓋德深深地嘆了一口氣，朝我看過來。

「屬下蓋德重新體認利姆路大人的偉大。」

「怎麼突然說這個？」

他用認真的表情訴說，我不禁反問對方。

絕對沒看錯，在那疲憊的神情中，透著對我的敬意。

最近我無所事事，印象中不曾做過值得人家尊敬的事。

這幾個星期以來，不知道他經歷了什麼？

「沒什麼，其實是這樣……」

蓋德說完便娓娓道來，都是對新人的抱怨。

他將俘虜編隊，安排到各個部隊裡。到這裡都沒什麼問題。

後來蓋德指揮他們進行測量和整地工作，沒想到……突然迸出一大堆問題。

豬人族可以透過「思念網」跟族人輕鬆溝通。因此不交談，工作也能進展順利，然而這招對混編入隊的魔人無效。

就算用口頭說明，他們還是聽不懂。基本上以蓋德為首的自家部屬多半不善言詞。這夥人都比較像工匠，不知道要怎麼用條理分明的方式解說。

所以施工的效率奇差無比，一旦變成使喚他人的立場，情況就截然不同了。這點讓大夥兒手忙腳亂，大家都一肚子火、心生不滿。

那些魔人似乎也不滿聽令行事，就算蓋德他們實際操演要對方學著做，還是有很多人不想照辦。

此外，空有幹勁卻抓不到要領，似乎也無法做出讓蓋德滿意的成果。

這麼說也對啦。

人手愈多愈好，其實不盡然是這樣。聚集一堆派不上用場的人，只不過是烏合之眾罷了。

所以說，培訓真的很重要。

——做給他看，說給他聽，讓他嘗試，給予讚美，才能帶動人——

這段話來自一個偉人——前日本海軍聯合艦隊司令官山本五十六。

我認為帶領部屬的在上位者都該記住這句話。

帶人有多難、教育有多難，都被這句話道盡。除此之外，受人認可，才會感受到那份工作帶來的價值，引以為傲。

聽蓋德抱怨，讓我想起前世當上班族也吃了些苦頭。

作業員把我的話當耳邊風。

後輩想掩飾失敗。

上司把責任推給別人。

我上輩子也不好混。

也是有不少美好的回憶，但要我吐苦水可以吐到天荒地老。

每到這種時候就該——

「好，我們去喝一杯！今天不醉不歸，蓋德！」

我拍拍蓋德的肩膀，邀他去喝酒。

遇到這種狀況最好去喝酒，找人暢談一下。

替部屬排解辛勞也是上司的職責，讓他們一吐怨氣轉換心情也是其中一環。

特別是像蓋德這種責任感重的人，身為上司的我必須多費點心。

那天晚上我們喝通宵，聽蓋德訴說煩惱，讓他吐苦水。

隔天早上，我一大早就把幹部找來，聚在一起開會。

在那之前，先去叫白老。

昨晚我用「思念網」跟白老聯繫過。所以早上第一件事就是去接他。

「沒想到利姆路大人親自過來迎接老夫——」

他受寵若驚，很是感激。

白老似乎沒像蓋德那麼累。

「辛苦你了。」

「哪兒的話，沒這回事。俘虜都篩選完了，大概沒有用得上老夫的地方了。比起老夫，蓋德更辛苦。老夫昨晚已經把工作交接出去，已經不需要回去了……」

「蓋德啊……他果然很辛勞。昨晚聯絡你之後，我就跟蓋德一起喝酒。他看起來真的很煩惱。之前都能心無旁鶩專心投入工作，但他使喚俘虜做事好像很吃力。」

事。

「是啊。其實看開一點會比較輕鬆，可是蓋德太認真。」

白老想說的是，為了讓想法千差萬別的魔人眾從命，最簡單的方式就是靠蠻力鎮壓，逼他們聽令行事。

可是這麼做就不能奢望他們造出完美成品。最終產物可能只在某種程度上妥協。

蓋德是專業工匠，不能接受成品只有這種程度吧。

「話說利姆路大人，有件事要跟您報備。」

蓋德的問題就交給他煩惱吧——白老大概下了如此結論吧，他轉身面向我，一改說話語氣。

「怎麼了？」

「是這樣的，關於克雷曼的領地傀儡國吉斯塔夫，該處多數居民好像都是奴隸階級。只有黑妖長耳族，沒有其他種族。都是跟城堡維繫管理工作有關的人，共計一千數百多人都表示願意歸順我們。」

「嗯，然後？」

「是……聽那些人說，吉斯塔夫以前有個長耳族王國——」

長耳族啊。

魔導王朝薩里昂好像也是長耳族末裔，他們的祖先該不會一樣吧？

兩個地方離很遠，應該不是吧。

「——沒想到他們說那邊有座遺跡長眠於該處，說自己是守墓人。」

「咦？」

長壽的黑妖長耳族在守墓——還是遺跡？

「也就是說，那邊有座古代王國的遺跡，都沒人動它……」

新得知的事實真教人吃驚。

世界各地都留有古代遺跡，某些人以挖寶維生——專門探險的冒險者為了找到祕寶，常去挑戰這些遺址。

不過，大多都沒傳出喜訊就是了。

說來被發掘的遺跡少之又少，不太可能立刻就發現新的祕寶。

目前狀況是這樣，要是有不為人知的遺跡……

「白老，這件事先保密。先去現場看看，看完再做判斷。」

「遵命。」

白老似乎也明白事情的重要性，聽我這麼說便靜靜地頷首。

理由在於克雷曼的財寶可能都從那座遺跡挖出。

蓋德也說他查封各式各樣的魔法道具跟魔寶具，應該沒錯。

可是，話雖這麼說……

總之這件事有待觀察。

黑妖長耳族的口風似乎滿緊的，我們沒對外發表就不會讓事情浮上檯面吧。

畢竟那可是魔王的領土。一般冒險者不會涉足，是塊禁地。

事情全急於一時處理不是件好事。

想到這兒，我決定慎重處理古代遺跡的事。

＊

大會議室裡全員到齊。

我率先發言，會議就此展開。

「那個——各位。某些人應該已經知道了，我已經就任魔王！」

待在會議室專門給史萊姆用的椅子上，我環視眾人做出宣言。

「「「恭喜您！」」」

就算知道似乎還是很開心，大家笑著送上祝福。

嗯嗯，我也有種終於克服困難的感覺，覺得很開心。

「等了好久，終於當上了。」

「好厲害。沒想到真的當上魔王了，好感動。」

「利姆路大人的時代要開始了！」

利格魯德啊，你說等好久，我跟你相識還不到兩年吧。

這傢伙是多高估我啊……？

利格魯疑似感動到流下男兒淚，跟一臉驕傲認為那是理所當然的紫苑正好形成對比。

不過呢，我個人也覺得感慨萬千啦。

要說還有哪些問題，其實只剩西方聖教會的反應。假如連這些問題都解決，我心目中的理想環境大概就能一氣呵成。

本人心情好，繼續交代後續事宜。

在魔王盛宴上決定的事也要告訴大家才行。

「對了。都還沒提過，我的領地拍板定案，囊括整座朱拉大森林。目前我已經號稱盟主了，這方面應該沒問題吧？所以說，我是覺得應該不會發生啦，但有人入侵可能得用我的名義迎擊。還有就是，該怎麼昭告外界哪些地方歸我管啊？直接放著就可以了嗎？」

隨著我的話愈說愈多，幹部們的視線開始參雜緊張情緒，有些人甚至面色凝重。

咦？哪裡不對勁？

「那個……您說整座森林嗎？真的？」

利格魯德小心翼翼地詢問。

「對、對啊。」

我給出肯定答覆。

「喂喂喂，真的假的。森林全域，連河對岸都算在內吧？」

紅丸都問話了，我便給個回應「大概吧」。

說到河川，就是流經森林橫貫的艾梅多大河吧。

河川對岸正對受東方帝國影響的區塊，一直與我們無緣。

「有什麼問題嗎？」

我一問，紅丸便若有所思地應道：

「對我們來說不算什麼問題，但印象中河川對岸不受樹妖精管轄。把利姆路大人當盟主看的區域，只有樹妖精的地盤。河對岸的居民對於新魔王現身應該感到很頭痛吧。」

似乎不覺得那有多嚴重，就像在說「敢造反就滅掉他們」，紅丸帶著滿臉笑意做結。

不對吧，這可是天大的問題耶！

「哎呀，真是不簡單。這表示魔王都承認森林資源歸利姆路少爺管吧？換句話說，在森林開採的資源，都由利姆路少爺掌控。規模可大啦！」

完全道出我的心聲，凱金興奮地嚷嚷。

就是那樣。我不怎麼在意卻有種預感，總覺得事情會鬧很大。

據凱金所說，至今為止開採資源都是暗著來，大家心照不宣。

管理者樹妖精多少都會爭隻眼閉隻眼，基本上河川對岸接近無法地帶。進出矮人王國的人開採森林資源變賣，這些都是家常便飯。

不須經過他人許可，會這樣很正常。

可是從今往後連入住森林都要徵求我的同意……

目前住在森林裡的人都要來請我批准。

「咦？照這樣聽來，之後大家會陸續過來嘍？」

「是的。利姆路大人已經正式當上魔王，不來打招呼的人等同跟您作對。」

朱菜笑得一臉溫婉，嘴裡如是說。

連朱菜都這麼說了，應該沒錯。

可是仔細想想，之前可以自由自在過活，現在卻突然需要他人許可，怎麼想都覺得麻煩。

「可是，現在講太遲了吧？都已經住了——」

聽我喃喃自語，利格魯德和戈畢爾出言回應。

「話不能這麼說，魔王有莫大的威力。對哥布林而言，就連擁有力量的高階魔人都顯得遙不可及。」

「沒錯，就是這樣。要追隨魔王受他庇護，還是不認同魔王隨性過活，要怎麼想當然是個人自由。可是就連我們蜥蜴人族都不例外，對魔王的庇護求之不得。一般大家都不想跟魔王敵對，不把魔王當一回事的根本就是白痴。幹那種事可能會惹毛魔王，通常都會過去打聲招呼。」

如朱菜所說，不打招呼可能會被貼上叛亂分子的標籤。聽說這行為已經充分到就算魔王派人肅清也無法抱怨的地步。

呃，我不會為這種事肅清他人啦。可是魔物沒見過我，根本沒概念吧……

「至少蜥蜴人族會來打招呼就是了。我已經跟父王說過利姆路大人當上魔王的事！」

戈畢爾這句話說得好順。

咦，什麼時候敲定的？

「艾畢爾先生要來嗎？」

「是！我也跟紫苑小姐說過了，老爸說他一定要親自過來拜會利姆路大人！」

事情好像會鬧很大。

在朱拉大森林裡，蜥蜴人也算一大部族。這樣的大族都視拜會為理所當然，弱小部族更不用說。

認識我的人會帶著輕鬆愉快的心情來吧，不認識我的人可能會嚇個半死、戰戰兢兢。只會想說有新的霸主出爐，應對上稍有不慎就完蛋了，也許會擔多餘的心。為了避免嚇到他們，我還是來打造能讓大家更輕鬆拜會的情境好了。

可是，想是這樣想……

我看向莫名驕傲的紫苑。

知道戈畢爾的老爸要來，怎麼沒跟我報備？還在那自以為是什麼，真是的。

但紫苑完全沒注意到。

看她外表能幹，一副祕書樣，事實正好相反，這女人根本靠不住。

真是太遺憾了。

「哼哼！對方可是利姆路大人，這是當然的！」

紫苑還沾沾自喜地說些鬼話，把她當空氣好了。

雖然看我被人稱讚很開心，比她自己受人稱讚還要開心，確實教人心喜就是了。可是說這種話會讓紫苑得寸進尺，保持沉默才是上策。

結論如下，我成為魔王的事一傳開，大部分的人都會過來拜訪吧。

可能大家都覺得與其跟魔王敵對，倒不如受庇護。

那樣一來，會有一堆魔物造訪這座城鎮，我們以後要忙著接待他們。

接下來要調查朱拉大森林，跟民智已開的種族進行接觸。承認我是盟主的區域不成問題，但其他地方可能會比較難辦。

是說不管怎樣都會忙翻，乾脆就——

「我在想，反正都要對外宣傳我當上魔王的事吧？既然這樣，乾脆大肆宣傳好了，來增加這座城鎮的曝光度吧？與其讓大家散散地過來，不如請他們一次來更省事。」

「……您的意思是？」

利格魯德不解地看我。因此我決定將剛才想到的點子淺顯易懂地講解一下。

這件事沒有要搞得很複雜啦。

本鎮是魔國聯邦的首都，有愈來愈多的朱拉大森林魔物知道這裡。像是由柯比率領的狗頭族商人，一直在各地高調宣傳。

一些人好像滿有興趣的，我想差不多到該增加城鎮居民的時候了。

目前鎮上的獸人總有一天會學完技術離開我國。要填補這個空缺才行，都要培訓了，一次培訓所有人效率更高。

糧食改良方面進展順利，要接納新人入鎮綽綽有餘。不如說我們的勞動力不夠。

那個也想做，這個也想做。

但人手不夠。

這就是我們目前面臨的狀況。

要藉這次機會一口氣曝光，招收居民。

會有人來拜會我，到時順便讓他們看看這座城鎮，可能會有魔物考慮移居也說不定。

一石二鳥，不對，還不只這樣——

「還有啊，最近這陣子每天都過得緊張兮兮，偶爾也想放鬆一下吧？所以我們一起辦個慶典吧！就是這樣。」

我方指定可以過來拜會的期間。

到時全鎮都來辦慶典，歡迎前來拜訪的人。

再加上蜜莉姆都拜託我了，我們要辦場盛大的宴會。

限定某個時期，就不用每天受人問候。

還能讓我們放鬆一下，順便替城鎮打廣告。

也就是說可以一次搞定所有的事。

「慶典……」

「好棒，這點子太棒了！」

「我們辦吧！一定要辦得很盛大！」

聽完我的解說，大家都雙眼亮晶晶。

看樣子燃起鬥志了。

我們每個月都會辦場宴會熱鬧一下，每辦一次就累積一點經驗，結果大家的手法愈來愈高明，宴會也有更加豪華的趨勢。將宴會的規模擴大，讓任何人都可以參加，這樣也不賴。

「反正要順便對外昭告我的存在，我們就辦得熱鬧點！」

「「「是！」」」

無人反對。

預算？還管預算幹嘛。

利格魯德一定會想辦法的。

如今我們國庫收入滿滿，稍微奢侈一下沒關係。

大概受我的話鼓舞，後續進展迅速。

一下就討論完畢，當我回過神，甚至連發邀請函給各國首腦的事都敲定了。

現在發會不會太早啦？

邀請魔物就算了，連人類國家的首腦都一起叫來可以嗎？

我們有溫泉。

有接待賓客用的旅館。

連王公貴族都滿意的迎賓館也準備妥當。

事實上，艾拉多公爵跟蓋札王這類超級偉大人物也不例外，對哈露娜等人的招待非常滿意，盡興而歸。

嗯。應該沒問題吧。

我們可以將首腦們來的日期稍微錯開，變換場所，只要警備體制夠完善，是讓各國首腦認識我們的好機會。

他們的主子——這個嘛，就是我啦——正式當上魔王。

本人很能體會大家想慶祝的心情。

我原本也是愛熱鬧的日本人。這次要認真起來，教他們何謂真正的慶典。還要對外昭告，讓大家知道我是友善的魔王。

就這樣，由魔國聯邦主辦的大規模慶典即將展開。

＊

慶典的事之後再詳細檢討，我的報告到此結束。

接著聽大家報告各自的近況。

我大概都知道他們在幹嘛，但有些人不知道其他幹部在做什麼。搞不好會出現我沒聽說的資訊也說不定。

特別是迪亞布羅，價值觀跟我差太多。該說他沒常識，還是……

對他來說不怎樣，對我而言卻是大事，這種情況一天到晚上演。

像這種時候，有些問題光靠我一個可能不知該怎麼辦才好。所以像這樣定期召開會議，大家在訊息上互通有無是很重要的。

據利格魯德的報告指出，跟我們交易的商人陸續回到鎮上。費茲對外放風聲，說這邊已經安全了，出入的人次相較於以往甚至有增無減。

再來是各國動向，似乎都沒什麼大動作。

對我當上魔王的事好像保持警戒，但他們目前都在觀望，看布爾蒙王國跟矮人王國如何與我國應對。

事情進展到這裡，魔導王朝薩里昂的天帝艾爾梅西亞．阿爾．隆．薩里昂主動說要跟我們魔國聯邦締結邦交。不過這件事好像附帶雙聲道，對我說「快點整頓街道吧」，總之可以確定他們使出強大的掩護射擊幫襯。

那段宣言好像用魔法傳給各國首腦了，似乎讓許多國家感到頭疼。

跟費茲、蓋札王接洽時，我好像聽過類似的話。

「哎呀，不得了，大家都很講義氣，積極向各國施壓呢！」

最後利格魯德用這句話開心地做結。

繼利格魯德之後，這次換蒼影發話。

許多調查工作都交給蒼影處理，他的報告內容想必很豐富。

舉凡連通魔導王朝薩里昂的街道整備事宜，蒼影也有參與。他沒有幫忙建造，但我要他先過去探勘一下。

道路的大致走向由我自空中勘查，再做決定。所以我要蒼影調查附近有無魔物聚落，過去施工是否會出問題等等。

以前整路通往矮人王國跟布爾蒙王國就做過調查，像這樣事先進行調查很重要。為了防止後續出什麼狀況，這部分絕對不能隨便帶過。

至今在影響範圍內的魔物都很配合，沒什麼大問題。但我們建造道路可能要請他們移居，要搬離住慣的土地，會有人反彈吧。

如今我當上魔王，有點腦子的魔物不太會跟我作對。但這不表示我想怎樣都行，要針對這個部分多加留意。

靠蠻力鎮壓很容易，但我想盡量避免祭出這種手段。共存共榮是我的理想，人或魔物都一樣，生而平等。

希望這次也不要出狀況。

我對領地裡的魔物別無所求。

來依靠我們的人將給予庇護，其他就避免干擾——對喔，居住位置跟新闢街道重疊的人，要請他們搬離原居住地才行。

但我基本上想盡量避免無謂的爭鬥，對我來說最理想的莫過於他們乖乖跟我方交涉。

就算預計用來開闢街道的位置有聚落也無妨，我會替他們準備像樣的搬遷點。那裡以後會變成旅店群聚的城鎮，人跟魔物會聚往該處，把那裡當成旅行的中繼站吧。

雖然會遇到一些問題，但生活將變得更富足。

上次跟上上次都是這樣走過來的，希望這次也順利……

我邊想邊等蒼影回報。

「街道整備計畫在路線上或鄰近區域都沒發現敵對魔物。向他們說明利姆路大人的計畫後，大家一下子就同意了。」

噢噢，太好了。

我的目的不是把他們趕離居住地，他們願意體諒真是萬幸。

「是嗎？那就好。蓋德現在沒空，我先找人做測量，順便處理其他事項。」

根據施工計畫大致對現場進行探勘，調查工作已經結束了。

做過安檢確認沒問題後，就可以派技術人員過來。

「請等一下，還有一個問題。朱拉大森林歸利姆路大人管轄，但邊境地帶有哥夏山脈。有險峻的溪谷和岩山，山頂上還有長鼻(天狗)族住的隱世村落。這是當地居民提供的情報，不可輕忽。」

魔國聯邦中央都市利姆路西南方有片山岳地帶，與西斯湖相連。豬人族也移到那塊山區居住，名字叫哥夏山脈。

聽說曾是魔王的芙蕾居城也在這裡，位置就在這座哥夏山脈往南衍生的土地上。

那是一座美麗的山，高聳入天的山峰是其特徵。可是人要踏入山頂地帶有難度，是祕境中的祕境。

照這次的計畫跑，我們蓋的街道將綿延至薩里昂國境。那一帶好像有群山環繞的中規模都市，預計要將道路鋪到那邊。

因此不會跟哥夏山脈直接扯上關係，蒼影在擔心什麼？

「你說不可輕忽，這話什麼意思？」

「長鼻族看似溫厚的民族，卻天性好戰。連魔王芙蕾都盡量避免跟他們起正面衝突，最好先跟他們知會一下——」

根據蒼影所述，哥夏山脈在朱拉大森林之外，嚴格說來不歸我管。也不在芙蕾的領土內，這塊土地是獨立的。

雖然靠魔王的強權碾壓連打招呼都不必，可是為了避免今後起衝突，最好過去說明一下比較好。對方可能會認為魔王有壯大版圖的野心，要動什麼手腳。

這件事必須向我請示，蒼影似乎對此感到抱歉，但我對蒼影的評價反而因此加分。

光是他沒有魯莽行事、擅自跟長鼻族交涉，這點就值得嘉許。蒼影果真行事謹慎，遇到這種情況貢獻可大了。

「那麼，我就——」

「請您留步。既然這樣，就讓我去吧。」

我當下就想過去跟長鼻族談談，卻被紅丸叫住。

他說魔王隨隨便便就跑去別人那邊，反而會讓對方心生警戒。被他這麼一說我才恍然大悟，就先交給紅丸處理吧。

「哥哥，你最近跟阿爾比思小姐走得很近，該不會只是要跟她幽會吧？」

什麼？紅丸跟阿爾比思走得很近？

「這是怎麼一回事啊，紅丸老弟？」

若她說的是真的，這可是一件大事啊。

「那是誤會，利姆路大人。朱菜，別亂講話。」

聽朱菜這麼說，紅丸平靜地否認。

他的態度堂堂正正，看起來不像在說謊……

紅丸是帥哥，看也知道是優良物件。

「請您放心，利姆路大人。少了紅丸也無妨，利姆路大人還有我！」

「啊？妳說什麼傻話？」

「呵，你被阿爾比思勾走，打算丟下這個國家走人吧？愛去哪兒都隨你！」

「我說紫苑，妳是怎麼想的，怎麼會曲解成這樣？」

紫苑又開始說些莫名其妙的話，惱怒的紅丸趕緊吐嘈紫苑。

不是吧，雖然我沒女友很嫉妒，但紅丸不會棄我們而去。

紫苑的幻想真教人傻眼。

「喂，紫苑。那不可能。」

「對啊，紫苑。利姆路大人，您相信我對吧！」

「你是我值得信賴的左右手，我不會懷疑你啦。」

有點事到如今啦，但我從來不曾懷疑紅丸，怕他背叛我。可是應該會跟田村一樣，先交個女朋友吧。

到時再說吧。

總覺得探討這個很白痴，那件事就交給紅丸處理吧。

「好吧。繼續追究下去，紫苑又要耍白痴會錯意，這件事就交給紅丸辦！」

「是，遵命！」

紅丸也一臉疲憊地頷首，接下任務。

真是的。

不過說真的，紅丸是最適合代替我出使的人選。地位上僅次於我，又不會狗眼看人低。

沒想到我們跟薩里昂的國境交界處有那種隱世村落，從長遠的角度來看最好先知會他們。

如果是紅丸去跟他們交涉此事，會比我做得更好吧。

我這麼想著，就此拍板定案。

＊

還沒聽取的報告就剩——

「蒼影，魔物的生態有什麼變化？」

我要蒼影調查城鎮及街道周邊的魔物動向。

因為這個國家有不少人魔素量龐大，魔素濃度偏高。

妖魔會突然從魔素群聚地誕生。當然，有害的妖魔誕生率也跟著提昇。

即使是D級以下的妖魔，也對人類有害。所以要繃緊神經，將這類魔物排除。

要是出現B級以上的危險魔物，更得加快腳步排除。為了因應這些狀況，平日的警戒工作不可少。

警備部門負責人利格魯要負責處理這方面的事。利格魯的部下都是老手，換成新人也只需培訓幾個星期，就能有像樣的表現。

為了讓人類商隊可以安全行動，街道上都有警察巡邏。保安層面做得滴水不漏，目前一切安好。然而他們並沒有巡視整座森林，搞不好某處有強大的魔物誕生也說不定。

雖然蒼影說「不須過於擔憂」啦……

不須擔憂是代表什麼？

可以共存嗎？

若那些魔物不會危害我們跟旅人，確實不構成問題。若他們具知性可以進行交涉，就沒有排除的必要。

話雖這麼說，就像哥布達曾遭遇槍腳鎧蜘蛛，不能保證這種A⁻等級的地域魔王絕對不會出現。

因此，與城鎮、街道相隔太遠的地方，其安全性令我掛念。那類地點正是鞭長莫及，容易淪為危險魔物誕生的溫床。

蒼影放出「分身」至各地探勘，應該釐清特性了。

這就來聽取報告吧。

「沒出什麼大問題。硬要說的話，西北方森林有白刃巨熊徘徊，我已經除掉牠了。」

蒼影說得雲淡風輕。

嗯，看樣子沒什麼問題。

《警告。白刃巨熊與槍腳鎧蜘蛛同等，等級相當於A⁻。》

什麼！

「喂，你說的那個，不是一般冒險者難以對付的魔物等級嗎！」

他若無其事地透露的資訊不禁讓我慌得大叫。

有這麼危險的魔物在那兒徘徊，商人就沒辦法安全旅行。不只這樣，哥布達率領的警備部隊成員也會面臨危險。

「咦？蒼影先生，這是真的嗎？有那種傢伙在，派新人過去很危險的。」

「沒問題吧。你未免太寵他們了吧？」

「先等一下！對蒼影先生來說不算什麼，在我們看來卻是不能輕忽的魔物耶。」

果然，哥布達開始向蒼影抱怨。

但蒼影依舊一臉淡然——

「那就去拜託白老，叫他用更嚴苛的方式鍛鍊你們不就得了？」

接著他一臉認真，說出讓人驚恐的話。

白老也頗有同感地點頭，哥布達有點可憐。

話說我更在意哥布達的反應。哥布達本人好像不怕白刃巨熊。

哥布達的魔素量確實有所成長，如今他已是B級高手。話雖如此，A級還離他很遙遠才對……

智慧之王拉斐爾大師，你是不是誤判哥布達的能力啊？

《答。跟星狼族「同化」後技量面增長，無法以數值計測，推測是這方面加成。》

喔喔，原來如此。

跟星狼「同化」後，等級相當於A－吧。哥布達是狼鬼兵部隊的隊長，難怪不把白刃巨熊這種等級的魔物當一回事。

這麼說來，好像有聽說哥布達接下克雷曼爪牙武將的攻擊。被白老鍛鍊又累積不少經驗，哥布達也變強了。

外表完全沒變差點被騙去，搞不好哥布達是強者？

對哥布達的成長感到放心之餘，我心想差不多該出面當和事佬了。

「大家別激動嘛，哥布達說得也有道理。不能因為自己沒問題，就當其他人跟你一樣啊，蒼影。」

我跳出來替哥布達講話，想靠自身力量解決一切，這種風氣實在不可取。能力較優的人拿自己當基準，跟不上的一般人會覺得很吃力，效率反而會變差。

負擔太大容易讓人放棄，可能導致負面結果。

針對這點，我舉具體例子向大家說明。

「——明白了，是我思慮不周。」

蒼影也聽進去了，老實向人道歉。

每個人都不一樣，蒼影的部下蒼華等人能力強，能滿足蒼影嚴苛的要求。

但不是所有人都能辦到。希望他盡量留意這點。

不單只有蒼影，紅丸跟白老也一樣，但我希望他們眼光放得更廣，好好訓練我們的同伴。

這方面，蓋德跟戈畢爾都很為部下著想，不需要過於擔心。我希望蒼影他們可以多學學這兩人對待部下的方式，跟部下相處得更融洽點。

還有別的。

「不過呢，鍛鍊哥布達等人是好事。練到遭遇意外也能臨危不亂吧！」

最後我迸出這句話。

只見白老露出賊笑，哥布達沮喪地垂頭。

也許每個人的成長幅度不盡相同，但多練點功是好事。跟讀書一樣，總有一天會派上用場。

所以就請哥布達多加努力，接著差不多該切入正題了。

問題在於魔物的誕生。

我的擔憂成真，還生出危險的魔物。

警備部隊那邊要是有什麼萬一還備了回復藥，星狼的腳程了得，我用不著替他們擔太多的心，要逃應該沒問題。

可是造訪我國的客人不適用這套邏輯。

「魔素的濃度高成這樣，果然容易催生不尋常的個體。等出現傷亡就太遲了，要擬些對策才行。」

加強警備體制也是一個解決辦法，但這不是根本的解決之道。要一直維持高規格體制，對我方來說負擔太重。

魔物聚集就會提高魔素濃度，沒根除這項原因，就要時常提防。

好了，該怎麼辦……

我在煩惱這些，結果一句意想不到的話提供解決之道。

「既然這樣，替街道施對魔結界如何？」

培斯塔向我提議。

就像在說「就等你這句話」，凱金起身發言。

「少爺，都打造好了喔——能夠發動結界，全自動魔法發動機的試作機型！」

說完，凱金露出志得意滿的笑容。

＊

我知道凱金瞞著我偷偷開發東西，但他剛才說全自動魔法發動機？

據說可以自動維持登錄在裡頭的魔法，是劃時代魔法機器。有如施了刻印魔法的魔法具進階版，不過，性能跟擴充性完全是不同層次。

先前的結界事件沒幫上忙似乎讓他們很懊惱，於是似乎就在凱金和培斯塔的主導下積極研發許多東西。

兩個大叔，你們會不會太神了。

在這麼短的期間內弄出概念機，該不會是天才吧？

原本是這麼想的，結果好像是我想太多。

戈畢爾閒暇之餘也有參與開發，還請人不在這裡的黑兵衛幫忙，甚至連朱菜都有出力，集目前所有魔法技術之大成。

讓我有點感動耶。

話說凱金已經將鍛造工作交棒給黑兵衛，過著每天都埋首研究的生活。不過，既然他是魔國聯邦生產部門的總負責人，也不會一直醉心研究吧……

凱金向我做詳盡的說明。

全自動魔法發動機似乎設定成可以利用漂盪在大氣裡的魔素。

說真的，這一帶瀰漫高濃度魔素。他想說這麼多魔素豈有不用的道理，才想出這種機關。

當時包住城鎮的結界——「四方印封魔結界」會淨化結界內部的魔素。

來看看身邊的例子——那些魔物。

魔物會將大氣裡的魔素吸進體內，生出「魔晶石」。

凱金他們疑似拿這些例子研究，解析其中的原理。

此外，就如剛才一直強調的問題點，這個國家的魔素濃厚。雖然大家自認有壓抑，妖氣還是飄出一大堆。

換成一般的洞窟，裡頭哪個地方有大批B+等級生物，魔素的濃度就會飆高。按這個邏輯聯想，這個國家的魔素濃度肯定高得異常。

該怎麼辦——面對這個難題，凱金他們似乎也煩惱許久。

「那用這台全自動魔法發動機，可以張對魔結界嗎？」

「當然可以。不過，好處還不只這些！」

有人自信滿滿地插話，是培斯塔。

他跟凱金，兩人相視而笑。

這兩人真要好，以前那段鬥爭好像一場夢。啊，這件事先擺一邊，來聽說明吧。

「對魔結界的用途是防止魔物入侵吧？那除此之外還有什麼好處啊？」

「呵呵呵，少爺，聽了可別嚇到！這台全自動魔法發動機裝了魔素蒐集裝置。善用這項功能，可以降低空氣裡的魔素濃度喔！」

真的假的！我差點沒叫出來。

目前我們正想處理的問題，這下找到解決辦法啦！

「沒錯，利姆路大人。可是，這個裝置還是存在一點問題。若魔素沒高到一定濃度，效率太低，便會無法使用。」

「可是啊，少爺，在這個城鎮裡沒必要煩惱那種問題吧？」

聽培斯塔和凱金解說完畢，我點頭朝他們應聲。

我們正為魔素濃度過高煩惱，這問題根本沒有想的必要。

「那這台全自動魔法發動機會從空氣中蒐集魔素，自動張開對魔結界並維持？」

「不，雖然也可以這樣用，可是當燃料的魔素用完，魔法也會跟著消失。所以我們設計成可以補充燃料。」

凱金是這麼說的。魔國聯邦附近不須擔憂魔素用盡，可是愈靠近西方諸國，魔素就愈稀薄。若在我們沒發現的情況下，結界消失殆盡便會引發問題，所以他們的設計是補充燃料發動魔法。

燃料就是來自大氣的魔素結晶——所謂的「魔晶石」。

照理說直接拿「魔晶石」當燃料效率太差不會納入考量。「魔晶石」有別於自由公會用獨門技術製造的「魔石」，狀態不夠安定。

直接變換成魔力，幾近百分之九十都會擴散逸失。

所以燃料一般都用「魔石」居多……但我們有藉「大賢者」調出的最佳「刻印魔法」魔法式。

只要能利用的資源大於回收用能源，用的不是魔石也沒問題。以前沒辦法隨意買高價魔石才編出這種技術，如今仍起到莫大的效用。

可以將能源耗損壓至極限並發動魔法，只需百分之十的能源就能發揮很棒的效果。

而逸失的魔素並不會完全消失，只會擴散到大氣裡。

當然，這些都能回收利用……

由此可知，有高濃度魔素，讓機器一直運轉下去就不是夢。

我們還聯想到別的用法。

可以生產大量的「魔晶石」，交給自由公會讓他們加工成「魔石」。這樣一來，我們就能做更有效的運用。

不過，最重要的是——可以稀釋大氣中的魔素濃度。

魔素濃度降低，魔物和妖魔的誕生率也會跟著遞減。就不用擔心魔物大量繁衍，至於哥布達他們難以對付的特殊個體，誕生的可能性更是逼近零。

真是卓越的發明。

跟本國特性相輔相成，將成為不可或缺的機關。

「其實我們也找出變換成魔石的能源萃取法。不過，萃取上還是需要專用設備。光靠手邊設備有難度，我們正在想辦法直接運用『魔晶石』。」

凱金發下豪語。

找到從大氣蒐集魔素，將其凝結成「魔晶石」的方法，而他的研究進一步發展，甚至找出加工製成「魔石」的原理。

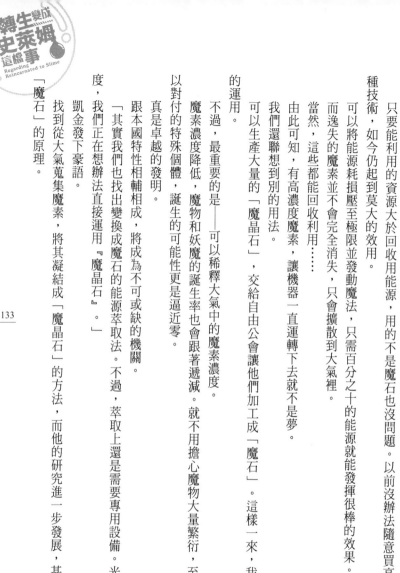

我在英格拉西亞王國買了一大堆魔石似乎派上用場，但結論是自家生產仍有難度。

也是啦，以前好像聽過加工成魔石需要安裝大型設備的工廠。事實上，製造起來難度好像很高。方法知道了，要拿來實際運用卻不容易。

沒差，用不著操煩。

既然直接運用「魔晶石」可行，就不用急著處理上述問題。

另一方面，直接拿「魔晶石」當燃料似乎意外地簡單。

他們改寫靠魔力發動的「刻印魔法」魔法式，製成魔法陣。

「還有，這台全自動魔法發動機可用的魔法不只對魔結界喔！」

培斯塔興奮地嚷嚷。

真教人吃驚，能用的魔法雖然有限，卻不只能發動對魔結界一種。

他們將魔法式刻進魔鋼材質的魔法盤。

據說替換這些魔法盤，就能發動各式各樣的魔法效果。

打個比方，就像唱片。

全自動魔法發動機等同會播放音樂的播放器。

他們用「魔晶石」取代電源。

我向他們傳過唱片之類的影像，沒想到他們延伸發想，打造出這種魔法道具。

以後若能進展到縮小成類似ＣＤ播放器大小，也許能當裝備帶著。

不然就放大，拿來發動戰略級魔法？

哎呀呀，可能性無限大。

至於全自動魔法發動機的大小，它是各邊長一公尺的正方形。厚度達五十公分，體積滿大的。

當然也很重，搬運起來似乎不容易。話雖如此，若能直接更換預先準備的「魔晶石」，就不用移動本體。

培斯塔打算將它跟街道的石板一起安放，發動對魔結界。

徹底掌握使用期限，利用每天的巡邏時間交換，就能維持結界。

是說魔素濃度夠高，好像就不用更換。因此實際上只要派人巡視，看結界是否有問題。

他們想得真周到。

可以說是用起來便利、用途又廣的魔法裝置。

街道每隔十公里就設一台，就能確保鄰近一帶安全無虞。我們每隔二十公里設置一間派出所，巡視起來應該也不會太麻煩。

「對了，這個結界的魔法式刻印是——」

「呵呵呵，多爾德那傢伙會搞定。發動機的量產計畫交給黑兵衛先生處理，就等少爺批准。」

「由我培訓的人也都成長得差不多，替他們上課的次數已經沒那麼多了。我現在手邊沒事，請您務必將這次任務交派給我！」

不光是研究，他也想確認實際的發動情形吧。

培斯塔的眼閃閃發光，滿是期待。

發動機一旦設置完成，魔素濃度問題將迎刃而解。

除此之外，街道的安全性也會一口氣飆升。

我趕快來批准一下，讓發動機的街道設置工程排入預定計畫。

「好，培斯塔，明天開始動工！」

「是，包在我身上！」

培斯塔笑得很開心，爽快應允。

這個男人真的好能幹。

至於發動機的設置工作，他打算交給留在鎮上的豬人族工兵。對人類來說有相當重量，在魔物看來只重那麼一丁點。工作效率天差地別。

相較之下，調整結界的發動範圍讓它沿著街道包覆才是第一大苦差事呢——培斯塔笑著這麼說。

不過，如此祥和的氛圍在下一瞬間煙消雲散。

「嘎——哈哈哈！等那東西裝完，我就能盡情釋放妖氣啦！」

如此這般，維爾德拉大言不慚地說出那種話。

「最好是啦——白痴！要是你那麼做，這個國家的人會死一大半好嗎！」

他突然語不驚人死不休，害我不小心拿真心話吐嘈。

就連培斯塔都斂去笑容，表情變得很難看。

「確實不妥。現在的我們還撐得住，鎮上居民就沒辦法了。」

「就算情況改變，維爾德拉大人天生神力還是不免造成影響。」

連紅丸跟朱菜都不例外，因維爾德拉的話臉色大變。

那是當然的。

光是封印狀態下外漏的魔素就讓多數人無法接近他。這樣的維爾德拉一旦盡情釋放妖氣，這個國家會屍橫遍野吧。

「不，可是……我一直壓抑妖氣，已經累了……」

「給我忍住。」

維爾德拉開始找藉口，我直接叫他閉嘴。

「……對了，利姆路，你怎麼都沒事啊？」

啊？那還用問。

「我？我全都裝進『胃袋』啦。」

早在很久之前，經利格魯德提點後，壓抑的妖氣就都裝進「胃袋」裡。如今已經達到完美的境界，可以立刻收進去、完全不外漏。

進化成魔王，魔素大幅增加，同時「捕食者」進化成「暴食之王別西卜」，「胃袋」的容量也大到不可同日而語。

因此像是解放妖氣這類需求我都沒有。

「可是利姆路大人，要像維爾德拉大人那樣徹底壓抑妖氣極其艱難。就連紅丸先生他們都有些許妖氣外漏。」

這話是迪亞布羅說的。

「很好。迪亞布羅，你真內行。快跟利姆路多說幾句，說我很努力！」

維爾德拉開心地點點頭順便補充，迪亞布羅這才向我說明。

原來惡魔族擅長操控妖氣和魔力，所以他們能完美控制妖氣。讓妖氣操控高手迪亞布羅評分，維爾德拉是滿分一百。

維爾德拉擁有超乎常人的龐大魔素量，維持壓抑妖氣的狀態應該很辛苦。

「是這樣嗎，維爾德拉？」

「嗯！因為自從你教過我，我就一直壓抑妖氣，但差不多想找個地方好好發洩一下了。」

這樣聽起來，問題或許滿嚴重的。

維爾德拉似乎還忍得住，可是放著不管好像會出大事。

要是他找個地方放妖氣，四周會變成死亡大地吧。

可能會爆出一大堆危險魔物，弄不好還會生出暴風大妖渦級的怪物也說不定。

真的是天災級，就算他本人沒惡意，還是會因此被各國當成危險人物看待。

「知道了。這方面我會想辦法的，你再忍一下。」

「好吧。我目前還有餘力，但你還是快點找方法吧！」

總而言之，再請維爾德拉忍一陣子。

利用這段時間想法子。

話說回來——

魔素濃度的問題好不容易解決了，沒想到出現更大的難題……

人生果然無法盡如人意呢。

想著想著，我悄悄地嘆了一口氣。

＊

蒼影報告完畢，其他幹部也跟我報備。

其他方面沒什麼大問題，正想結束會議時——

「可否容屬下說幾句，利姆路大人？」

這時蓋德舉手，開口道出那句話。

他之前一直很煩惱，可能有話想說吧。

「怎麼了，蓋德？有什麼要求儘管說。還是遇到什麼問題？」

看他昨晚的樣子，應該沒遇到太大的問題。

蓋德很煩惱該如何對待那些俘虜魔人，可能跟那個有關。

可以的話，我想幫他啦……

「我也想通知族人，說利姆路大人當上魔王。順便練習『空間移動』，去久違的村莊巡視，這樣可以嗎？我收到消息說他們已經安頓好了，或許有人想追隨利姆路大人也說不定。」

在我的催促下，蓋德開口道。

這麼說來最近都在忙街道工程，他好像沒空去各個豬人族村落看看。我也獲報聽說他們的飲食情況有所改善等等，後來就把這些事擺一邊。

所以我批准他的提案。

只不過——

「蓋德，如果有人想追隨我，先讓他們來城鎮一趟。」

「——這是為何？」

「嗯。我能理解你想立刻將他們編入自家隊伍的心情，但我覺得要先培訓一下。」

那只是藉口罷了。

蓋德可以用「思念網」聯繫同族，族人馬上就能編隊上陣。這是無可比擬的優點，也是蓋德的優秀能力之一……

「可是，我能馬上……現在手邊工程排得很滿，要朝各國通路，建設魔王蜜莉姆大人的居城，需要能當我手腳的高效率勞動力──」

今後會需要更多勞動力，蓋德說他想快點找些同族過來。但我就是不願放行。

「不行。你要勞動力，不是有俘虜嗎？你去指導那些人，好好鍛鍊他們。」

「可是……」

「蓋德，我明白你的心情。追求效率是理所當然的事，我不否認。可是，我希望你把眼光放得更遠。」

「把眼光……放遠？」

「對。『思念網』確實很方便。可以降低失誤，確實該用。可是，你只對可以互通訊息的自家人好，俘虜該怎麼辦？你打算把大家都會的簡單雜務推給他們？」

「這、這個……」

被我這麼一說，蓋德似乎也有所驚覺。

今後確實需要勞動力。所以要趁現在還有餘力，鍛鍊那些俘虜。

人員培訓必須在時間足夠的情況下進行。

再說今天蓋德只對自家人好，可能會衍生不必要的階級之分。

我的目標是建立多族群樂園，絕不容許那種事情發生。

所以說，現在是關鍵時刻。

「還有啊，蓋德。你也是一名優秀的指揮官。要是你今天能管得動龍蛇雜處的魔人，那方面的實力會更上一層樓喔。」
「——唔！」
「雖然後面排一大堆工程，但用不著緊張。要活用先前的經驗，讓大家聽你的命令。還有——」
我取出一張紙，交給蓋德。
「這、這是——！」
「這個建案就交給你吧。只是基本設計圖，但我相信你會處理得很好。如何，你願意接嗎？」
「利姆路大人……」
交到蓋德手裡的設計圖——是我閒暇之餘慢慢畫的，一座巨型建築物的設計圖。
當然，我也給蜜莉姆他們看過。
那高聳入天的高度讓芙蕾很滿意，卡利翁則為其猛樣驚嘆。
至於蜜莉姆，她單純感到高興。
有鑑於此，顧客的滿意度毋庸置疑——話說那是在投資未來，實際做起來跟免費服務差不多，要是他們有意見我會很困擾。
看了英格拉西亞王國的街道，我輸人不輸陣設計出那樣東西。
本來目標是摩天大樓，但這樣太無趣就改變了主意，重新設計成融入這個世界的款式。我想拜託蓋德建造。
當然不只這樣——為了避免蓋德被重任壓垮，要替他找救兵。
我的目光瞥向凱金。
「交給我吧，少爺。我過去輔佐蓋德先生。還會帶米魯德那傢伙過去，少爺構想的都市設計建案包在我們身上。」

大概發現我在看他，凱金報以笑容。

竟然能看穿史萊姆的視線，好強。但不是所有人都跟凱金一樣厲害，像這樣開會時，或許還是變成人型比較妥當。

這些姑且不談，凱金願意過去，我就放心了。

「手邊工作沒問題嗎？」

「沒問題，別擔心。研究告一段落，後進也培育起來了。暫時離開城鎮也沒問題。」

凱金說完便笑著接下任務。

這樣很好。

瑣碎的煩惱一遇到更大的問題、找到值得努力的事，全都會煙消雲散。

如果是蓋德，肯定不會為這點事灰心喪志。

「你一定辦得到。我希望你跨越難關，讓我看到更加成熟的你。當然，遇到困難可以來找我商量，要不要抱著輕鬆愉快的心情試試？」

「可、可是！這麼重要的工作，要是不小心失敗……」

蓋德可能太緊張了，全身僵硬直立在那兒。

這個男人很認真、很努力，責任感很強。

所以我補上一句。

「沒關係，沒關係啦。就算失敗，你也能從中學習吧。又不會出人命，至於損失，頂多就是一個都市吧？那些錢再賺就有啦。」

對懶惰鬼說這種話只會造成反效果，但蓋德沒問題。

「對啊！我之前也──」

「等等，哥布達。你之前怎麼了？我要詳細了解一下，等一下到我的辦公室來。」

「咦！原來這是巧妙的圈套？」

真是的，哥布達這傢伙。

容易得寸進尺耶。

可是，哥布達這句話似乎讓蓋德放鬆了。

「呵呵呵呵呵。感謝您，利姆路大人。本人蓋德太害怕失敗，為一些瑣碎小事煩惱過頭。為了不辜負利姆路大人的期待，這等重責大任務必交給我！」

「嗯，拜託你了！」

太好了。

蓋德的煩惱似乎隨之遠離，露出爽朗的笑容。

這樣就沒問題了。

紫苑用羨慕的眼光看蓋德，嘴裡碎念「只找蓋德不公平」，我則應道「這叫適材適用。妳也有很棒的特長啊」。

「就是做菜吧！」

不是啦，笨蛋！

「大、大概吧。特長有很多種，但妳的……應該……不是做菜。」

我反射性脫口，想辦法蒙混過去。

硬要說的話，就是當我的護衛，還有守護這座城鎮吧。

總之，紫苑有紫苑的優點。

人本來就有自己擅長跟不擅長的事，不需要著急。

「對啊，紫苑。妳強得不像話，根據情況而定我有時也會輸給妳。所以我不在的時候，妳可要好好保護利姆路大人。」

談到最後紅丸道出這句話，話題到此結束。

＊

幹部會議的近況報告也告一段落。

會議開到這就結束也行，但這時我突然想到——

來問問迪亞布羅作戰計畫進展如何。

「那麼，容我說明。」

話一結束迪亞布羅就恭敬地行禮，開始娓娓道來。

各國動向——周邊國的情況就如利格魯德和蒼影所說。

迪亞布羅似乎也掌握這些情報，剛才他們報告時迪亞布羅也頻頻點頭表示同意。要讓尤姆崛起的布局也跟各國動向有關。

而尤姆他們現況如何，我一併透過迪亞布羅的報告掌握。

別說是當王了，尤姆甚至沒受過貴族教育，沒辦法跟王公貴族交涉吧。因此那個前國主艾德馬利斯在迪亞布羅的指使下，擔任尤姆的導師。

有迪亞布羅監視，想必他不敢輕舉妄動吧。可以放心交給他辦。

視今後狀況而定，把他延攬來利用或許滿有趣的。那樣一來，一定能幫上尤姆的忙。

這些話迪亞布羅再次提起，一併向幹部說明。

我邊聽邊在心裡註記——要去會會這個男人——艾德馬利斯。

再來看看新王，他果然在背地裡搞小動作。

「不過，我們還要好一陣子才會採取行動吧？」

重新編制軍隊再到實際出動，需要花好幾個月的時間吧。

原本是這麼想的，迪亞布羅卻給出別的答案。應該這麼說，跟我想的完全不一樣。

「咯呵呵呵。我想快點把事情結束掉，就加緊安排。」

他帶著燦爛的笑容回答。

「啊？咦，那這樣我們準備起來——」

「沒問題。屆時派遣的部隊如何編制，都已經拜託紅丸先生處理了。」

「是，這部分已經做好萬全準備。混在人群裡明著行動，還有從事隱密行動的部隊，兩邊都打點完畢。大家都想參加，反倒是選人煞費苦心。」

說得雲淡風輕，迪亞布羅和紅丸一搭一唱。

連向我彙報都輕鬆帶過，輕重程度就跟告知遠足幾點出發差不多。

我個人覺得這件事還滿重要的耶……

「不過，雖然不構成問題，某件事還是令人有點在意。還不到可以彙報的階段，所以至今一直沒提，就是雷西姆還沒回來。」

斂去笑意，迪亞布羅開口道。

對喔。

一直覺得自己忘了什麼，我想起來了。

我們有發訊息給日向，他們還沒回覆。

「是那個被西方聖教會召回，放他回去稟報的大主教吧？有把我發的訊息捎去不是嗎？難道說，訊息沒有平安送達？」

「不，我讓雷西姆拿著水晶球，派手下護送他去英格拉西亞王國的首都。那裡有用於定點轉移的『傳送門』，照理說他應該確實抵達位於神聖法皇國魯貝利歐斯的西方聖教會本部才對……」

從法爾姆斯王國到英格拉西亞王國，沿著海岸走要駕馬車兩個星期。再從那邊轉往神聖法皇國魯貝利歐斯，還要多費三個星期以上的時間。

話雖如此，這個世界有魔法存在。

英格拉西亞王國跟神聖法皇國魯貝利歐斯之間有條特殊的魔法迴廊，名叫「傳送門」。

進門穿過特殊次元，來去於兩地瞬間完成。

只有極上位者才知道這道門，但身為強國大主教的雷西姆就算知情也沒什麼好奇怪。

想必他有走那道門的資格吧。據說他一進英格拉西亞王國就直指首都。

迪亞布羅召喚高階惡魔暗中盯梢，確定雷西姆進入王都。

王都設了結界，高階惡魔入侵會引發騷動。因此他們一看到雷西姆入內就向迪亞布羅回報。

「後來他都沒離開王都嗎？」

「是。我要手下待在那兒監視王都，雷西姆一出來就會跟我報備才是。」

他說手下一直沒有回報。

這麼說來，雷西姆還留在聖教會裡？

「該不會被人滅掉封口吧？」

最糟的情況掠過腦海，我不禁脫口。

可是，迪亞布羅否認我的說法。

「不，目前還沒感應到。我的獨有技『誘惑者』在支配對象死亡時，將會奪走他的靈魂。」

換句話說靈魂還沒遭奪，證明對方還活著。

這個技能有點恐怖，總之先擱一邊。

還有數名神殿騎士團護衛鎮守，大概認為王都內安全無虞吧。可是，雷西姆沒回來。

聖教會內部的訊問會議可能拖太久，也許現在還不到焦急的時候，不過，確實令人有些在意。

好吧，還活著就好。

希望他沒遭封口，我們沒被人貼上犯人的標籤。

「也就是說，目前還不知道西方聖教會將如何出招吧。」

「是。可能會干涉我的作戰計畫，現階段難以下定論。我們要做最大限度的警戒，以便對應。」

「嗯。話說回來，真是棘手啊。情報太少，沒辦法確實判讀現況。」

若情報夠豐富，就能丟給智慧之王拉斐爾大師全權處理。

「深感慚愧。潛入魯貝利歐斯，風險實在太高——」

「不不不，沒關係啦！勉強行事不會有好結果。」

看蒼影一臉懊惱，我趕緊安慰他。

要去魔物天敵西方聖教會的地盤調查，只能由蒼影本人出馬。而且那裡還有日向坐鎮，派蒼影去還是有疑慮。

光靠蒼華等人無法應付，被發現肯定遭處死。

因此我嚴令他們謹慎行事，千萬別逞強。

可是，即使如此……

「他們到底會不會與我方為敵？」

我在傳遞的訊息裡透露之前那些事可以一筆勾銷。

雖然稍微挑釁了一下，就拜託他們睜隻眼閉隻眼吧。

——不，還是不太妙吧。可是我訊息都發了，覆水難收。

基本上裡頭的意思是要跟他們友好相處，他們應該明白我的意思。

日向那麼聰明，我相信她會做出正確的選擇。

若他們不與我方敵對，選擇共存，就再理想不過。

如今除了八星魔王，該警戒的戰力只剩西方聖教會。

跟東方帝國的關係也很緊張，但他們目前沒有行動的跡象。

只要西方聖教會沒動，迪亞布羅的作戰計畫就不會失敗才對。

「這個問題真的很棘手。我個人是認為，直接跟他們一決雌雄算了。」

與其留下禍根，紅丸更想乾淨俐落分個勝負。

可是打輸他們就完蛋了，我是希望和平解決啦。

這時朱菜若有所思地開口：

「利姆路大人跟聖人日向對戰時，我們遭人襲擊。兩者必定有關，幕後應該有主使者。再說有事實可以佐證，克雷曼已透露背後另有他人——」

聽朱菜這麼一說，我想起絕對不可遺漏的幕後主使者。

「就是『那位大人』吧。」

「八九不離十。眼下已經知道有人想暗算我等，也得考量那傢伙的動向。千萬不可大意。」

我喃喃自語，白老隨即面色凝重地頷首。

「這個敵人，絕對不能放過他。」

大夥兒紛紛對朱菜的話表示贊同。

「對了……要是那傢伙這次也跳進來攪和，日向可能會出動——」

可是，總覺得哪裡不對勁。

好像漏了什麼。

這時我突然驚覺讓自己感到納悶的點是什麼。

「——日向可能不是出於本意，而是被人拜託或者有人指使她，才盯上我吧？」

所以我接著將心中的疑問拋出，徵詢大家的意見。

「什麼意思？」

「從她狙擊利姆路大人的時間點看來，日向顯然跟『那位大人』是一夥的吧？」

大家一頭霧水之時，朱菜的想法跟我不謀而合，開口說道。

此話一出，不對勁的感覺隨之加深。

對我來說，古怪之處莫過於——

「我就開門見山說了，雖然日向不太可能受人指使，但各位怎麼看？假設她跟『那位大人』是一夥的，你們認為她會受對方指使嗎？」

「「「──唔！」」」

這就是我納悶的點。

那個女人連我的話都不願意聽，怎麼會接受別人的請託，甚至是聽令行事。

「少爺說得有道理。日向貴為聖騎士團長，不可能聽某人的命令行事。那個美麗小妞只聽神明魯米納斯的話。連法皇都無法說動她，這是大家都知道的著名傳聞喔！」

凱金一席話肯定我的想法。

除了神的命令其他一概不聽，這表示日向最大。

那她被人指使這條線，果然還是斷了吧。

「是喔，果然是這樣？畢竟日向那傢伙都把別人的話當耳邊風。她會聽別人的命令行動實在令人無法置信。」

也就是說反推回去，只要能說服日向，我們就沒有跟西方聖教會對立的必要。

「找不到可以命令日向的人是嗎……」

「那麼，時間點重疊只是偶然嗎？」

紅丸沉吟，朱菜顯得困惑。

「巧妙利用言語——也有這個可能。」

迪亞布羅若有所思地輕喃。

很像惡魔會說的，但他說得很對。

那個輕忽不得的日向不可能如此輕易受他人操控，不過，可能性還是有。

「正如迪亞布羅所說，日向可能受人唆使。當然，或許跟『那位大人』有關。可是——」

「您想說的是，那個人不太可能隨意指使日向吧。」

「就是這個意思。」

我朝迪亞布羅點頭。

「『那位大人』讓法爾姆斯王國出動，還操縱魔王克雷曼，打算滅掉我們的國家。卻無法隨意指使日向嗎……」

紅丸似乎在檢討我的意見，閉上眼陷入沉思。

「那麼這次，利姆路大人認為西方聖教會不會採取行動？」

「這個嘛……」

被迪亞布羅這麼一問，我沒辦法在第一時間給出答覆。

站在對方的立場冷靜思考，就連日向都想避免跟現在的我們正面硬碰硬吧。

我送去的訊息明確告知，說我國不想跟他們敵對。

都釋出善意了，還跟災禍級的我、天災級的維爾德拉待的魔國聯邦作對，日向應該沒那麼蠢吧。

光評估損益就知道，對日向沒有半點好處。就算贏了得到的也只有名聲，看也知道無法彌補西方聖教會那邊的損失。

無法獲得利益卻挑起戰爭，用正常邏輯想不可能去做這種事。

日向不聽人說話，但她不至於不懂其中的利害關係。

話雖如此，仍留有一絲隱憂。

「——神魯米納斯……魯米納斯嗎？我好像在哪裡聽過……」

從剛才開始就有一個傢伙在隔壁碎碎念煩死人，害我無法集中精神思考，他好像很在意某事。

「日向說我們是阻礙。那是因為西方聖教會——魯米納斯教的教義，容不下魔物。可是，或許原因不只這些——」

日向為什麼把我們當阻礙看待？

那是因為魯米納斯教的教義不認可魔物。

不過，假如理由只有這些，邏輯上很不合理吧。

應該說——這很不像日向。

這麼說來，背後果然另有隱情……

雖然跟剛才的說法相牴觸，但若有幕後主使者又會變成怎樣。

如果真的有日向以外的另一個人嫌我們礙眼，並參與其中的話？

那這個人的目的是什麼？

《宣告。有許多人參與這件事的可能性很高。一連串事件全都相互關聯。不過，推測這些事並非都是同一人暗中作梗。》

這個嘛，也就是說……？

《答。牽涉到一些國家、人物、局勢及其他因素。剖析後可分為幾類目的。他們的利害關係乍看之下一致，其實有矛盾之處。將一切都歸給某個幕後主使者於理不合。》

也就是說，幕後主使者並非——只有一人。

其實很簡單。這麼一說真有幾分道理。

表示操縱克雷曼的也只是其中一人。

哦，我懂了。朝這個方向想就說得通。

只是因為利害關係一致就跳出來幫忙，事實上並非聽從明確的命令行動。

主使者很可能只是唆使大家。搞不好主使者跟日向一點關係也沒有。

的確，朝複數人參與的方向看會合理些。

此外，一旦情勢改變，有時將不再需要跟人敵對。國際情勢就是這麼一回事，不能感情用事。

那麼——

克雷曼嫌我們礙眼。

同時還想利用我們。

所以他樂見我跟日向殺個你死我活。

法爾姆斯王國覺得當上盟主的我很礙事。

他們不想滅掉魔國聯邦，只想接收這個國家。

才期待日向收拾我，樂見其成。

日向本人又是怎麼想的？

當然，站在遵守教義的立場，她不能放過身為魔物的我。

這方面三方意思一致，事情開始發展。

結果我逃過日向的追捕，法爾姆斯打敗仗，克雷曼滅亡。

時至今日。

各個幕後黑手所處的局勢變了。

克雷曼死去，在背後操控的「那位大人」八成忙於重建銳減的戰力。

都這樣了，他還會跟我正面對決嗎？

《答。這麼做的可能性很低。假如幕後黑手的力量在克雷曼之上，早就介入了。即使他保留實力，目前戰略計畫徹底失敗，再介入沒有任何意義。》

講白點，沒有對我出手的動機，是這樣嗎？

那傢伙一直隱身在檯面下，事到如今不至於浮上檯面行動。

就算他想扳回一城，也知道跟我們硬碰硬太愚蠢。

以此類推，其他勢力會怎麼走？

艾德馬利斯王退位了，野心告吹。

新王似乎有動作，該派不乏想加害我方的人吧。

對新王來說我國是絆腳石，直到現在還沒放棄，很可能搞小動作想滅掉我們。

不過，這些人有迪亞布羅監視。現在才加進去當幕後主使者晚了一步，不會構成威脅。
但還是不能輕忽。
在這群人之中，搞不好有人隱藏真面目也說不定。
正因如此，人類很棘手。
西方聖教會沒有動靜。
雷西姆沒有回來，由此可見內部大概亂成一團。
或許日向也很迷惘？
因為跟我們為敵需明確的理由，少了動機沒必要出手。
可是，假如日向沒了動機仍要與我們為敵？
這表示現況迫使她採取行動。

《警告。切記背後很可能藏有好幾名幕後黑手。》

原來如此，說得沒錯。
如果幕後黑手另有其人，有好幾個，事情發展就不是日向能掌控的了。
要先做好心理準備，這次的情況也不該樂觀看待。
「應該朝此事牽扯太多的利害關係，光靠日向一人的意思無法決定大局的方向思考，沒錯吧？」
在我導出結論的同時，迪亞布羅似乎也得出相同看法。
「你果然厲害，迪亞布羅。我正想這麼說呢。」

其實都是仰賴智慧之王拉斐爾大師幫忙，但這種事沒必要提。

話說迪亞布羅超聰明，該不會比我想得更聰明？

目前我開百萬倍「思考加速」，而迪亞布羅用了和那一樣的速度導出相同結論。沒智慧之王拉斐爾大師加持天生好頭腦——看樣子我徹底輸了。

「那麼這次針對西方聖教會介入一事，我也會嚴加警戒。」

迪亞布羅咯呵呵呵地笑著，同時道出這段話。

是說他好像一開始就全面警戒，也許我的忠告根本是多餘的。

雖然這麼想，我還是告誡大家。

「或許我們一直以來都想錯了。」

「您的意思是？」

紅丸代表大家提問。

不只紅丸，所有幹部的視線都放在我身上。

有鑑於此，我就在這慎重叮嚀他們吧。

「如迪亞布羅剛才所說，也許幕後黑手不只一個。我猜有各路人馬介入，才讓事情演變成那樣。而這次他們的利害關係並不一致，才各自為政吧？」

經我解釋，幹部們隨即換上恍然大悟的表情。

若我只講解這些就聽出話中玄機，代表大夥兒的洞察力都超優秀耶。

哥布達一直在睡表示他沒聽懂吧。這讓我稍微鬆了一口氣，但之後要好好處罰他。

「也就是說，那些人跟克雷曼口中的『大人』勾結？」

「還不確定。是說，先入為主下定論不好喔。情報還不充裕的情況下，光靠主觀推論行動是很危險的。」

面對紅丸的疑問，我聳聳肩回應。

目前是史萊姆狀態，看起來只讓身體泛起小波浪就是了。

「不過，假如日向並非聽令行事，而是被迫採取行動，事情就說得通了。」

凱金也露出恍然大悟的表情。

「咯呵呵呵。那我再去打聽一下。聽說是商人放消息給艾德馬利斯他們，現在回想起來疑點重重。」

迪亞布羅那句話點醒我。

「等等？你說商人……」

「您怎麼了，利姆路大人？」

「沒什麼。法爾姆斯王國之所以會攻打我們的城鎮，理由在於他們有利可圖。戰爭要花錢，專門替人打仗的傢伙到處都有。那些商人為了利益暗中動些手腳，這種可能性滿高的。」

「原來是這樣——」

這又是一大盲點，敵人不一定是擁有武力的人。

古往今來，動歪腦筋暗算的原因都出自人性慾望。

武力可以用錢買——這樣一想，商人也是值得警戒的對象。

我跳下椅子，同時變成人型。

接著環視眾人，朝他們一一下令。

「朱菜，去調查從克雷曼居城回收的帳本，濾出商人的出入紀錄。」

「遵命。」

「迪亞布羅，你去逼法爾姆斯王國的文官吐實，徹底清查跟他們有商業往來的商人。」

「小的遵命，主上。」

「紅丸，重新遴選要派去支援尤姆的軍隊成員。這些人要能應付各種突發狀況。」

「是，交給我吧。」

「利格魯德，這座城鎮就交給你了。我們即將舉行盛大的慶典，務必做足準備。」

「這是當然！」

「蓋德，你不用擔心這邊的事，盡全力做好自己的工作就行了。真的遇到困難會找你協助，你就相信我，努力工作吧！」

「蓋德必當如此。這個國家上上下下，從來沒有任何一個人對利姆路大人存疑。」

「白老去輔佐紅丸，戈畢爾負責幫利格魯德，為了因應各種族來訪，利格魯你要重新檢視本鎮的警備體制！」

「遵命。」

「是！」

「包在我身上！」

「再來是紫苑，我想想，就那個。妳要當我的護衛，嗯！」

「是！」

我順勢替大家分派任務。

摸著蘭加的頭，我滿意地頷首。

搞定，接下來就放手讓他們去辦吧。

「那我呢？」

「哦，維爾德拉，你小心別妨礙其他人。」

「嗯，我辦事你放心！」

我不放心。

所以我要仔細盯著他。

對了，還有——

「哥布達老弟。你好像很累，等一下到我的辦公室報到。」

「呀！」

我叫醒睡得正香甜的哥布達，帶著笑意說道。

就這樣，當上魔王還是老樣子，問題點都確認完畢，幹部會議就此散會。

ROUGH SKETCH

第三章

聖人的意圖

Regarding Reincarnated to Slime

這天，世界再次被恐懼籠罩。

「暴風龍」維爾德拉復活。

西方聖教會已經對外公布這項事實。

在那之前自由公會發布來自魔王眾的訊息。

搭上十大魔王變成「八星魔王」的消息，世界各地陷入大混亂。

各國君王面對激變的情勢都傷透腦筋，煩惱該如何對應。

整個世界開始動盪。

西方聖教會內部也不例外，瀰漫平常沒有的危險氣息。

坂口日向結束跟利姆路的對決，時隔數日，跟法爾姆斯王國軍隊同行的雷西姆大主教與他們失聯。

定期報告是不可違的鐵律，他無法回報，表示魔國聯邦侵略戰出了什麼問題。

一收到這個消息，日向立刻決定親自前往魔國聯邦。可是那時卻收到神諭，命她把守大聖堂。

理由在於「暴風龍」維爾德拉復活。

日向正在等用於毀滅魔國聯邦的聖騎士團集合，這道命令迫使她無法出征。

這件事不曉得對雙方來說，是誰比較幸運……

未做任何準備直接跟維爾德拉正面對決，日向肯定會吃敗仗。然而日向已經知道維爾德拉復活，再耍此策略涉足魔國聯邦攻略戰，沒利姆路坐鎮的魔國聯邦可能早就被滅掉了。

日向的目標只有魔國聯邦，並非討伐維爾德拉。她反而可以利用那股力量，簡簡單單辦成這件事。占上風的人是日向。

——但前提是不把維爾德拉之後的動向、利姆路的反應考量進去。

總而言之，她避掉對雙方來說最壞的結局。

●

這座都市籠罩在祥和的光芒裡。

它是受神聖結界守護的聖都。

該結界歷經長年研究、逐步改善，是最高層級的守護結界。

結界可以阻止所有的外敵入侵，守護這座都市千年之久。

都市居民的祈願化為現實。

連陽光都阻隔在外，能自動調節結界內部的亮度。早上光量較多，晚上會變暗。結界內部氣溫終年維持在差距不大的定溫狀態，冬暖夏涼。

農地劃分成幾個區塊，各個季節的作物無論什麼時期都能採收。

國民不會挨餓，堪稱世外桃源。

所有孩子都受一定程度的教育，全體國民都有工作做。

一切都安排得恰到好處，依法管理，是人間仙境。

神聖法皇國魯貝利歐斯，這就是其首都——聖都「盧因」。

魔王盛宴翌日。

日向走在通往大聖堂的道路上。

被祥和的暖意包圍，肅穆的氣氛似乎因此緩和。

這是一個富饒的國度。

沒有人挨餓，街上也沒有乞丐。

每個人都派到合適的工作，負擔職務，善盡他們的職責。

隨鐘聲起床，日落而息。

較有能力的人輔佐較差的人。就像這樣，規劃得妥妥貼貼，國民保證能過上幸福的生活。

以神之名，賜他們平等理想的社會。眼前這座聖都就是其完美體現。

日向觀察跟自己擦身而過的人是什麼表情。

大家臉上都帶著笑容，神情柔和。

可是，某件事令她有點在意。

待在這座都市裡，她的心裡總是有疑問。

在日向看來，這座聖地無疑是理想鄉。

將西方諸國乃至於全世界打造成沒有紛爭的和平社會——那是日向遠大的理想。

社會上不存在弱肉強食，這就是日向嚮往的社會。

可是，這個世界的現實過於殘酷。

英格拉西亞王國跟神聖法皇國魯貝利歐斯，兩者有著天壤之別。

這件事每每都讓日向感到困惑。
自由之都英格拉西亞，以及不存在矛盾的魯貝利歐斯。
兩個國家的性質恰恰相反。
從政治形態到主義思想，各領域都呈對照。
此外，差別最大的莫過於——孩子們的表情。
大聖堂旁邊設有教育設施，從那可以聽見孩子們的聲音。
大概是上課快遲到了，數名孩子跑過走廊，朝建築物靠近。
跑得快的人拉住落後孩童的手。
這情景司空見慣，一點也不突兀。可是就連這種景象，日向都看出差異。
如果是在英格拉西亞王國會怎樣？
她開始回想在英格拉西亞王國看過的景象。
當時是什麼模樣？
發生在早上，快遲到的孩子鑽過門，臉上浮現笑意。腳程慢的人最後遲到被老師罵。
這個時候，沒遲到的會嘲笑腳程慢的孩子，露出得意的表情。
如果他們像魯貝利歐斯的孩子，手牽手跑過去呢？
大家肯定會一起遲到，被老師罵吧。
當然，早點起來就不會遲到。
沒什麼好比的，真的只是一點小事罷了。
可是，日向就是會去想。

是哪邊不一樣？

腳程快的孩子不夠體貼？不。

那孩子是嘲弄遲到的孩童沒錯，卻沒有把對方當笨蛋、看不起他。

畢竟那個遲到的孩子也在笑，笑得很尷尬。

雖然被老師罵，看起來還是很開心。

那麼換成這裡，魯貝利歐斯的情況又是如何？

看看那些奔跑的孩子，大家清一色都是同樣的神情。

帶著溫和的笑容。

表情跟大人一樣，都很滿足。

缺乏競爭意識，表情都一樣、沒有個人特色。

規劃好的社會幸福歸幸福，卻沒有自由可言。

人人平等，克盡分配到的職責。

除此之外還講究公平，有能力的人會幫助能力不足的人。

這個國家的人民自成一國。

「創造沒有紛爭的平等社會」，這是日向的生存意義。

再也沒有被父母拋棄的孩子，在那個世界裡，大家都過得很幸福。

這是理想，不夠踏實——日向也這麼認為。然而幾欲放棄的日向看到了，魯貝利歐斯就是理想的體現。

競爭會引發紛爭。

這個社會受到完善規劃，不存在任何競爭，等同實現日向的理想。

話說神聖法皇國魯貝利歐斯的政治形態，嚴格說來接近共產主義。

一切都交給「神」安排，落實完全平等。

神——就是以法皇為代表的法皇廳。

要說共產主義最大的弱點在哪裡，就是有支配階級存在吧。

高喊平等，卻存在必然的上下關係。

而上位者一旦貪腐，被支配的人很難糾正他們。

財富分配將促生不公，貧富差距擴大。

要彌補這些缺點，就是讓神統治。

法皇廳原先就以上位者之姿君臨，能確保國民人人平等。

當然，跟他國的外交也由高層全權管理。

神明之下人人平等——這是詭辯，但神聖法皇國魯貝利歐斯的實際情形就是如此，已經維持千年以上。

這種機制運作得理想至極。

那是當然的。

因為神魯米納斯的真面目是——

魔王——魯米納斯・瓦倫泰。

魯米納斯．瓦倫泰。

她是霸主，貨真價實的魔王。

別名「夜魔女王（Queen of Nightmare）」，是黑暗王國的女王。

還是唯一一個打敗日向的人。

＊

看在霸主眼裡，人類的價值都一樣。

完善的管理對魯米納斯而言，就像在管理家畜一樣。

然而這麼做，反倒將理想國化為現實。

他們身為吸血鬼族，並不會將人類生吞活剝。

只吸取少量的血液，靠裡頭蘊含的精氣維生。階級高的人甚至不需要吸血，就能永生不死。

當食糧的人類愈幸福，血就愈美味。正因如此，此處人們的生活比其他國家更富足。

一口氣吸取大量精氣會出問題，但魯米納斯嚴禁這種行為。

末端的吸血鬼族不敢忤逆真祖魯米納斯，徹底維護這個國家的秩序。

一切都如此平等，連西方諸國都望塵莫及。

所以日向深信魯米納斯教是公正的，為了追求正義加入西方聖教會。將教義當成聖旨，全心全意奉獻，致力於布教。

她還當上不分貴賤救濟人民的聖騎士，要貫徹她的正義。

恩師井澤靜江的做法太溫吞。

此外，同鄉少年神樂坂優樹想的方案也太夢幻，看在她眼裡不夠踏實。

只想等事情發生再處理，缺乏預防性思維。

人本來就會靠自己的努力克服難關，具互助性質的自由公會算是可圈可點，但他們靠委託報酬支撐，不可能完全公平。

所以日向才跟恩師靜江拜別。

——若妳覺得迷惘，可以向我求助。

雖然靜江曾經這麼說，但日向沒有那個打算。

那是在撒嬌。

要是她繼續倚賴那個人，無法成大事——日向漠然地想著。

…………

……

……

在這個世界裡，只能靠自己的力量。

所以日向一心想變得更強，讓自己所向無敵。

再也不想失去，所以她不看重任何事物。

不跟人交流，只想變強。

加入西方聖教會，僅費一年就當上聖騎士。

不到兩年當上聖騎士團長，還親手打造人稱史上最強的聖騎士團。

可是在教會內部愈爬愈高，她就看得愈清楚。

還窺見魯米納斯教的真相。

魯貝利歐斯法皇——真面目竟然是名為路易的吸血鬼。

更驚人的還在後頭，法皇路易就是魔王羅伊・瓦倫泰的雙胞胎哥哥。

跟魔王結盟確保權勢，簡直就是明目張膽把人當白痴。

得知這個事實，日向怒不可遏。

她獨自一人潛入「內殿」，肅清魔王羅伊和法皇路易這兩個傢伙。但她也受了致命傷，只能在那等死。

微渺的正義感。

誰都救不了，力量薄弱。

無法拯救所有人，行善必須有所取捨。

一切都好滑稽，沒什麼意義。

（呵呵呵呵，我也到此為止了嗎？弱者到死還是弱者。可是，我總算消滅一股惡勢力了——）

不過，就算是這樣……

我並沒有做錯——日向如此深信。

她削減人世間的惡，沒什麼好可恥的。

就算沒人誇獎她，也要貫徹自己的信念。

這樣就夠了，日向很滿足。

已經看不到的日向，此時耳邊傳來細細的腳步聲。

還以為是幻聽，這次傳來一道冷涼的聲音。

「都吵到妾身的寢室去了。你們到底在幹嘛？」

現身的是有著一頭閃亮銀髮的美少女。

藍與紅的異色妖瞳閃著詭譎光芒，她冷冷地看著趴伏在地的日向等人。

身上的霸氣格外強大，就連剛才和日向上演一場死鬥的路易和羅伊相形之下都像嬰孩。

（——！）

瀕死的日向為之震懾。

為那超乎常理的美貌。

遙不可及，虛幻飄渺。

這名少女很有主宰者風範，散發人類管理者應有的威嚴。

不論善惡，在她面前都顯得渺小。

證據就是——

「你們兩個，不許丟下妾身死去。」

照理說魔王羅伊跟法皇路易已經死於日向之手，卻因該名少女的力量波動復活。

超越日向的理解範疇，那是超能力。

（全完了……我做的事根本……）

心中滿是絕望，當日向的生命之火即將燃盡——

「妳也一樣，人類。怎麼能抱著自以為是的想法死去。正義是什麼？只打擊罪惡不是正義吧。還有，妾身的所作所為是不是惡，妳如此渺小怎麼能隨意判斷？滿足所有的自由意志，天底下不存在這種正義。認為自己能辦到，這才叫傲慢。不是嗎？」

對方一席話傳入日向耳裡。同時有溫暖的光灑下，保住日向的命。

日向毫髮無傷地復活，少女當著她的面說道：

「給妳一星期。妳打倒妾身的心腹，應該能通過『七曜試煉』。到時妾身再認真跟妳打。」

她這麼說。

日向接受試煉，漂亮地通過。

還「篡奪」導師的能力，獲得超乎想像的力量。

接著——

她賭上性命挑戰那名少女——魯米納斯・瓦倫泰，以敗仗收場，向她投降。

…………

…………

……

吃了敗仗也不會斷裂之劍（日向），變得能屈能伸、更強韌——脫胎換骨。

成了神之右手，排除萬難的神劍。

對日向來說，最重要的只有魯米納斯。

有魯米納斯才有公平正義的社會，一旦失去她，秩序就會亂套。

為了維護理想鄉，孜孜不倦的努力與覺悟不可或缺。

日向是雙刃劍。

要是魯米納斯變成人類的大敵，日向就必須親手將她問斬。
雖然不太可能辦到，但日向已經下定決心了。
所以時至今日，日向仍持續鍛鍊自我。

＊

不知不覺間，日向已經抵達目的地。
有人在那等她，是如今已成戰友的法皇路易。
接著路易透露令人難以置信的消息。
「昨晚，弟弟死了。」
昨天晚上。
日向在大聖堂擊退神祕入侵者。
那天晚上她原本跟別人有約，接獲神諭又依令取消所有行程，變更預定計畫。
幸好那個夜晚平安落幕，沒有玷汙聖地。
照理說應該是這樣。
「你在開玩笑吧？羅伊偽裝成魔王，去參加魔王盛宴不是嗎？」
「是真的，日向。有個入侵者妳沒殺成，魯米納斯大人還沒回來羅伊就先回來了，他們兩個遇上。」
「怎麼可能。他一看到我就逃之夭夭，害我追丟……」
「確實，也可以合理懷疑那是假動作。魯米納斯大人對妳下達的指令是保衛聖地，不是殲滅入侵者。

這項職責應該由我那個不中用的近衛師團擔負才對。」

「但那領頭騎士可是我。不過，竟然被那種三腳貓殺掉，羅伊真沒用。」

說到這兒，日向自信地扯嘴一笑。

當著魯貝利歐斯法皇——也就是羅伊兄長的面。

魯米納斯．瓦倫泰，她曾是真正的魔王。

心腹是對雙胞胎兄弟，路易和羅伊。

哥哥以法皇身分活躍於檯面上執牛耳，弟弟當魔王支配黑暗世界。

再來是魯米納斯，當神統領一切。

那是他們的理想世界。

所以魯米納斯就垂簾聽政，隱身至「內殿」，不再對外示人。

羅伊以代理人身分當上魔王，那身實力不辱十大魔王之名。

一生下來，身為吸血鬼的他就擁有B級實力。

肌力、耐力、反應速度，這些數值都超越人類數倍，肉體性能優越。除此之外，他還陸續獲得優秀的技能，像是種族固有能力「怪力」、「自動再生」、「影瞬」、「麻痺」、「魅惑」、「威壓」、「變身」等。

該種族個體數不多，然而在高階魔人裡，他們的戰鬥能力更勝一籌。

顯赫貴族路易和羅伊從遠古時期就追隨真祖魯米納斯至今。兩人力量之強自然不在話下，連日向都領教過。

以前日向曾跟他們對戰過，兩人的實力毋庸置疑。

換句話說，入侵者夠強——這是日向的解釋。

「——不過，只要魯米納斯大人安好，一切都沒問題。」

話雖這麼說，日向仍小聲補充：「但魯米納斯大人應該不需要我們擔心——」

就連日向都覺得魔王魯米納斯的實力深不可測，難以預料。

未來可能會跟她對峙也說不定，魯米納斯是日向的目標，是至高無上的存在。所以日向擔心魯米納斯的安危，其實很不自量力。

相較之下羅伊對日向而言，價值跟路邊的石子沒兩樣。

雖然對路易不好意思，但他被殺也無所謂。

實力不夠才會死掉。

是他不好，日向心想。

「問題可大了。至今為了讓大家信奉魯米納斯教，才讓羅伊四處作亂構成威脅，如今羅伊死了，人類對我們的教義可能不再虔誠信奉。再說邪龍維爾德拉明明復活了，朱拉大森林卻安定下來。」

「也對——」

日向邊答邊想，原因八成出在她沒殺成的史萊姆身上。

這方面她無話可說。

完全是日向的失誤，對此最有自覺的就是日向本人。昨晚的入侵者是她刻意放水，但那個叫利姆路的史萊姆，日向原本就打算徹底消滅他。

（雖然教人難以置信，但他還真的在那種狀況下逃跑。我看他心思好像滿縝密的，沒想到超乎想像呢，利姆路——）

面對敵人利姆路，日向誠實地給予讚美。

「——邪龍的事我不清楚，但森林會安定下來，應該是我放過那隻名叫利姆路的史萊姆使然。」

「嗯。我也自行調查，法爾姆斯王國的大軍確實被滅了。從維爾德拉復活的時期往回推算，也能看出是那個利姆路幹的好事。似乎是棘手的敵人。」

「當初遇到他的時候，他被聖淨化結界捕捉的那瞬間，應該是滅掉他的絕佳機會。」

「是因為它號稱跟妳來自同一個地方，妳才手下留情嗎？」

「怎麼可能。魯米納斯大人跟那隻史萊姆的目的並不一致。我能理解他想表達的，但放著不管會打亂計畫。所以我才沒把他的話聽進去，打算滅掉那座城鎮……」

「天使會出動吧。」

「對。現在還好，要是他們照那種速度讓城鎮發展下去，肯定會出動。」

「這就麻煩了。我們還沒準備好。下次的『天魔大戰』，希望能大獲全勝。」

「是啊。天使這種東西，必須把他們殺得體無完膚。為了實現這點，時間點提早會很困擾的。」

聽完日向的說明，路易也認同地頷首。

一旦都市發展到某種程度，天使族就會盯上，展開攻擊。

不清楚動機，但行動準則明確。

要是大戰發生，無數的無辜百姓將淪為犧牲品。為了斬除禍根，日向增強軍備，打算將天使軍徹底擊破。

同時致力推廣魯米納斯教，讓人類攜手合作。

日向認為這麼做是在回應神魯米納斯的心思。

而利姆路的行為，正好阻礙日向的計畫。

她還聽說井澤靜江會死都是因為利姆路，順便加上個人恩怨。因此日向沒道理放水。

具知性、理性，可以跟人心意相通的魔物。波及到他們令日向有點過意不去，但魯米納斯主張魔物是敵人的聖意不可違。

目前最要緊的是，必須打贏「天魔大戰」。

只要能將傷亡人數降至最低，日向會毫不猶豫地付諸實行。

冷酷的合理主義者，這就是日向。

「可是，妳刺殺失敗，就結果來說也許有加分效用。」

「什麼意思？」

「朱拉大森林出現威脅，西方諸國會因此團結。如今羅伊已死，他們將變成很稱職的人類大敵吧？」

「……有待商榷吧？我認為事情不會這麼順利。」

不過——日向在心裡暗道。

換個角度想，也許是好事吧。

她希望朱拉大森林安定，若他們希望跟人類共生，這樣也好。

話雖如此，假如利姆路真的虐殺法爾姆斯大軍，他肯定會成為不容縱放的威脅。

但——

「話說那個放消息給我的東方商人，昨晚本來也約好跟他見面。若魯米納斯大人沒有下令，昨晚我應該不會待在這兒。」

「哦？那時機可真是不錯呢。」

「是啊，好得不得了呢。那些商人一直想利用我。這樣一想，沒殺掉利姆路應該是對的。」

雖然沒殺到他讓人很不是滋味，日向說道。

不過，棒打出頭鳥。

他們挺過法爾姆斯的侵略，但復活的「暴風龍」勢必威脅到利姆路。

而且利姆路好像還自稱「魔王」，十大魔王因此大感光火。

結果就被叫去參加昨晚的魔王盛宴。

「正是如此。在我方還未做好萬全準備之前，最好讓那裡充當東面防波堤。但前提是那個利姆路可以挺過魔王盛宴。」

「說得對。他能順利度過難關嗎？」

「魯米納斯大人就快回來了。稍安勿躁，到時就能見分曉。」

「想到要回稟羅伊的死訊就很憂鬱。」

「她會大發雷霆吧。」

「跟我不一樣，那位大人心地善良——」

「嗯。照妳這麼說，我也不夠善良呢。弟弟都死了，卻沒有半點悲傷情緒。」

面對路易的回應，日向只有聳聳肩。

後來兩人不再交談，靜待魯米納斯歸來。

之後——

「魯米納斯大人回來了！還不快跪下！」

有人先來通報，大聖堂裡頓時忙碌起來。

接著日向跟路易聽到讓他們出乎意料的話。

＊

地點換到「內殿」。

神聖法皇國魯貝利歐斯中央有座靈峰聳立。

聖教會本部建於山麓上。

穿過本部所在地直走會抵達聖神殿。後方建有通往靈峰入口的大聖堂。

通過那裡走上山路，就會抵達「內殿」。

在神聖法皇國魯貝利歐斯境內，那裡甚至超越法皇殿，是最神聖、不容褻瀆的地點。

魔王瓦倫泰——不對，是魯米納斯，她邊在這休息，不悅地告知昨晚發生的事。

「——昨晚發生的事就是這些。那隻討人厭的邪龍，老是愛找妾身的麻煩。」

魯米納斯的壞心情盡現，躺在長椅上訴說。

日向先是跟她回報羅伊的死訊，結果火上加油，讓她更生氣。

傻孩子——

魯米納斯只小聲說了這一句，沒有流露任何情感，進入「內殿」時依然不改平常的高傲態度。

一直保持冷靜，對日向等人轉達她跟魔王們開會的內容。
只不過，一說到維爾德拉害她的真實身分破功，那張端整的美貌就染上怒意。
憋住的情緒一口氣爆發，以排山倒海之勢直逼日向等人。
「羅伊也真是的！要是他死在妾身看得到的地方，就能讓他復活——」
「弟弟他很幸福。承蒙魯米納斯大人抬愛。」
「住口！羅伊這樣死去，不就等同是妾身害了他嗎！」
「並非如此。是弟弟不好，羅伊辜負魯米納斯大人的期待。」
「可是——」
硬要說的話，就是他運氣不好。
錯不在任何人，這個道理在場所有人都明白。
「很抱歉。都怪我縱放敵人才害羅伊……」
雖然日向這麼說，魯米納斯還是——
「夠了。妳只是依妾身的命令行事罷了。該受譴責的人是妾身。可是，我們現在不能為羅伊的死沉浸在感傷中。」
她說完換上嚴肅的神情，定睛凝望日向和路易。
「聽好，邪龍復活了，還多了利姆路這個新魔王。這已經是不爭的事實。必須擬定對策。」
「是。」
「遵命。」
日向與路易同時領命。

這將決定神聖法皇國魯貝利歐斯今後的走向。

「那個維爾德拉就由我出面料理吧。」

提議人是日向。

不過，魯米納斯的反應很冷淡。

「日向，妳確實變強了。比起跟妾身對戰時的妳，現在實力確實有長進。如今更超越『七曜』，直逼妾身。不過——」

魔王利姆路就算了，妳贏不了維爾德拉——魯米納斯斷言。

「沒錯，日向。那隻邪龍強得很。是貨真價實的天災級。」

見識過當年狀況的路易對魯米納斯一席話表示贊同。

「真有這麼強嗎？可是，他還是被『勇者』封印了吧？」

既然有人能封印他，日向認為自己也能辦到。可是，魯米納斯跟路易毫不猶豫地否認。

「聽好，日向。他是自然能量的集合體。如果是胡亂吹撫的暴風，可以靠魔法控制。但那隻邪龍有個人意志。用劍砍不死，魔法也不管用。此外，那傢伙作亂會釋放衝擊波，破壞力超越一般的魔法，將會蹂躪大地。」

魯米納斯說話時，語氣聽得出當真對他厭惡至極。

路易跟著點頭，似乎想起不好的回憶，面色鐵青。

「那是一場惡夢。害那座美麗的夜薔薇宮變成慘不忍睹的廢墟……」

「路易啊，別想了。那座城是吸血鬼族的智慧和技術結晶，如今只留存在記憶裡。渴求不存在的東西沒任何意義。」

「您說得是。」

看他們兩個這樣，日向總算明白維爾德拉是危險的對手。

（——不過要是有什麼萬一，我還是會出手斬殺。）

日向悄悄地下定決心。

同時她發現一件事。

這座「內殿」之所以蓋在靈峰頂上，都是為了因應維爾德拉來襲。

——時常監視他，發現他靠近就能防範於未然。

神聖法皇國魯貝利歐斯的真正都市——夜想宮庭（Night Garden）會蓋在地底下，都是為了防止邪龍入侵。

——就算真的打起來，也不會受到損害。

讓魯米納斯警戒成這樣的不是別人，正是「暴風龍」維爾德拉。

「日向，妾身不想連妳都失去。妳好自為之。」

既然魯米納斯話都說到這個份上了，日向也只能應允。

只不過，當初遇到利姆路處理方式不當，如今就像一支哽在喉嚨的刺。

認定利姆路是魔物就無視對方的話，真是失策。

從遵守教義的角度出發，她不認為自己的對應方式有誤，結果卻導致今天這種局面。假如那是東方商人的詭計，日向可以說是徹底著了他們的道。

（真討厭。就好像看穿我們的心思才放這種消息。不，搞不好真的有內鬼？）

她不願相信，但日向認為教會內部可能有內鬼跟東方商人串通。

那就該假設他們準備跟天使抗衡的事也露餡了，對方看準這點才設計日向，讓她去殺利姆路。

可以合理懷疑有內鬼存在。

那件事再慢慢調查，眼下問題在於——

「是。不過……這樣一來，新任魔王利姆路又該——」

「最好的辦法就是放著不管。值得慶幸的是，我們還沒正式昭告他是『神敵』吧？」

「可是……」

「有什麼問題嗎？」

「……是。那些魔物正在開發都市跟街道，可能會導致天使提早進攻。」

「對喔，還有他們。被一群羽蟲騷擾的確很煩，不過，跟魔王利姆路和『暴風龍』維爾德拉為敵更不妙。再說，要是他們很顯眼，天使們就會把大部分的注意力放在那邊吧。現在煩惱那個也沒用。」

對魯米納斯來說，天使不算什麼吧。明白她的想法，日向表示願意按她的意思行動。

再來是這個問題——

「——還有，魯米納斯大人認為『魔物是全人類的敵人』——然而他們的城鎮徹底顛覆魯米納斯教義……」

日向的問題一出，魯米納斯就苦著一張臉。

她稍事思考一會兒。

事到如今不能隨意滅掉他們，但自家教義缺乏正當性、失去說服力，人心將會背離。

好不容易花了千年以上的時間促使人民信奉，可不能在這個節骨眼上痛失信眾。

「乾脆讓他當邪惡大魔王，與我們構築良好的共犯關係？」

這時路易開口道。

就如剛才路易跟日向提過的，比照羅伊扮演大魔王，利用他來作為政治宣傳。然而如日向所擔憂，魯米納斯否決這個點子。

「不行。那個叫利姆路的新魔王，他疑似想打造可以舒適過活的王國。他說人類的協助不可或缺，自己會出面保護他們，當著眾魔王的面大肆宣言。『誰敢妨礙我，人也好魔王也好教會也罷，全都是我的敵人。』——他這麼說呢。」

說完，魯米納斯憂鬱地嘆了一口氣。

「如果他沒有跟人類交流，就可以採納路易的提案了——」

嘆完氣，她恨恨地補上這句。

聽到那句話日向才恍然大悟，利姆路說「我是轉生者」，這話是真的。

可是，已經為時已晚。

固執己見不願聽取他人意見，日向知道自己有這種壞毛病。這次就以最壞的形式報應在身上。

對方似乎沒發現神魯米納斯就是魔王瓦倫泰，要是情況不樂觀就自我犧牲吧，日向打定主意。

「所以說，現在只能靜觀其變。」

「嗯，說得是。別輕舉妄動，對外表現得落落大方就好。找藉口辯稱只會愈描愈黑，只要向各國信眾告知事實。說『暴風龍』維爾德拉復活。」

「那您要如何處置魔王利姆路？」

當日向陷入沉思，魯米納斯也同路易一起擬定對策。

「……這個嘛。利姆路應該會回應所謂的政治磋商，西方諸國那邊最好想辦法掩飾過去。日向也覺得這樣比較好吧？」

聽起來是問句，其實魯米納斯已經打定主意了。

既然如此，日向就沒異議。

「是。」

「妳好像很不甘心？」

「——有點。因為我之前還想殺了他。」

「這麼說也對。不過，那個利姆路可沒笨到對這件事懷恨在心，與妾身為敵。」

言下之意，魯米納斯認為真實身分暴露也無妨。

但日向認為這樣不妥。

「——我會妥善處理。」

她隱藏真心回應，向魯米納斯拜別。

＊

——之後過一個多月。

日向連睡覺都捨不得，努力工作。

除了構築用來對付維爾德拉的聖騎士防衛網，還將近衛師團成員派至各地，讓他們蒐集情報。

如今曾是線民的東方商人再也不值得信賴，日向認為，只有自家人蒐集的情報才具可信度。

時至今日。

每月一次的法皇雙翼合同會議即將展開。

聚集而來的有日向直屬聖騎士團、法皇直屬近衛師團——隸屬法皇廳的近衛騎士。

以坂口日向為首，他們是神聖法皇國魯貝利歐斯自豪的雙璧騎士。

議長由日向擔任。

她是法皇直屬近衛師團首席騎士，又是聖騎士團長，名副其實的最強騎士。

桌子排成凹字形，主位屬於日向。

右手邊是六名聖騎士團代表。

副團長雷納德·傑斯塔。

人稱「光」之貴公子，是名神情柔和的聖騎士。

隔壁是「空」，阿爾諾·鮑曼。

這個男人是號稱僅次於日向的強大騎士。以率領部隊的隊長來說特別出色，形同聖騎士團的衝鋒隊長。

繼阿爾諾之後，還有四名隊長。

「地」巴卡斯。

——擅長用灌注魔法力量的神聖戰棍（Holy Mace）擊潰敵人，是一名沉默的魁梧男子。

「水」莉緹絲。

——治癒魔法的能手，是名美麗女子，還是役使水之聖女（溫蒂妮）的精靈使者（Elementaler）。

「火」蓋羅多。

——焰術師，操縱焰槍——焰獸牙槍（Red Spear）的高大騎士。為人認真，時時為夥伴著想的男人。

「風」夫利茲。

——擅長使風魔法和雙劍的魔法騎士。聖騎士團成員多為正統派騎士，他是當中少見的非正派類型。生性自由奔放，唯獨他的制服穿得吊兒郎當。但他是最崇拜日向的男人。

他們各自率領二十名聖騎士，是以阿爾諾為首的五大隊長。

聖騎士團員只達百再加十幾名，他們是其中的佼佼者，實力毋庸置疑。

與之相對，列於日向左側的集團著重個人主義，是法皇直屬近衛師團。

連裝束和裝備都千變萬化，共計三十三名。

只有三十三人卻號稱師團，理由在於每個人的戰鬥能力都很高。

他們都是一人抵一支軍隊的實力派戰將，法皇還封他們「要塞」。

理所當然，全員都具備A級以上的戰鬥力。不僅如此，他們數人聯手甚至能對抗災厄級威脅，是英雄級人物。

其中幾名值得一提。

「蒼穹」薩雷。

——外表看起來還是純真可愛的少年，年齡卻比現場所有人都要來得大。直到日向就任前，都擔任法皇直屬近衛師團的首席騎士。

「巨岩」格萊哥利。

——薩雷的左右手，具備「萬物不動」的鐵壁特性。肉體就是武器，其肉體硬度超越大多數金屬。是久攻不破的體現者。

「荒海」古蓮妲。

——比日向還新的新人，最近幾年嶄露頭角。反翹的紅髮格外醒目，是名野性美女。過去當傭兵做些骯髒勾當，作戰方式藏於神祕面紗後。唯獨一人領教過她的實力，就是敗給古蓮妲讓出位子的前任騎士拉瑪。

人稱「三武仙」，這三人就坐在六名聖騎士對面。

座位上這九名都是超凡人物，超越常人。

世人認定他們是跟「魔王」對立的存在——「聖人」。

加上日向，成了十大聖人。

人類幾經嚴苛修練，有時經歷漫長歲月淬煉會進化成高階物種。達到這種境界的人稱為仙人，壽命大幅飆升、肉體構造改變，幾乎成為半個精神生命體。

他們已經掙脫肉體枷鎖。因此仙人級人物能使用的能量相當龐大。物理力量及魔法精純度強化至常人望塵莫及的境界，成為跟「魔王種」不相上下的強者。

他們是人類守護者，經歷正向進化的神之使者。

話雖如此，再怎麼說都只是人類自定的基準……

他們靜待日向到來。

數名聖騎士各自待在自家隊長後方待命。

其他師團成員都沒坐在位子上，我行我素地等著，等聯合會議開始。

緊接著，厚重的門扉開啟——

「讓大家久等了。我們來開會吧。」

等日向抵達，聯合會議就此展開。

＊

就在日向後方，御簾對面有法皇路易端坐，觀望聯合會議的進展。

聯合會議開始，薩雷劈頭第一句話就引發對立。

「喂喂喂，遲到還這麼跩。沒阻止維爾德拉復活就算了，還讓新魔王誕生。這種三腳貓來當我們的代表，可不是鬧好玩的啊！」

日向是首席騎士，某些人表面上遵從她的命令，內心卻不是滋味。

薩雷因她失去原有的地位，就是反日向的頭號人物。

這一個月來，師團成員奉日向之命散布各地。

他們帶回各式各樣的情報，認定接連幾起重大事件環環相扣。

魔王利姆路誕生。

「暴風龍」維爾德拉復活。

再來是魔王盛宴，還有最近法爾姆斯王國內部動盪不安。

一切的起源就是日向對利姆路出手——薩雷如此暗示。

「你這樣很失禮，薩雷閣下。」

「哦，小子。對我們的團長有意見，就跟我較量一下？」

面帶笑容的雷納德冷著聲說道，阿爾諾跳出來幫腔。

有人對此有意見，是坐在薩雷隔壁的格萊哥利。

「高貴的騎士大人要跟我們打架？地位那麼高卻只敢對刻意認輸的對手耍威風，少在那不自量力了啦！」

「你說什麼？」

「看來你活得不耐煩了。」

聯合會議突然間變得劍拔弩張，但日向對他們潑冷水。

「無聊。現在不是起內鬨的時候。薩雷，你想取代我，我隨時都可以把位子讓給你。只不過，要先測試你的實力。」

日向這句話讓現場安靜下來。

這是因為她的語氣聽來已經不是厭煩兩個字可以形容，而是在那之上的殺氣。

繼續吵下去就二話不說問斬，那是來自日向的絕對宣判。這些人可沒蠢到忽略話中玄機。

日向平常很冷靜，像這樣情感畢露實在罕見，就連薩雷都只得判斷，認為隨便挑釁她很危險。

「嘖！這話是妳說的，可別忘了。」

薩雷懊惱地瞪視日向。

他曾經輸給日向。

照理說他不會輸。在薩雷看來，日向肯定不如他。

然而結果大翻盤。

有那次的前車之鑑，薩雷不敢輕舉妄動。必須找出日向強大的祕密，沒找到就沒勝算。不打沒勝算的仗——所以薩雷目前乖乖聽日向的話。

薩雷變安分後，聯合會議才總算得以展開。

「有事稟報。」

話一說完，負責調查朱拉大森林周邊的「水」之莉緹絲起身，開始進行彙報。

「朱拉大森林很和平。不受維爾德拉復活影響，商人確實在那進出。」

事實上，魔國聯邦首都利姆路常有布爾蒙王國的商人前往。

特產回復藥很受歡迎，除此之外大家還想買絲織品或魔物素材裝備等珍寶，等著排隊購買的商人絡繹不絕。

「這是怎麼了？對方是魔王還跟他做買賣？」

「還有維爾德拉。文獻上記載他非常好戰，四處作亂，但現在好像沒有作亂的跡象……？」

有人提出質疑，日向輕輕揮手讓他們閉嘴。

「先把報告聽完。」

她發話要莉緹絲繼續報備。

「是，報告繼續。已經跟商人打聽過，布爾蒙王國的國策，宣布跟魔國聯邦建立邦交。樹立邦交囊括安全保障，讓人們能輕鬆前往魔國。此外，街道整理得漂漂亮亮，就連馬糞都清除乾淨。沒看到魔物出沒，也得以確認保障人身安全不是口頭說說。」

「妳有去探勘嗎？」

「是。為了親眼確認，我喬裝成旅人前往當地。他們定點配置警備人員，確保街道安全無虞。且魔物城鎮的發展狀況超乎預期。魔素濃度是有點高沒錯，但還不到影響人體的程度。正如魔王利姆路所說，看起來是有跟人類交好的意思。」

「──是嗎？那維爾德拉呢？」

「回、回您的話。關於這點……」

「怎麼了？」

「『封印的洞窟』禁止進入，又找不到其他符合邪龍喜好的地點……就沒找到他。」

「嗯。」

日向繼這句話之後是一陣沉思，聽莉緹絲說「報告到此」，不忘從容地頷首回應。

「沒看到維爾德拉的蹤影，那他復活不就是假消──」

原本想問出口的「風」之夫利茲被日向冷眼一瞥，立刻閉上嘴巴。

無視當下慌慌張張直想道歉的夫利茲，日向開口道：

「神諭是絕對的。總之已經掌握魔王利姆路的行動。下一位接著報告。」

話一說完，日向要大家依序回報當初派他們去調查的結果。在議論之前，她要將自己想知道的情報全記在腦海裡。

「──就是這樣，英格拉西亞王國內部風平浪靜。與其較勁的大國法爾姆斯失勢，今後英格拉西亞的勢力似乎會進一步壯大。」

報告依序進行。

身為法皇直屬近衛師團的騎士，可以自由進出西方諸國。

甚至可以對派駐各國的神殿騎士團下令。畢竟論階級，派駐各國的騎士團長還在他們之下。

怕會擾亂指揮系統，故母國沒有下令就不能使喚他們，但碰到緊急狀況，法皇直屬近衛師團可以指揮神殿騎士團。

有鑑於此，他們行動起來沒有遭人妨礙之虞，還順利蒐集逼近各國機密的情報。

這方面就跟聖騎士團很不一樣。

隸屬西方聖教會的聖騎士也不例外，可自由出入各國。但他們不能對神殿騎士團下令。也是有神殿騎士團成員加入聖騎士團的案例，這方面只能說是組織架構不同。

因此日向為了徹底發揮各組織的長處，便適材適用分派任務。

輪到最後一人，換薩雷報告。

「好了，聽完大家的報告，我已經知道老大想探究的點是什麼。我的這部分是妳最想知道的吧？」

「你說對了，最重要的任務當然交給你。所以你快點報告吧。」

「原來如此。關於法爾姆斯王國的現狀，法爾姆斯王國的艾德馬利斯王退位，看起來王位似乎和平轉移。不過，新王愛德華好像在招收厲害的傭兵。連帶的，那些貴族也動作頻頻，我想可能是內亂即將發生的前兆——」

魔王利姆路誕生的消息已經傳遍西方諸國。但儘管如此，跟魔國聯邦交流的布爾蒙王國顯得欣欣向榮。

相較之下，法爾姆斯王國混亂異常。

貴族像一盤散沙，許多人都為了確保戰力奔走。甚至還有人試圖跟西方聖教會、評議會的長老接觸，戰爭似乎一觸即發。

人民也受到莫大影響。物價上升、物流停滯。他們痛失兩萬大軍，有些人還被徵召過去彌補空缺。這些門外漢沒什麼戰力可言，但他們還是被逼到絕境，不得不這麼做吧。

換句話說，這是內亂的前兆。

周邊小國的反應不一，但有個共通點，就是都對法爾姆斯王國保持警戒。覺得情況不對，為了避免自己的國家受波及，國境的警備工作越發嚴密。

近日就會爆發戰爭——大家都這麼想吧。

「——可是光靠這些情報，不足以斷定魔王利姆路是否從中作梗。」

「也對。還有呢？」

「我濾出新王愛德華接觸的對象。有評議會重鎮、自由公會的幹部，還有東方商人。甚至試圖跟我的部下接觸。」

「他的目的是什麼，增強戰力嗎？」

「厲害。妳猜對了，首席大人。」

「那麼，這下可以斷言。新王愛德華不打算支付戰爭賠償金。只要是魔王都不會容許這種事情發生，我認為利姆路沒笨到未看透這點。」

「哦——也就是說，老大妳認為這一切都在魔王利姆路的計畫之中？」

「算是吧。」

日向點頭。

（真是巧合得可以。分析這些情報，全都導向某個結果……肯定沒錯，有人暗中操控。）

聽著聽著，那些疑惑轉為確信。

是誰在搞鬼？

答案只有一個。

原本在西方諸國暗中蠢動的魔王克雷曼已逝，會做這種事的只剩一個。

就是新崛起的魔王──利姆路。

（真棘手。不容輕忽的性格也好，暗中做周到的策略規劃那份足智多謀也罷，他說自己原本是日本人，看樣子果然是真的……）

日向冷靜地評斷利姆路。

如今回想起來，原因都出在她採信東方商人的說詞。數年的交情讓她信賴對方，將情報照單全收。

這是致命的失敗，日向開始反省。

最糟的是，那些情報多半都是正確的。唯獨跟利姆路有關的部分稍微遭到曲解。這些未經證實的小謊言讓日向受騙上當。

若當時聽信利姆路的話，後續狀況或許會有所改變也說不定。但事到如今說這些也沒用。

這時日向突然對薩雷回報的部分事項耿耿於懷。

「對了，薩雷，愛德華跟東方商人接觸過吧？你可知道他們都談些什麼？」

「妳怎麼注意起商人來了？知道魔王暗中動手腳，這件事不就結了嗎？現在該談談今後的方針，討論我們該如何應對吧？」

「這方面是有討論的必要，但我很在意。別管那麼多，快回答我。」

「嘖。那些傢伙談的不就是錢嗎？」

「不。他們若無其事地誘導他人，替自己謀得利益。連我都被他們唬住、遭利用，你們也要多加小心。好了，你知道什麼嗎？」

「哦，竟然能利用妳這種心機女，那些傢伙真不是蓋的。不過，這個嘛……沒想到什麼特別重要的事。啊，等等喔。古蓮妲，妳負責的範圍囊括商業都市吧？那裡是東西方商人交流的地方，有沒有聽到什麼趣聞啊？」

雖然不爽日向，薩雷還是對自己的工作盡責。

再說薩雷認可日向的實力。

有辦法將素質低落的騎士團鍛鍊成聖騎士團。

對付魔物毫不留情，一心守護人民。

在心中某處，薩雷是認同她的。

因此日向命他調查，他就確實執行，也將獲得的情報全盤托出。

打算將日向拉下那個位子，卻沒有扯後腿的意思。

薩雷講究的是實力，姑且不論好壞，他的性格表裡如一。

日向明白這點。

對此，古蓮妲——

「這個嘛，就我所知，那邊沒出現什麼可疑動靜。」

她痞痞地撒謊。

古蓮妲曾當過傭兵在黑社會裡打滾，什麼大風大浪都見過。她的直覺告訴自己，已從這次風雨欲來的危機嗅出錢味。

信仰跟買賣是兩回事，這正是古蓮妲的原則。

外界都認為她是虔誠的魯米納斯教信徒，其實並非如此。
她的真實目的是遍及全世界的魯米納斯教徒之力。
那可以是錢、可以是情報、可以是武力，形式百百種，每一樣對古蓮妲來說都不可或缺。
如今她的地位讓古蓮妲能自由囊括這一切，絕不能失去這個位子。
也因為這樣，古蓮妲沒對日向吐實。
其實古蓮妲曾到剛才薩雷說的商業都市，跟東方商人接觸過。
不僅如此，還跟堪稱評議會長老的大人物密會。
報酬是錢。
代價是放假消息。
但現在還不是放消息的時候，必須等待時機到來。
所以古蓮妲在心中暗道「要是被日向懷疑就糟了」。
日向既冷酷又冷血，個性上對敵人毫不留情。不能掉以輕心，怎麼想都不覺得可以抓到她的小辮子。
可是另一方面，對自己人又不錯。
說自己人太牽強，該說是魯米納斯的信眾才對。
跟自己信同一個神，這種人不像夥伴更像家人吧。
古蓮妲已經看穿日向的性格。
正因她寬大對待自己人，才允許薩雷處處跟自己作對。
正因如此，才沒發現古蓮妲背叛她。
因為她對自己人太好，日向的地位總有一天會落到自己手中——古蓮妲心想。

有鑑於此——

「既然首席大人如此在意，我再去仔細調查一番。」

「是嗎？那就拜託妳了。一定要小心，不可以聽信商人的話，知道嗎？」

「交給我吧。我有門路，待我去打聽詳細情報。」

面對日向，古蓮妲二話不說接下任務。

她毫無自覺，就是這一句無心的話讓對方窺知不少心緒……

日向觀察古蓮妲的一舉一動，在心裡悄悄地嘆了一口氣。

（真是的，被人小看了。難道說，她以為我對同伴很友善？）

如果是這樣就太遺憾了，日向心想。

說來日向根本就不看重同伴。

古蓮妲誤判這點。

日向把他們當成可為魯米納斯所用的棋子，才慎重以對。

以免一不小心將魯米納斯的所有物玩壞。

被日向鍛鍊起來當她左右手的聖騎士團，全都信奉日向。

說是專屬日向的騎士團也不為過，他們的忠誠值得信賴。

相對的，近衛師團成員常常自顧自行動。只是因為他們信奉魯米納斯，日向才大人不計小人過。

薩雷就是最具代表性的例子。

跟日向不和，動不動就忤逆她。但那充其量只是檯面上的表現，薩雷跟日向都心照不宣。

抱怨歸抱怨，仍會執行命令——從某方面來說，薩雷很好操弄。

此外，薩雷不知道有魯米納斯這號人物。

不只薩雷，除了日向，其他人都不知道神魯米納斯真有其人。

（——真可悲。跟以前的我一樣，不知道真相……）

日向突然心生感慨。

古蓮妲野心勃勃。

兼具相當程度的美貌與實力，自信滿滿。所以她深信能推翻自己吧，日向心想。

也許她還在打如意算盤，想博取法皇路易的歡心也說不定。

不知道路易是吸血鬼，為了踢掉日向自然會跑去博取他的歡心。

（無妨，隨她去吧，不過——）

一旦成了背叛者，這就另當別論。

無論師團成員做什麼，日向都不會出嘴。前提是沒對她——沒對魯米納斯不利。

可是，如今日向懷疑有內鬼存在，古蓮妲的行動便大有問題。

古蓮妲可能也只是被人利用罷了，日向不打算立刻肅清她。

總而言之，現在只能多盯著點。

（——話說回來，紀律好像有點鬆散嘛。看來要嚴加教育，讓他們知道自己有幾斤幾兩重。）

想到這兒，日向的心情有些憂鬱。

可是目前還有更重要的課題。

她立刻轉換心情，一面開口道：

「好了，大家都報告完畢。我想各位也了解目前的狀況了。」

「是。『暴風龍』維爾德拉復活的影響比預期還少，已知受害者只有正在作戰的法爾姆斯軍。但我認為這也是魔王利姆路放出的假消息，事實上受害者應該是零。」

「既然如此，就要問問倖存的雷西姆大主教。我們知道維爾德拉已經復活了。因此戰場上發生過什麼事，更令人在意。」

日向的副官雷納德話一出口，薩雷就頗有同感地接話。

「就是這麼想才叫他來的。差不多快到了──」

日向命令尼可拉斯，他早就對雷西姆下召集令了。雷西姆不單有戰敗經驗，可能還親眼見過利姆路，叫他來就是為了聽感想。

此外──

維爾德拉復活跟法爾姆斯軍全滅，時間上對照起來差了幾天。周邊諸國傳得沸沸揚揚，說維爾德拉消滅法爾姆斯軍，實際上兜不攏。

因為這樣，才要向戰場倖存者雷西姆打聽實際的目擊證詞。

原本預計雷西姆今早抵達，他卻晚了一些。

「真教人期待。不曉得會聽到什麼樣的故事，好興奮。」

「或許對於維爾德拉復活的事，他知道些什麼也說不定。」

「還有傳聞指出『魔王利姆路跟維爾德拉交涉並安撫他』，這方面也難以判斷真假。維爾德拉確實復活，目前很安分。如果是真的，那些傳聞的可信度就跟著提高。」

「空」之阿爾諾冷靜地分析。

大夥兒點點頭，對此表示贊同。

魔王利姆路跟「暴風龍」維爾德拉，兩者肯定有某種關聯，大家冥冥之中已有所領悟。

既然這樣就沒必要隱瞞了，日向如此判定。

不需隱瞞魯米納斯所說的──利姆路跟維爾德拉是盟友這項事實。

「──也對，這件事是真的。先跟你們說一下，神魯米納斯下了神諭。魔王利姆路能鎮壓『暴風龍』。因此神說『千萬不能對魔王利姆路出手』。各位要銘記在心。」

「這、這麼說來……」

「我就開門見山地說了。關於這次的事，我方要保持低調，絕對不能跟魔王正面對峙。」

只見日向起身，堅定地宣示。

這表示他們正式宣布不干涉魔王利姆路。

對此，大夥兒都露出驚訝的神情。

「真的嗎！魔王利姆路在法爾姆斯王國背後搞鬼，卻要我們視而不見？」

「魔王確實不容侵犯，但那只是說好聽的吧？我們身為十大聖人，絕不會輸給魔王！」

薩雷說的是真的。

面對魔王這種Ｓ級威脅，人類並非束手無策。

他們早已累積足以跟魔王對抗的戰力。

就是像十大聖人這樣，達到「仙人級」的人。

阿爾諾、雷納德、格萊哥利，這三人就算面對特Ａ級魔物也有勝算。

而在十大聖人裡，日向再下去是薩雷，實力毋庸置疑。讓他對付魔王，想必也不會遜色太多。

像傳說那樣一對一作戰，這種情況不可能發生，就算事情真的走到這一步，也能跟敵人好好打上一場——日向是這麼認為的。

如果對手是曾在西方諸國蠢動的魔王克雷曼，獲勝的可能性相對提高。

但這種評斷充其量只針對「魔王種」。

面對真正的魔王，薩雷他們根本應付不來。

對於認識魔王魯米納斯的日向來說，這是再明白不過的道理。

就連利姆路也——

據說像法爾姆斯這種大國召喚不少「異界訪客」，培養他們作戰。這種行為大受外界撻伐，從人道角度來看不被允許，然而敵人是會對全人類造成威脅的魔物，無法靠那種大義論調單方面評判。

法爾姆斯軍有重複轉生變成魔人的宮廷魔法師長拉贊，還有現已陣亡的騎士團長弗肯。

派出如此強大的戰力，仍敗給魔王利姆路。

再加上魯米納斯曾說利姆路秒殺魔王克雷曼，有此可見確實是真的，現今有名無實的「十大聖人」根本無法對抗他。

除非他們真的經歷高階進化，成為名副其實的「聖人」。

——好比日向。

倘若對手是現在的魔王利姆路，除了日向，其他九人一起上也沒勝算吧。既然如此，就該避免無謂的死傷。

再說——

「但話說回來……這次不只有魔王，還多了『暴風龍』。要是我們輕舉妄動，可能會引發更大的混亂局面。」

雷納德冷靜的評析切中要害——魔國聯邦有維爾德拉幫襯。

即使投入魯貝利歐斯的所有戰力，勝負依然難料。

「就算是那樣好了，總不能連我們人類的領域都放任魔王予取予求吧！」

因格萊哥利大聲喝斥，一度熱議的會場頓時安靜下來。

那句話代表在場眾人的心聲。

所有人的目光都落在日向身上。

但日向仍一臉淡漠，隨他們注視。

「神諭不可違。容不得我們違背。」

「怎麼這樣！那我們要對法爾姆斯王國見死不救嗎？」

「不是這樣的，莉緹絲。那個國家頂多只會發生內亂。我們要保護的不是王公貴族，是人民才對。為了避免戰火燒到法爾姆斯的國民或其他國家，我們要多加注意。」

「妳的意思是？」

「國家可能會易主，但我們插嘴會演變成干涉內政。之前我們一直請對方停止召喚『異界訪客』，他們都用干涉內政當藉口打回票吧？這次八成也一樣喔。」

帶著微笑，日向冷冷地說著。

「照妳這樣說，難道我們要默許魔王利姆路的行為嗎？」

格萊哥利朝日向逼問。

「沒錯。既然魔王利姆路都說不願與人類為敵，我們就不需要繼續與他敵對。不僅待在法爾姆斯王國的大主教雷西姆曾加入討伐軍，甚至連我肅清利姆路也以失敗收場。對方將我們列為敵人的可能性很高，只能默許他們在法爾姆斯王國的一切行動吧。」

「那是西方聖教會——該說是妳的失誤才對，我們魯貝利歐斯並沒有把事情搞砸！」

格萊哥利大聲咆哮。

但日向不為所動。

微笑被一絲冷意取代，她朝格萊哥利答道：

「你說得沒錯。所以你們千萬不能出手。最糟的情況下，我打算堅決主張是西方聖教會——也就是是我一人的獨斷。」

她答話的語氣相當平靜。

「什麼！」

「日向大人！」

無視震驚的聖騎士們，日向對近衛師團成員下令。看她已經做好覺悟，就連薩雷都慌了。

「放心吧。依我看，他並不想與我方開戰。」

日向說這話是想安撫大家，可是，所有人都無法接受。

「不是吧，對方值得老大妳如此信賴？」

「以前不信任他還想殺人滅口的我說這種話滿奇怪，但我認為他值得信賴。他本人曾親口說過，說他跟我一樣都是『異界訪客』。當時我把他的話當耳邊風，看樣子他真的想避免與我方起衝突。」

「他是『異界訪客』？那不就跟魔王雷昂一樣，都是從人類變成魔物的轉生魔人？」

「不。根據他本人所說，他似乎在原本的世界喪命才轉生變史萊姆到這個世界裡。」

「在說笑吧？」

「薩雷，你應該知道我討厭開玩笑吧？」

「嘖。既然這樣，就是史無前例了。是有轉生的案例沒錯，但那只是保有前世記憶而已。會有人橫渡世界還轉生啊……」

「確實是首例。」

聽薩雷這麼一說，雷納德也跟著回想，並給出相同看法。

「不過，要轉生成史萊姆，機率多高啊？對了，如果是妳會怎麼辦？」

阿爾諾朝坐在隔壁的莉緹絲問話，只見她楚楚可憐的臉龐多了一抹厭惡。

「我不敢想。不能說話，跟人溝通可能會很困難。考量到識字率，就算要跟遇到的人說『我無害』，我也沒把握能順利溝通。畢竟史萊姆一般而言都無法說話。」

莉緹絲道出心中最真實的想法。

不能說話，沒手沒腳。即使通曉對方的語言文字，要跟對方溝通還是很況難。

想到這兒，大夥兒不禁有點同情利姆路。

「也對。」

「確實如此……」

聖騎士和近衛師團成員都紛紛表態，認同她的說法。

「我原本以為是魔物的戲言聽聽就算了，但那些話恐怕都是真的。事到如今，我自認有一點點對不住他。」

日向也不例外。而且——

若利姆路當真拚了命訴說真心話，看她完全當耳邊風肯定會懷恨在心吧，日向心想。

「總之對手是魔物，在所難免嘛。」

「畢竟教義也明令禁止……」

薩雷跟雷納德跟著支吾其詞。

假如他們跟日向處在相同立場，大概也會做一樣的事吧。

教義不容質疑，怎麼可能聽魔物說話。

要是日向真的那麼做，反倒會引起軒然大波，成為眾矢之的吧。

「除此之外，有人還跟我密告，說利姆路是我恩師的仇人……」

「這話怎麼說？」

「剛才不是提過嗎？我也被人利用了——被東方商人。當時他們捎來消息，說魔物假扮成人企圖併吞國家。說他建立王國，誆騙周邊各國。還說王國的盟主利姆路是具名魔物，是殺我恩師的仇人。所以我二話不說，立刻過去制裁他。」

「後來被他逃掉？事到如今真不知是福是禍……」

聽完日向的說明，薩雷無奈地搖搖頭。

薩雷說得沒錯，如今利姆路成了一大隱憂。日向也這麼認為。不管他怎麼走，都會挑起事端吧。

「他逃跑的功夫一流。如今已經當上魔王。肯定進化過，跟他作對絕非上策。」

無人反駁日向的看法。

神諭都下了，端出教義也沒用。既然如此，今天他們就該老實面對，設法與對方握手言和。

「那麼，日向大人有何打算？」

問題出自雷納德。

對此，日向一臉平靜地回應：「按兵不動。」

假如對方是人類的敵人，她就算賭上性命也要與對方一戰。可是魔王利姆路希望與各國交流，日向打算默許了事。因為她不願違背魯米納斯的聖意。

只不過，利姆路的行動有古怪就另當別論……

「那假如魔王利姆路將日向大人當成敵人看待，該怎麼辦？」

「對啊，老大企圖殺他是不爭的事實，如今那個利姆路當上魔王功力大增，就算他找妳報仇也不奇怪。」

見他們憂心忡忡，日向四兩撥千金。

「剛才不是說了。就當整件事都是我一人獨斷。趁我倆的敵對關係還曖昧不明，我想過去一趟，跟他談談看。如有必要，下跪道歉也在所不惜。」

接著日向不以為意地答道。

這次日向說那種話，大夥兒可不能聽聽就算了。

「太亂來了！」

「這樣很危險！」

「魔王利姆路也許想除掉日向大人，可能會中計被他殺掉啊！」

「就算日向大人沒中計，要是被那些魔物走狗群起圍攻……」

「你們冷靜點。我並不打算立刻動身前往。要先正確解讀魔王利姆路的想法，這是當務之急——」

嘴巴上這麼說要大家冷靜，日向心想應該不成問題才是。

有報告指出利姆路為人和善。
她想起跟利姆路實際碰面的感受，並沒有發現值得存疑之處。
只要拿出真心跟對方談就能獲得諒解——雖然很一廂情願，但日向確實這麼認為。
然而她無法如願。
人類的慾望交錯其中，被那些邪念捉弄——
事態超乎日向預期，開始朝最壞的方向發展。

＊

聯合會議廳的門扉響起敲門聲。
來人是讓他們久盼的雷西姆吧——日向想到這便拋出一句「請進」，發出簡短的許可。
在房門外守護會議廳門扉的騎士依令開門。
來人正如日向所料。
先是日向的心腹，尼可拉斯樞機。
接著一臉緊張的大主教雷西姆也進到屋內。
到這都如預期。
不過，看到後頭接著登場的人物，日向皺起眉頭。
來人大出意料——是「七曜大師」。
『好久不見，日向。』

『是否別來無恙？』

『怎麼了，為何如此驚訝？』

面對意料之外的突發狀況，就連日向都震驚不已。

「你們怎麼在這兒……」

她不禁脫口。

總是冷靜以對的尼可拉斯也很慌亂，雷西姆則白了一張臉。

「老大，這些人是誰？」

薩雷的疑問一出，有人趕忙應答，不是日向，而是負責帶路的尼可拉斯。

「薩、薩雷你太失禮了！這幾位是『七曜』大師！」

話傳入耳裡，薩雷立刻有所驚覺。

「──『七曜』？是傳說中的那個？」

「對，就是他們。」

連日向都跳出來背書，只見在場眾人全都起立敬禮──

──他們是人稱「七曜大師」的大賢者。

每個人都超越仙人級，據說曾培育勇者，是傳奇人物。

他們徹底隱匿身姿，不曾於外界露臉。

成為傳說，只活在童話故事或鄉野傳奇裡。

甚至連聖騎士都不知道他們確實存在。

至於親眼見過他們的，包含日向跟尼可拉斯在內，只有極少數人。唯獨西方聖教會的部分高層有幸拜見這幫人。

日向經歷的「七曜試煉」就來自他們。

這是用於遴選英雄或勇者的試煉，由此可見負責給予試煉的「七曜」有多大分量。

但日向討厭他們。

其實所謂的「七曜」乃西方聖教會最高顧問，負責監視組織、培訓底下的人，這些任務都是魯米納斯分派給他們的。然而在日向到任前，聖騎士團只是一個有名無實的集團。

在日向看來，七曜已經怠忽職守。

（現在想想，當時應該徹底剝奪他們的力量才對。）

日向甚至浮現這種念頭。

她的力量──獨有技「簒奪者」具備兩大功能。

分別為奪取對手力量的「簒奪」，學取技能的「複寫」。

當初接受試煉時，日向以為他們是傳說中的偉人。因此為了學習他們的技能，日向透過「複寫」提昇自我。

從某方面來說，日向可以說是「七曜大師」的弟子……

可是這麼做似乎讓「七曜」很不是滋味。

厭惡在他們之上的日向，一天到晚找日向的麻煩。

這些老奸巨猾的傢伙躲在西方聖教會背後，長時間主導。可是這幫人又不事生產。要是當初接受試煉知道這些，日向肯定會毫不猶豫將「七曜」貼上老不死標籤，徹底剝奪他們的技能。

如今日向從七曜身上學到技能，傳給阿爾諾和其他隊長，鍛鍊他們。

（恐怕魯米納斯大人就是看準這點，才要我接受「七曜試煉」吧——）

想到這兒，日向對魯米納斯的慧眼讚譽有加。

看在日向眼裡，「七曜」已經拋棄培育後進的職責，在那逃避責任。但魯米納斯沒有動「七曜」，可能另有打算吧。

因此日向面表面也順著他們——

大家敬完禮，靜待七曜入座。

「那麼，今日來有何貴幹——？」

日向代表大家提問。

『呵呵呵，別那麼緊張。』

『正是。那位大主教雷西姆，他不是帶回跟魔王利姆路有關的情報嗎？』

『我們也很感興趣。』

聲音直接傳入腦海——透過「念力」，「七曜」給出答案。

「接下來——」，日向冷靜地想著。

現身的「七曜」共三名。沒有全員到齊。

日向個人認為他們是最腐敗的。

特別是其中一人，司掌火的「火曜師」艾茲，實力連井澤靜江的腳邊都搆不著。沒有值得學習的技術，日向用不著發動「簒奪者」就能通過他的試煉。

明明是隻三腳貓，不知為何對方還誤會，以為日向無法奪取他的能力。所以他常常看不起日向，對日向來說是頭痛人物。

另外兩人分別是「月曜師」帝納和「金曜師」威納，不知道來幹嘛的，大概來替艾茲撐腰吧。

（這下麻煩了。魯米納斯大人有令在先，這次的事情必須穩當處理……）

念頭浮上腦海，日向心中掠過一絲不安。

光看眼下情況，利姆路對她的印象就已經稱不上好。都這樣了，要是他們幾個搗亂，可能會害雙方無法達成和解。

然而目前三人的目的還不明確，聽雷西姆彙報才是當務之急。

在三人催促下，雷西姆開始說明。

日向暫時放下思緒，專心聽雷西姆說話。

「是我太愚昧。不小心對上一個可怕的敵手，真是太可怕了。他是如假包換的魔王。是我們讓新魔王誕生了啊！」

想起當時情況似乎讓他激動不已，雷西姆雙眼充血，吼著聲訴說。

開始道出駭人魔王的誕生經過。

雷西姆連自軍幹的壞事也一五一十全盤托出。沒有人命令他講，而是受非講不可的強迫觀念驅使。

他太想擺脫那些苦痛，求神原諒，認為自己必須為罪行懺悔吧。

聽他講述魔王誕生的來龍去脈，就連聖騎士都感到動搖。

對方的戰鬥能力高到超乎常理，讓他們不禁為之震懾。

別說是對魔結界或專門對付廣範圍魔法的防禦結界了，就連神聖結界都無法抵擋那些光束攻擊。

從沒聽說過那種魔法。

面對能貫通防護罩的攻擊，他們可能也無法應對。

但日向依舊冷靜。

根據雷西姆的報告推測，應該是蒐集太陽光轉換成攻擊光束。

緊接著，她的推測獲得印證——

『嗯。很像格蘭大人擅長的陽光魔法。』

『讓光折射的魔法是吧。但若真是如此，可以用對魔結界封住吧？』

『再說了，威力應該沒這麼強。』

「七曜」開始發表高見。

「日曜師」格蘭是「七曜」首腦，司掌「光」。其中一招就是集結太陽光。

「七曜」說的魔法跟那招應該不同，但給人的感覺差不多，日向自認猜得八九不離十。

（真蠢。他不是用魔法直接折射陽光，而是用別的手段反射陽光再集結成束吧。否則應該一下就被結界擋住才對。八成借用水精靈和風精靈的力量？可是要付諸實行，需具備相當程度的演算能力……）

話雖如此，日向依然無所畏懼。

知道來源是什麼，對應起來易如反掌。

叫出能散熱的防護膜、在空中散布能讓光漫射的塵埃，就能癱瘓對方的攻擊吧。

只是利用陽光，破綻百出。對日向來說，那種攻擊不值一提。

（聽起來，他似乎利用另一個世界的科學知識。那樣一來這個世界的人無法理解，難以對應吧。竟然利用魔法防禦的弱點，看來他不僅行事謹慎，頭腦也很好……）

思緒在日向腦內打轉。

利姆路確實擁有超凡的演算能力，能同時操控多種魔法的能耐頗具威脅性。不過，日向已經見過他本人，覺得用不著畏懼成這樣。

只不過，日向的判斷言之過早。

雷西姆的話還未說完。

還有後續……應該說，接下來才是重頭戲。

「請各位先緩緩。那神祕的攻擊確實很厲害。弗肯大人還來不及反應就被殺了，拉贊大人也束手無策。近萬名騎士恐怕都死於這波攻勢。不過——」

雷西姆說到這裡頓了一下。

他大口吞下唾液，冷汗直流，嚇得發顫——

「——更可怕的還在後頭。下一刻，戰場歸於寂靜。」

有人受重傷昏死，還有人傷重打滾鬼吼鬼叫。就算沒受傷也嚇到發狂，抱頭鼠竄。這些人掀起一陣瘋狂騷動，戰場上哀號遍野。

然而下一刻，所有聲音都沒了——雷西姆如是說。

「什麼意思？」

「就是字面上的意思，日向大人。留在戰場上的兩萬大軍，這些生還者都在那瞬間喪命。倖存者只剩三個人，就是我、拉贊大人跟法爾姆斯王艾德馬利斯。看到這一幕，我完全失去理智。嚇到失去意識——」

雷西姆如此說完……

神聖的大聖堂鴉雀無聲。

僅僅一隻魔物就將兩萬大軍殺個精光——事實擺在眼前，眾人為之啞然。

緊張感瀰漫開來、現場氣氛肅穆，這時大家想起一個傳說。

從前曾有一群人單憑一己之力就毀滅都市，當上魔王，成為傳說——

日向也想起來了。

想起魯米納斯對她說過的話。

據說西方聖教會的前身在一千數百年前發跡。

循著正式系譜回推，一直到一千兩百年前都留有紀錄。

王國被維爾德拉滅掉、移居此地是兩千年前的事。

其蠻橫與不死肉體超乎常人，認真對付只會讓傷害擴大。

要是維爾德拉亂來導致人類滅亡，糧食就會沒有著落。這是因為優質精氣只能從人類身上取得。

魯米納斯他們這種超凡物種另當別論，對低階吸血鬼族而言是攸關生死的問題。

所以魯米納斯別無選擇，想出共存共榮的體制，致力於保護人類。她會被尊為神，源自於過去曾經拯救人類並引領他們。

一切都因四處作亂的維爾德拉而起。

比自然現象還難纏，對付起來似乎很吃力。

所以才被稱為天災級。

目前叫特Ｓ級，人類無法應付，不過……引發大規模破壞的傢伙不單只有他一個。

當今被定為特Ｓ級的只有四隻「龍種」。但那不過是定給世人看的表面規章……依傳承所述，提到兩名魔王引發巨大破壞。

那便是「暗黑皇帝（Lord of Darkness）」金·克林姆茲，還有「破壞的暴君（Destroy）」蜜莉姆·拿渥。

魔王全都列為Ｓ級，然而其實力有高低之分。

就好比他們兩名，亦存在因某些無法公開的原因而被定為特Ｓ級的魔王。

魯米納斯說了——「魔王種」會覺醒。

藉著大肆破壞吸取大量的人類「魂魄」，「魔王種」覺醒將歷經超乎想像的進化過程。名副其實的魔王就是覺醒的「真魔王」。同時覺醒還分階段，某些魔王甚至能與「龍種」匹敵。

至於金和蜜莉姆，魯米納斯似乎認定他們超越「龍種」。

因為就連「真魔王」魯米納斯都不是這兩人的對手。

「如果對手是蜜莉姆，應該能用計暗算她。打起來應該滿有趣的。但妾身必定會落敗。」

魯米納斯這麼說。

那對手換成金呢？

「哈！雖然不甘心，但妾身不是他的對手。他特別強大。」

魯米納斯在日向看來已經強到不像話了，竟然還說金特別強。

對自己很有信心的魯米納斯都斷言無法戰勝對方了，金肯定強得非同凡響。此外，蜜莉姆還寫下對抗金的傳奇片段，她也是超乎日向想像的怪物吧。

特Ｓ級，用以代表那些怪物的分階。

集結「人類」的力量也許能對付他們，但這只是樂觀的推測。

理由在於所有人類也包含了勇者。

如今勇者不在了，真相便是人類無法對付他們。

除此之外——

現在的魔王眾——「八星魔王」非同小可。

魔王利姆路也不例外。

在魯米納斯看來，利姆路似乎也覺醒了。

剛才雷西姆那番話足以證實這點。

追隨日向的腳步，其他人也想起來了。

——想起令人懼怕的覺醒魔王。

為了避免讓人們擔多餘的心，沒有對外公開，這些威脅到人類的物種確實存在。

初始「龍種」失去力量，不知道為什麼沒有重生跡象。

剩下三隻，其中一隻被人封印，麻煩的是最近復活了，還跟目前的熱議焦點魔王利姆路聯手。

再說到那個魔王利姆路，單他一人就虐殺兩萬大軍。

這種行為跟以前那兩名魔王幹過的好事沒兩樣。

還不到搞大破壞的程度，但他極有可能吸走大量的人類「魂魄」。

沉重的靜默持續不斷。

這是因為，大家不願承認真正的魔王已然降世。

單看「魔王種」與「真魔王」，兩者天差地別。

對此，在場眾人都心裡有底。

沒有人開口，而這時打破沉默的是——

「是嗎？要假設魔王利姆路已經『覺醒』了吧……」

日向靜靜地訴說。

這句話成了銳利的刀刃，劃破寂靜。同時，再也無法忍受沉默的人因此找回幹勁。

「可以這麼說。該怎麼辦？今天我們放著不管，未來會成為無法收拾的威脅吧？」

「冷靜點。魔王利姆路原本是人類，如果他希望跟人類共存，就不必勉強跟他作戰。」

「是啊，要先看對方的動向如何。」

「可是，他毫不猶豫葬送兩萬名騎士是事實……確實很危險。真的能相信魔王利姆路嗎……」

最後是雷納德發表個人看法，道中大家的心聲。

戰爭到頭來都是彼此猜忌所致。同是人類就這樣了，對手換成魔王，要二話不說採信確實不容易。

若能隨時出兵討伐就算了，然而利姆路急速成長。對人類守護者聖騎士、法皇之劍近衛師團而言，趁他壯大到無法收拾之前先去分個勝負，這番意見亦有幾分道理。

只不過，日向還是無動於衷。

「大家都住口吧。神諭不可違。」

日向毅然決然宣示。

不管她聽到什麼，都不會改變想法。

日向是法皇直屬近衛師團首席騎士兼聖騎士團長，要引領神聖法皇國魯貝利歐斯。必須當楷模，以堅定的態度統領聖騎士。

除非是為了順魯米納斯的意，否則日向不會改變初衷。
因此日向毫不猶豫地斷言。
如此這般，聯合會議隨之結束，大家照預定計畫回去蒐集情報——照理說應該是這樣……
但惡意四伏。

＊

『噢噢，雷西姆啊。沒有其他「訊息」了嗎？』
「七曜」原本只在一旁觀望，這時出面制止打算宣布聯合會議到此結束的日向。
受這句話催促雷西姆才想起來，他拿出水晶球。
將它恭敬地交到日向手裡。
「對、對了，還有這個。魔王利姆路有話對日向大人說——」
「有話對我說？」
感到狐疑之餘，日向接過那樣東西。
既然利姆路有話要說，總得聽一下。
剛才「七曜」要雷西姆交出利姆路託給他的水晶球，是昂貴的魔法道具，任誰都能使用的影像記錄裝置，傳訊手段之一。拿來當證據比寫信更具效力，國與國交涉也會使用這樣東西。
姑且不論如此昂貴的物品從哪裡入手，日向立刻重播據說是利姆路本人錄製的訊息。國內重鎮都聚集在此，正好可以順便讓他們見識魔王利姆路本尊。

只不過，事情沒這麼簡單……

水晶球映出一名美麗的少女。

不對，不是少女，是魔王利姆路本尊。

那張臉酷似日向的導師井澤靜江，看起來非常冷酷，不帶任何情感。

看的是影像，那股霸氣卻很明顯。

（真教人驚訝。跟幾個月前的他判若兩人——）

日向瞪大雙眼，目不轉睛地看著他。

緊接著，她跟影像裡的魔王四目相對。

這是巧合嗎……

不知不覺間，日向發現自己很緊張。

跟她同鄉，看起來為人和善的利姆路。

這種印象太過強烈，自己或許太過小看他——對此，日向有所體認。

下一刻，就像在印證她的想法——

『我來當妳的對手。跟我一對一單挑吧。』

對方傳遞的訊息只有這一句。

簡潔得可以，不可能誤解。

——利姆路震怒。除掉礙事的魔王克雷曼，接下來輪到日向了嗎——

大家都這麼認為。

「該、該怎麼辦，日向大人？」

尼可拉斯難得顯露慌亂模樣，朝日向問道。

可是，日向還沒做出回應——

「日向大人，請對我下令吧！我將率領部隊，粉碎魔王的野心！」

自告奮勇的熱血漢子阿爾諾喊出這句話。

這個時候，大夥兒再度議論紛紛。

薩雷錯愕地望著阿爾諾，嘴裡笑道：

「你啊，劍技確實了得，但腦子好像有問題呢。」

「——你說什麼？」

「沒什麼，剛才老大要我們別出手吧？要是我們出手，其他魔王可不會坐視不管。再說他可能覺醒了，我們千萬不能亂來。現在最好慎重行事，接受對方的提議。」

「就是說啊，阿爾諾。還有維爾德拉這個對手在，我們沒勝算。不對，就算打贏也會損失慘重。既然對方要單挑，這件事就該交給日向大人處理。」

莉緹絲跳出來替薩雷幫腔。

要是他們兵力盡出跟對方殺得天昏地暗，將會損失慘重。是否能贏還是個問號。

既然如此，讓神聖法皇國魯貝利歐斯最強騎士日向出戰也不失為一個好辦法。

薩雷和莉緹絲都相信日向會贏，才能說出這麼樂觀的話。

日向也開始針對這件事進行檢討。

阿爾諾提議率領部隊討伐，自然不是選項之一。

將整個國家拖下水，到時就會如莉緹絲所說，引發全面戰爭。

將地理位置考量在內，可能會一併危及西方諸國，變成世界大戰。那樣一來，守護對象較多的我方將退居下風，也非魯米納斯所願。

現階段最棘手的莫過於維爾德拉。光是能將傷害減至最低，魔王利姆路的單挑戰帖就讓人求之不得。

但還是有疑慮。

（那麼，該怎麼辦才好……）

日向開始思索。

如今想想，當初情況尚未明朗，沒在那時討伐魔物王國（魔國聯邦）算他們走運。

還須感謝魯米納斯的慧眼。

對方覺醒進化成「真魔王」，派再多的兵也沒用。

即使找來精銳士兵，強度沒達到一定水平仍派不上用場。

法爾姆斯大軍死到只剩三名生還者，他們的慘狀足以證明這點。

——不，不對。

利姆路跟法爾姆斯軍作戰時，還沒覺醒。這是因為滅掉法爾姆斯軍，才能獲得進化不可或缺的「魂魄」。

他在尚未覺醒的狀態下滅掉兩萬大軍。

（真是隻怪物……）

回想跟利姆路對戰的片段，當時他看起來沒這麼大的能耐。但這有另一種解釋，他因對手是日向才放水。

這樣的人事到如今還會想殺她嗎？

就算他對日向懷恨在心好了，為了復仇特地找人單挑還是很不自然。

即使動機是日向和西方聖教會太礙眼，利姆路也不該在這時主動出擊。如果他笨到看不清這點，怎麼可能想出用來對付法爾姆斯王國的技倆。

這麼說來，背後或許有其他理由。

（怎麼想都怪。是情況變了？難道說，進化成魔王讓他泯滅人性──？）

獲得龐大的力量，人心很容易受到破壞。

好比靜江費心壓抑焰之巨人的力量，龐大的力量能輕易毀掉一個人。

再加上他覺醒成魔王……

（──不，應該沒這回事。這樣他跟人類站在同一陣線就說不過去了……）

魯米納斯說利姆路放話要保護人類。假如他喪失人性，利姆路說要建設理想城鎮將淪為空談。

資訊量還是不夠，日向心想。她認為背後還有其他真相，連「數學家」都算不出正確解答。

再說這顆記錄訊息的水晶球也很怪。

明明可以保存大容量紀錄，播出來卻只有一小段話。怎麼想都覺得背後另有其他含意。

此外──

（剛才「火曜師」艾茲好像知道利姆路要傳訊給我。這是為什麼？）

雷西姆只說明事情的來龍去脈，完全沒提到利姆路的傳訊。艾茲卻問『沒有其他「訊息」了嗎？』。日向發覺這部分不尋常。

日向的心萌生些許疑惑。但她壓下這股疑念，神情也沒有任何改變。不能忽略微小徵象，須反覆推敲。

只可惜資訊過於欠缺。日向就像往常那樣淡淡地計算，試著導出答案，卻得不到正確解答。

因此日向不再猶豫，決定選最佳方案。

「沒辦法。既然對方都指名了，只能由我親自出面說明。」

嘴裡發出嘆息，日向不忘道出結論。

若利姆路希望這樣，要她回應他的單挑戰帖也行。不過要先弄清楚，看雙方是否真的沒有談判空間。

見了就知道答案是什麼。

比在這兒煩惱有意義得多。

（不管怎麼說，事情既然發展到這個地步，只能由我親手做個了斷——）

日向下定決心。

「太危險了！都知道魔王利姆路來者不善了，日向大人沒必要親自出馬啊！」

尼可拉斯慌慌張張地進言，日向卻沒有改變主意。

「不確定對方在想什麼，無法理出答案吧？我還得向他道歉。無論如何我都該去見他，跟他談談看吧？」

日向說完，打算讓這個話題到此結束。

不過，一些人跳出來制止她。

是三名「七曜」大師。

『呵呵呵。這個決定做得好啊！』

『神魯米納斯的祝福將守護妳。』

『魔王利姆路確實構成威脅。』

『無法達成共識也不要緊。』

『如果是妳，一定能打倒他。』

『可是日向啊，妳忘了一件事。』

『正是。忘了還有那隻邪龍在。』

『就算是妳，也無法打倒那隻邪龍！』

『別不自量力，日向。』

『任何攻擊都傷不了那隻邪龍。』

『但是日向，放心吧。』

『這個賜給妳。』

『賜妳這把破龍聖劍（Dragon Buster）！』

三人自顧自對日向說著。

（受不了，太明顯了。我只說要過去談談，他們就認定我要跟利姆路對決。你們的目的是讓我剷除維爾德拉吧。還是說，另有企圖——）

「七曜」是魯米納斯認可的前人類，效忠魯米納斯。因此他們想除掉魯米納斯討厭的維爾德拉情有可原……但日向發現他們的目的不只這些。

「七曜大師」在害怕。

怕新的人才輩出，魯米納斯不再寵幸他們。

所以他們並不熱衷培育後進，還想排除礙事的傢伙吧。

（蠢材。對魯米納斯大人來說，你們百害無一利——）

儘管如此，日向表面上仍不動聲色。

決斷留給魯米納斯下，日向絕不會輕舉妄動。

所以日向若無其事地應聲。

「謹遵上意，承蒙賜劍。」

說完從「金曜師」威納手中接過破龍聖劍。

看她接下，三人滿意地頷首——

『望妳馬到成功。』

『遇到緊急狀況，那把劍將守護妳。』

『萬一失敗，妳須擔起責任。』

留下這些話，「七曜」揚長而去。

「日向大人……」

聖騎士們正想出聲，卻被日向出手制止。

「那麼，你們都去執行自己的任務吧。聯合會議到此結束。」

接著目光射向待在御簾後方的法皇路易，嘴裡如此宣示。

「三武仙」似乎在沉思，皆默不作聲。

聖騎士尊重日向的意願，只得從命。

如此這般，風波不斷的會議劃下休止符。

●

小睡片刻的日向清醒過來。

她沉浸在回憶裡，不知不覺就睡著了。

一醒來就聞到芬芳的咖啡香。為了將日向侍候得服服貼貼，尼可拉斯正在隔壁的房間準備早餐，那光景映入眼簾。

「哎呀，您醒啦？」

他是尼可拉斯．修伯特斯樞機。

仔細想想，這個男人也滿怪的。

既是神聖法皇國魯貝利歐斯最高領導人法皇的心腹，還是西方聖教會的實質掌權者。這樣一個人，唯獨對日向忠心耿耿，就像一隻小狗。

「來，早餐準備好嘍。來享用吧？」

日向突然有種想笑的感覺。

尼可拉斯竟然為他人準備早餐，任誰都想像不到吧。

見識過平常的他之人，都說尼可拉斯是戴著聖職者面具的惡魔。

「好，那我開動了。謝謝。」

日向沒想太多直接答話，只見尼可拉斯開心地點頭。

兩人一起吃早餐。

這麼美味的餐點睽違已久。

最近忙到連好好睡覺的時間都沒有。

不過，這些都將告一段落——

「……您真的要去嗎？」

「是啊。我該負起責任。」

「可是，對雷西姆下令的人是我——」

「而我也默許了。這個問題輪不到你擔心。」

「您不能……打消念頭嗎……」

「真煩。再說你用不著操心。不一定會引發戰爭。」

再說就算真的打起來，她還是有勝算。

日向手中還有王牌。

不是什麼破龍聖劍，是更崇高的——

除此之外——魯米納斯還下令，要她「好自為之」。日向並沒有赴死的打算。

假使走到對戰那一步，魔王利姆路確實「覺醒」了，目前還是有機會打倒他，日向有信心。

因此不需要擔心。

雖稱不上勝券在握，日向仍擅長跟超越自己的強者對戰。

不僅如此，她的王牌可不只一個。

這麼美好的早晨，不該聊陰鬱的話題。

「這次也不會有事的，尼可拉斯。別擔心。」

所以日向對他這麼說，臉上泛起笑容。

語氣輕柔。

那是許久未見、不帶半點心機的笑。

——接著，日向展開行動。

中場　密談

一個小國被英格拉西亞王國和法爾姆斯王國包夾，面向北海，那是西爾特羅斯。

在那裡，一場撼動歷史的密談正在進行。

「結果呢，怎麼樣了？」

「都按計畫進行。我們的行動沒有曝光。」

「呵呵呵，聽說那個魔女頭腦很好，其實不怎麼樣嘛。」

「不過，我們不能大意。單就那個女人的實力來看，肯定是西方最強。」

「嗯。一些小技倆對上純武力掛帥，就成了雕蟲小技。關於這點，各位定要銘記在心。」

海邊吹來的冷風讓這個國家終年涼颼颼。

這個大房間有巨型暖爐增溫。

五名老者聚集在此。

身上的服飾極其高貴。

某些人還身穿目前市面上很少看到、用魔國聯邦絲絹製成的衣物。

配戴處處鑲有抗魔法魔寶具的裝飾品，徹底防範魔法。

光看那些就能窺知這些老人財力有多雄厚。

當然，這個房間完全防諜。

還堅固到足以抵擋核擊魔法。

都下了那麼多工夫，房間裡還有剛強的A級騎士待機。

有人跟這些老者一起列席，蹺著腳應答。她是有著醒目反翹紅髮的野性美女——古蓮妲。

「荒海」古蓮妲——位列「三武仙」，十大聖人之一。

她真正的僱主就是這五名老人。人稱五大老，於西方諸國執牛耳。

其中一人穿著純白的鬆垮衣裳，眼神銳利如鷹。

他散發不容小覷的壓迫感，只不過……腿上坐了一個宛如洋娃娃的可愛少女。

有柔順的金髮、粉色唇瓣，溫順可人，看起來大約十歲左右的少女。

一名嚴格的老人與可人少女，乍看之下就是一對祖孫，來到這卻顯得突兀。但大家都沒有多問。將其視為理所當然，隨老人喜歡。

因為坐在正中央的這名老人就是五大老首長、羅素族的首領——格蘭貝爾．羅素。

羅素族。

該族在西方諸國根基雄厚，獨攬大權。

同時也是此地——西爾特羅斯王國的王族。

就連法爾姆斯或英格拉西亞這等大國也不例外，都有他們族人的蹤跡。

其實創設西方諸國評議會，他們的族人功不可沒。

表面上西方評議會從各國遴選出評議員。然而實際上都是他們羅素一族的人馬居多，講話的分量甚至凌駕大國。

神樂坂優樹創設的自由公會資金也來自羅素一族，事實上，那群老人堪稱西方諸國支配者。

他們的首腦是格蘭貝爾。

沒人敢對他的行動置喙。

格蘭貝爾撫摸少女的頭，充滿威嚴地開口：

「那就好。不過達姆拉德閣下，你們的謊言似乎被人看破了呢。」

他帶著淺笑指正。

古蓮妲捎回消息，說日向發現自己被人利用。話裡指的是那件事。

有人針對這句話回應，是名叫達姆拉德的男人。

穿得一身黑，帽緣蓋住臉。他身上的衣服質感也很高級。

這類服飾沒在西方看過，瀰漫異國風情。這也難怪，畢竟達姆拉德等人並非來自西方諸國。

「呵呵呵，沒問題。坂口日向雖然不再信任我們，我們卻因禍得福。就是得到你們的信賴，格蘭貝爾大老。」

「可笑。『東方』的目的是讓西邊陷入混亂，好販售武器吧。等我們打累了，再由帝國採取行動？談什麼信用根本可笑至極。」

「不得了不得了。竟然看破了，不愧是格蘭貝爾大老。」

「你不否認嗎？」

「否認也沒用吧。」

「哼，真敢講。算了，來談正事吧。」

「是。」

「除掉日向是我們共同的目的，沒錯吧？」

「當然。帝國西進最大的障礙無疑是『暴風龍』維爾德拉。可是如今據消息指出魔王利姆路拉攏那隻邪龍。還不清楚真實性有多少，但可以肯定的是能跟邪龍交涉。既然如此，就能跟他協商。接下來的難關是西方聖教會，頗具威脅性。有這個組織在，西方各國團結一心。這樣一來，任憑帝國再怎麼強大，都難以攻陷西方國度……」

「哦？聽起來是沒把我們放在眼裡了？」

「哪兒的話。五大老的各位都很識時務。等帝國確實掌控西方大地，希望你們繼續提供協助，讓我們攜手暗中操控經濟局勢吧。」

「攜手合作？要我們替帝國鋪路嗎？別笑死人了。」

「呵呵呵，可是帝國很強喔！攻打起來確實困難，但還是有勝算。莫非您打算跟我方敵對？」

「區區一個軍火販子，竟敢對格蘭貝爾大人無禮？」

有人反應激動，不是格蘭貝爾，是古蓮妲。

她從懷中取出異界武器——手槍，對準東方商人達姆拉德。

但達姆拉德依然冷靜。並非不清楚手槍有多可怕才不慌不忙，就是知道才臨危不亂。

「呵呵呵，手槍是嗎？沒想到竟然連西方都買得到。」

語氣聽起來並沒有大驚小怪，達姆拉德如是說道。

「哦，你知道這樣東西啊？都知道還這麼悠哉？」

「這是當然。妳以為『異界訪客』只在西方嗎？再說我等是軍火商，本來就該通曉所有的武器。再說妳拿的那個，不過是成功量產隨處可見的武器罷了。」

達姆拉德不以為然地回答。

五大老不免對此感到震驚。

「你說什麼？已經量產這玩意兒了。」

「不愧是『東方』商人，挺厲害的。」

「這麼說，帝國軍強到難以估計。用來對付魔物或許起不了作用，拿來對付人類卻所向無敵……」

大老們紛紛發出驚嘆。

格蘭貝爾也開始斟酌達姆拉德的話。

這個叫達姆拉德的男人從不撒謊。

說得更貼切點，他會利用言行製造理解上的落差，讓人誤會，這男人不容小覷。

換句話說，只要驗證每句話，就能看出話中隱含的惡意。

這次達姆拉德在警告他們。與其跟帝國作對，不如攜手合作好處多多。

「『識時務』這句話說得真好。你說得對，現在乖乖協助你們才是上策。」

格蘭貝爾頗具威嚴的一句話讓五大老恢復冷靜。

「格蘭貝爾大人，這樣好嗎？」

「古蓮妲妳退下，我們原本就有相同的目的。現在還不是跟他們敵對的時候。」

格蘭貝爾的決定不容違抗。古蓮妲只好乖乖退下。

從利害關係的角度出發，達姆拉德的話確實有幾分道理。

達姆拉德那幫人是軍火商，跟想透過經濟面掌控政治的羅素一族不相衝突。若局勢改變可能導致雙方利害關係牴觸，但這又另當別論。

「呵呵呵，格蘭貝爾大老果然聰明。總有一天或許會成為敵人，但我們現在是戰友。」

「說得對。我們不希望打亂法爾姆斯與英格拉西亞的平衡關係。藉著維持一定勢力，雙方取得平衡。不曉得魔王利姆路攻陷法爾姆斯的動機是什麼，但那塊土地被魔王奪走就麻煩了。」

「說得是，我懂您的意思。我們也一樣，從矮人王國出發經法爾姆斯王國的貿易路線遭人剝奪教人不悅。曾是理想交易對象的魔王克雷曼大人還被滅掉，魔王利姆路實在可恨。務必讓我們幫忙。所以說——」

「日向的事是吧？這方面萬無一失。我的手下已經設了陷阱，那傢伙中計了。再來只剩挑釁魔王利姆路，讓他收拾日向。」

「對，確實如此。日向遂了魔王利姆路的意，獨自一人前往魔物王國。接下來只要刺激魔王，讓他找日向洩恨就行了。」

「辦得真妥貼。不過話說回來，你們為何要滅掉坂口日向？在我們看來，以格蘭貝爾大老的立場而言，利用那個聖人才是上策……」

達姆拉德話一說完就朝格蘭貝爾看去，似乎想猜解他的想法。

然而格蘭貝爾無動於衷，將他的話一笑置之。

「哼，理由很簡單。都怪那個女人太強。西方最強騎士的稱號絕非浪得虛名。魔人拉贊、自由公會總帥優樹以及閃光勇者正幸。就算跟這些英雄放在一起比較，那個女人還是強上一輪。你們也這麼想，才打算利用我等吧？不是嗎，達姆拉德大人？」

「呵呵呵，哎呀，大人真教人畏懼。要排除無法應付、無法掌控的棋子，是這個意思吧。這麼說也有道理。」

格蘭貝爾跟達姆拉德互使眼色，朝彼此點頭。兩人個性相似，因此光這樣就能明白彼此的意思。

接著兩人裝作若無其事，開始討論誰該負責哪部分。

達姆拉德答應除掉目前在法爾姆斯王國暗中蠢動的惡魔。

格蘭貝爾則對古蓮妲下令，要她動員法爾姆斯王國周邊諸國的神殿騎士團。然後協助新王愛德華，將魔王利姆路援助的艾德馬利斯派逼至絕境。

再放出日向前去討伐魔王利姆路的傳聞，封住魔王利姆路的行動。

為了警戒聖騎士團長日向，魔王利姆路那邊就沒餘力派兵支援。再來只要收拾帶頭的惡魔大將，剩英雄尤姆一行人解決起來易如反掌。

然後礙事的日向會被魔王利姆路除掉吧。

「不過，假如坂口日向成功討伐魔王利姆路，該怎麼辦？」

「其實這樣也不錯……放心吧。那個叫利姆路的魔王跟其他魔王不一樣。有機會一定要除掉這個危險分子，但他目前拉攏維爾德拉，不好滅口。我再去交涉看看。」

「呵呵呵，那就交給你了。」

「好。你們才是，對付惡魔可別失手。」

「那還用說。想必西方聖教會也有對付惡魔的專家，但『東方』還有更厲害的專門機構。哪怕對手是高階魔將，也不成問題。」

「那就好。」

「那麼，我們先失陪了——」

看格蘭貝爾點頭，達姆拉德先是一鞠躬，接著就從房間離去。

最後只剩羅素一族與他們的護衛。

確定在場的都是自家人，古蓮妲狠狠地嘖了一聲。

「搞什麼，那個陰險的奸商！竟敢小看我們，真教人火大！」

古蓮妲大發雷霆。

格蘭貝爾朝門的方向冷眼一瞥，態度從容地安撫古蓮妲。

「呵，別這麼說，古蓮妲。別看他們那樣，這夥人已經給我們最大程度的禮遇了。」

「可是，格蘭貝爾大人……」

「古蓮妲，妳對他們的真面目一無所知。想必日向也注意到了，知道那群人是暗中買賣武器的死神商人。之前因為檯面上的他們還有利用價值才不計較，可是知道他們的真面目，肯定不會放過這幫人。」

「您說他們的真面目？」

「對。他們來自祕密社團『三巨頭（Cerberus）』。而那個達姆拉德正是首腦之一——『金』之達姆拉德。」

其他五大老跟著頷首。

為了接應可是讓五大老全員到齊，知道對方是什麼來頭理所當然。

這下古蓮妲才恍然大悟。

「哦，我也聽說過。曾經耳聞掌控『東方』黑社會的巨大組織『三巨頭』。跟這種人敵對確實不妙。真想快點看看他們的手腕有多高明。」

露出頗具野性的笑容，古蓮妲接著道。

格蘭貝爾同意她的看法。

格蘭貝爾讓少女坐在腿上，摸著她的金髮，臉上浮現邪惡的笑容。

「呵呵呵，事情也許不會這麼順利呢，達姆拉德。畢竟你們對付的惡魔不單只是高階魔將。」

他笑得很愉快。

據調查報告指出，這個惡魔強到連魔人拉贊都不放在眼裡。剛好藉此機會測試達姆拉德等人的實力，若他們戰敗也得針對此事重新評估。

「萬一發生什麼不測，還有我。」

「嗯。由妳出馬不成問題，但為了以防萬一，最好把另外兩個『三武仙』一起拖下水。」

「也對。就照格蘭貝爾大人說的辦。」

「削弱魔王利姆路的勢力也是一大重點。如此危險的惡魔，現在不除掉將成大患。」

「就算殺不死他，也能鞏固聯軍的勝機。」

五大老跟格蘭貝爾同調。

古蓮妲也認同他們的看法。

「不過，那個惡魔也無法搞大動作。要是當著眾人的面展露力量，將難杜各國的悠悠之口。帶來的危險愈大，親眼見識他有多恐怖的人定會高呼討伐。古蓮妲，妳知道自己的職責是什麼吧？妳要利用『三巨頭』，封住那隻惡魔的行動。」

假如達姆拉德等人滅掉惡魔就沒事。

萬一失敗也無妨，一旦被聯軍包圍，惡魔就沒輒了吧。

光靠「三武仙」古蓮妲和前「三武仙」拉瑪，就這兩人也能輕鬆收拾惡魔吧，不過，即使只有封住惡魔的行動亦算作戰告捷。

單憑英雄尤姆一行，肯定不敵新王率領的法爾姆斯聯軍。

此外仍須做足防範，讓另兩名「三武仙」薩雷與格萊哥利一同討伐惡魔。布下堅不可摧的陣局。

「好，包在我身上。這份工作，本人古蓮妲．阿德利接下了。」

古蓮妲扯嘴一笑。

古蓮妲．阿德利——不是貴族卻有姓氏的女人。

換言之——

被這個西爾特羅斯王國——該說是受羅素一族召喚的祕藏「異界訪客」，就是古蓮妲．阿德利。

她原本是於某國的外籍兵團接受戰術訓練的傭兵，橫渡世界之後，那身戰技變得非同凡響。

配備獨有技「狙擊者」，能活用各類槍砲武器。還擅長特種格鬥，擁有高超的暗殺技巧，活用以短刀為首的暗器。

當初召喚時靈魂已宣誓對格蘭貝爾效忠，是隻美麗的雌豹。

古蓮妲在心裡盤算。

日向在這個世界的戰場打滾十年，但與從小就在另一個世界的危險地帶長大的自己相較之下，就跟嬰兒沒兩樣。

年僅十六、七歲的小姑娘獲得力量就能站上高峰，對於經歷過真實地獄的古蓮妲來說，這樣的世界簡直是天堂——她會有那種想法也理所當然。

但該想法成立的前提是——在這個世界裡人人平等。

正因現實並非如此，人們才向神祈禱。

魯米納斯教的教義亦同。然而就連位列「三武仙」的古蓮妲都不免遺漏這點……

「那麼，為了讓薩雷和格萊哥利出動，先出動『血影狂亂（Blood Shadow）』做些準備吧。妳可要好好配合他們。」

「血影狂亂」是羅素族的影子部隊。

由戰鬥能力優越的團員組成，什麼任務都出，是一群瘋狂戰士。是古蓮妲的老窩，其中不乏許多受人召喚的「異界訪客」。被契約綁住，該戰鬥集團效忠羅素一族。

聽到這句話，古蓮妲點頭道。

「您要他們出動是吧，我知道了。一切都是為了羅素。還有，為了讓我獲得自由。」

「嗯。那好，去吧。」

遵從格蘭貝爾之命，古蓮妲離開房間，眼裡燃著熊熊鬥志。

暖爐的火燒得赤紅。

啪嘰一聲，柴火爆燃，火焰燒得更旺。

「這樣可以吧，瑪莉安貝爾？」

「很好，棒極了。爺爺。這樣安排下去，雙方都會被絆住吧。魔王利姆路忙於對付聖人日向。趁這個時候，西方諸國介入平定法爾姆斯的內亂——以新王愛德華之名。這樣一來，愛德華在爺爺面前就抬不起頭了。」

「是啊，就是這樣，瑪莉安貝爾。由我們羅素支配的領域，誰都不許介入！」

若法爾姆斯內亂沒有魔王在背後干涉，他們還能向雙方陣營提出援助，讓戰爭亂成一團泥淖。可是這麼做，英格拉西亞王國的勢力可能會強過頭。

一國獨大，這不是羅素一族盼望的形式。

因此，為了維持理想的平衡狀態，格蘭貝爾．羅素才暗中布局。

「世界屬於羅素！」

「「「世界屬於羅素！」」」

可愛的金髮少女瑪莉安貝爾一開口，大夥兒便跟著唱和。

這裡是世界的中心。

因為他們羅素一族企圖統治這個世界。

那份野心披著西方諸國評議會的皮，逐漸壯大……

第四章

第二次對決

Regarding Reincarnated to Slime

通往矮人王國的街道完成，連通布爾蒙王國的路也即將正式開通。

但我們愈來愈忙。

還要朝魔導王朝薩里昂開闢新道路，替蜜莉姆他們履行新都市計畫。

工作還有一大堆。

情況都這樣了，我們還企劃大型慶典，背地裡並行法爾姆斯王國攻略大作戰。

我猜當上魔王會增加不少麻煩事吧，但麻煩事還沒發生，工作量就多到一個極限。

在如此繁忙的日子裡，我們收到噩耗。

蒼華捎回消息，說坂口日向正朝我國挺進。

看氣喘吁吁的蒼華前來報備，我一個頭兩個大。

今天預計巡視鍛造工房的行程取消，我先回辦公室一趟。在那裡，蒼華向我做詳細說明。

日向似乎沒帶人，單槍匹馬過來。

「她一個人？」

「是。南槍於魯貝利歐斯張設的結界外觀察，他說沒看到任何人離開聖都。而從英格拉西亞王國離去的人，只有利姆路大人要我們戒備的日向。」

蒼華筆直望著我說道。

在蒼影的指導下，似乎將諜報工作做得很完美。蒼華都如此斷言了，這份報告應該不假。

我才要下這種定論——

「請等一等！又有新的動靜！」

東華自蒼華的影子現身，一面喊道。

「發生什麼事了？」

「是，蒼華大人！有四名聖騎士追隨日向的腳步啟程！」

「只有四名？」

「是。但他們的實力似乎非同小可。可能用了魔法，一下子就追丟了……」

東華垂頭喪氣，向我跟蒼華彙報。

唔——這是怎麼一回事啊？

日向瞞著他們出戰，他們才趕緊追上去嗎？是說不可能有這種事吧。

知道自己被人監視，才分批——如果是，行動上應該會更加慎重才對。

真搞不懂，不愧是日向。

突然間將我們殺個措手不及。

想拋掉礙手礙腳的傢伙，企圖用最強戰力突襲我們嗎？

半吊子戰力只會礙事，可能她如此預測吧。

也就是說……

「日向想跟我們開戰嗎？」

我不是很想跟日向開戰，但這方面全看對方如何出招。

如今我可不會三兩下就被她打趴，不過，千萬不能對她掉以輕心。

虧我還期待她看完留言，或許願意跟我談談呢……

「不確定。不過，她身上揹了可疑的劍，不像要來談判的樣子。」

嗯——有帶武器喔。

可是在這個世界裡，那樣很正常，要過來魔王——也就是我的地盤，總不能赤手空拳吧。既然如此，光憑這些斷定日向要開戰還言之過早。

「光這些訊息實在無法判定呢……」

「但那些聖騎士全副武裝——」

「哦，這樣啊？妳說真的？」

「是！百分之百屬實！」

百分之百屬實嗎？

東華答得很有精神，據她所說，打算跟日向會合的聖騎士都全副武裝。

不像來談判，更像要開戰。

我不想開戰啊——本人帶著遺憾的心情想著。

那行為只是將我們這些魔物視為邪惡存在而斬除，摘除相互理解的可能性。

她尋求的究竟是什麼？

若我們不試著理解彼此，就只能滅掉對方……

那樣一來，將會引發賭上種族生死的大規模戰爭。

如果日向拒絕跟我們會談，表示他們想單方面地將自己的想法強加在對方身上。

無視對方的處境，不聽對方解釋。

我認為這種行為在真正的意義上並非正義。

日向連這種事都不懂？

雖然那傢伙打初次相遇就不聽人解釋，但她看起來沒這麼蠢……

原因果然出在魯米納斯教的教義上？

可能因為對手是魔物，沒必要聽對方解釋吧。

教義在某種程度上算是有益的，也很重要，可是盲從教義實在不是件好事。

以宗教之名流的鮮血太多，對我們這一代的日本人來說應該是常識吧。

對自己親眼所見、親耳聽到的事做自主判斷，這點不是很重要嗎？沒這麼做等同放棄思考，是愚蠢的行為吧？

到頭來，能不能活用學得的知識全看個人。

獲得情報後，要如何判斷、如何採取行動。

結果都由本人自行承擔。

假如日向選擇跟我們敵對，我們只好出面迎敵。

噩耗還沒完。

我甩甩頭，試著轉換思緒。

「沒辦法。把幹部找來商討對策吧——」

既然知道日向可能會攻過來，就不能坐視不管。雖然只有五名，戰力卻不容小覷。

自古以來都是精挑細選的勇者和勇者夥伴組隊打倒魔王，這是不變的定律。

當上魔王非我本意，但我人可沒好到不抵抗隨他們殺。我會負責對付日向，其他聖騎士的對手要一起定一定。

懷著上述想法，我打算召開會議商量對策，這時……

「利姆路大人，有事稟報……」

面色凝重的迪亞布羅朝我搭話，一副難以啟齒的樣子。

「怎麼了？該不會出什麼問題了吧？」

那句「該不會」是多餘的，肯定出問題了。

因為迪亞布羅一反常態，平常自信滿滿的樣子沒了。

「是，出問題了。」

「什麼事？」

「雷西姆死了。死因不明，恐怕是被人殺掉的。」

迪亞布羅最後一次看到他的時候，健康狀況似乎沒問題，所以只有兩種可能性，不是遭逢意外就是被人殺掉。

「利姆路大人曾擔心他遭人封口，這次的事是我失策……」

說這話時，迪亞布羅的語氣充滿歉意。

這麼說來，印象中有說過這種話沒錯。原本只是一句無心之言，沒想到成真了……

事情發生在受結界阻攔的神聖法皇國魯貝利歐斯內部，詳細情況不得而知。然而按前後狀況推敲，迪亞布羅認為被殺的可能性很高。

聽說這些情形後，事情似乎比預料中更嚴重。

「法爾姆斯王國周邊各國開始謠傳『大主教因惡魔的詭計喪命』。訊息藉魔法通訊向外散播，各國的神殿騎士團因而出動。耗時數日整裝，疑似要去跟新王愛德華會合……」

迪亞布羅苦著一張臉。

事情的發展出乎意料，由迪亞布羅操盤的法爾姆斯王國攻略計畫將受到阻礙吧。

日向才剛出動，就出現這等騷動。

這肯定是──

《答。推測彼此之間存在關聯性。》

嗯，這點小事我也看得出來。

難道說，它把我當成連這種事都看不透的廢渣？

不不不，應該沒這回事吧。

哈哈哈，智慧之王拉斐爾大師真是的。

話說回來，真教人頭疼。

西方聖教會好像還沒將我們定為「神之大敵」，但繼續這樣下去早晚會成真。

一旦他們正式宣告，勢必引發一場全面戰爭。

是我們搞錯了──對方不會這麼簡單就收手吧。

我只想把重點擺在國家的發展上，看來是不可能了。

懷著憂鬱的思緒，我下令要蒼華把幹部全都叫來。

*

如此這般，我們召開緊急會議。

除了蓋德，幹部全員到齊。

「利姆路大人，不找蓋德過來沒關係嗎？」

「沒關係。那傢伙目前正努力處理大工程。這次是我跟日向兩人的問題，就算打起來也不須出動大軍。」

又不是賭上國家存亡的保衛戰，發動大軍碾壓一小群人不太對吧。

話說在這個世界裡，實力差距太過懸殊，派大軍也沒用。朝這兒接近的聖騎士個個都是強者，突破A級。不派幹部根本打不贏。

反正現在才把蓋德的部下全數召回也不是件容易的事。可以用我的傳送魔法帶回，但要他們全員去現場集合會花太多時間。

俘虜也需要人看守，總不能臨時亂下令吧。

大夥兒都對我的說明表示贊同，為了與大家共享資訊，我要蒼影解釋現況。

「是，那麼容我解釋一下。首先，包含聖騎士團長日向在內共五人，正朝我國魔國聯邦逼近。看樣子他們都是聖騎士團的佼佼者，實力堅強，讓蒼華他們追丟——」

到這現場一片譁然。

蒼華他們好歹在A級之上，卻追丟這些騎士，可見對手的實力非比尋常。

飛上天空應該就能追上他們，但這麼做會暴露行蹤吧。沒逞強是正確的選擇，值得誇讚。

此外，本鎮四周已構築警戒網，所以蒼影早就掌握日向等人的動向。

掌握情報是戰略的基本。

到時擬定戰術也能拿來運用，事前準備很重要，用不著慌張。

話說回來，蒼影的情報蒐集能力真不是蓋的。

像是利用花錢僱來的情報販子，或是讓他自己的「分身」變裝潛入等等。

我曾教蒼影這傢伙當忍者的技巧，他卻發展成自己獨創的一套。就連派蒼影當「密探」的我都嚇到，他天生就是幹這行的吧。

事實上不只這樣，他從費茲那學到實務經驗，搖身一變成了諜報活動專家。

要是我亂教一通灌輸怪怪知識就能做到這種程度，大家就不用這麼辛苦了。原來如此，這樣就能理解了。

蒼華他們也被蒼影鍛鍊過，他們的下屬也受過培訓。還利用當地人，藉此蒐集情報。

如今就算我沒下指令，他們也會蒐集自認必要的情報。

眼下蒼影正從容不迫地解說。

確實變得更可靠了。

「關於法爾姆斯周邊的神殿騎士團動向，他們好像圍著法爾姆斯陸續集結。因進行小規模移動，速度很快，推測總數可能超過三萬人。看來他們的目的似乎是『消滅惡魔』，不打算干涉內亂。可是這樣下去，可能無法期待其他國家跟法爾姆斯的有力貴族派兵支援尤姆先生。」

聽到這句話，迪亞布羅的臉色變得很難看。

他好像也掌握這方面的情報，並沒有感到驚訝。只不過，話中提到的惡魔肯定是迪亞布羅沒錯，他介意的點八成是情報打哪兒流出吧。

不過，三萬人啊……

看來周邊各國分別派出數百甚至是數千名士兵，這些人一旦集結恐怕規模龐大，便成為無法忽視的戰力了。

後勤補給隊也能從農村那邊無限調度補給品，若打持久戰，對尤姆他們不利吧。

這下麻煩了。

「——不過各國君王都跟西方聖教會同進退，沒有派兵。畢竟教會內部好像也分幾個派系，指揮系統似乎因此複雜化。若能詳細了解內情，判斷上也比較容易些……」

蒼影說到這裡小幅度搖頭，似乎對自身彙報不夠完美引以為恥。

唔——這個組織真教人摸不透。

就連優樹都說不清楚詳細情形，一般都會認為神殿騎士團是聖騎士團底下的組織。

「早知如此，應該先跟雷西姆問清楚才是……」

迪亞布羅也很懊惱。

他基本上都自行推敲，不會去跟自己看不起的下等人徵詢意見。這次就踢到鐵板。

「沒錯！都是你的錯，迪亞布羅。果然該由我這個前輩出馬，代替你指揮大局才對！」

紫苑見機不可失，立刻出嘴。看來晚輩迪亞布羅接下重要任務，她好像很羨慕。

平常的迪亞布羅肯定會回嘴，這次似乎認定是自己失誤，閉著嘴沒回話。

沒辦法。讓我代替他問問紫苑。

「──那麼，紫苑。假如我要妳攻下法爾姆斯，妳打算怎麼做？」

搞不好──對，雖然只有萬分之一的機率，但紫苑或許也有出色的戰略策劃能力──

「是！我當然會帶領部隊殺光那些王公貴族──」

──有個屁。

「大笨蛋！駁回，不採用！」

如果她毀掉現今支配體制裡的領頭羊，就會讓群雄割據的內亂爆發。

上頭沒有人當代表，人們會爭先恐後奪取霸權吧。

讓國家的統治制度留存，換掉他們的頭頭，慢慢推行新制度，這種方法才能將傷害減至最低。正因如此，這工作最適合交給腦筋靈活的迪亞布羅辦。

紫苑是不可能的。

「果然，還是不行啊……」

她八成也有自覺，老老實實點頭並應了聲「是」，接著就閉上嘴巴，在我背後靜靜地待命。

我心想「明知不行就別提」，但其實是那樣吧。她原本就不打算搶走迪亞布羅的任務。

應該說紫苑想替他的失策找台階下，用自己的方式為他著想吧。

總而言之，我要繼續讓迪亞布羅執行任務。

「迪亞布羅，每個人都會失敗，我也沒料到雷西姆會死。再說你的真實身分曝光，其實也不是什麼大問題吧？」

「咦！可是，利姆路大人……？跟惡魔扯上關係引發騷動，任務要進行下去就……」

迪亞布羅驚訝地看著我。

看來他沮喪是怕我換人，不讓他繼續執行任務。

「你知道嗎，失敗的時候，想想該如何挽回才是重點。承擔責任請辭，這種事任誰都能輕易做到！再說尤姆跟我的關係本來就對外公開。迪亞布羅你雖然是惡魔，但是我的部下。大家愛怎麼吵都跟我無關。殺了雷西姆的犯人是誰，那才是現在要探討的吧？只要證明凶手不是迪亞布羅就行了，沒必要把問題想得那麼複雜。」

我可是魔王。

有一兩個惡魔當部下，還滿正常的吧。

「是啊。紫苑也是，她不認為自己能取代你喔。」

「不，朱菜大人。如果是我，會馬上將法爾姆斯王國滅成灰燼——」

紫苑話才說到一半，朱菜就瞥一眼要她閉嘴。目光好銳利，連紫苑都不敢反抗。

「——她沒有那個打算。雖然笨拙，但這是紫苑在幫你打氣。你也是侍奉利姆路大人的其中一人，現在不該為一點小失誤灰心。」

朱菜的話既溫柔又嚴厲。

然而紫苑出聲否認，看樣子這句話讓她不回不行。

「朱菜大人，您太抬舉我了。對於這個新手，我身為第一祕書，只是要給他來個前輩的下馬威罷了！」

她說話時一臉踧樣，但裡頭透著些許害臊。

果然沒錯，那是紫苑在激勵他吧。很難看出來，不過，很像紫苑會做的事。而朱菜確實看透這點。

平常紫苑總是說些沒大腦的話，可是偶爾會展現善解人意的一面。

「總之，就是這麼一回事。是否派援軍視戰況而定。情況不妙再把蓋德叫回來，我會上前線作戰。」

紅丸也老神在在。

該如何運用部隊更重要，他一點也不在意人數上的劣勢。

就像在說就算神殿騎士團全軍一起上也不成問題，散發十足十的自信。

真的好可靠。

「——那麼，讓我繼續執掌作戰計畫也沒問題嘍……？」

「當然沒問題啊。我現在忙著對付日向，攻打法爾姆斯王國是你的工作。再說送雷西姆過去的事，還是我批准的，我也有責任。所以這個作戰計畫由你帶到最後。還是說，你辦不到？那就——」

「不，沒這回事！這可是利姆路大人賜的工作，請讓我做到最後。」

「你能辦妥嗎？」

「咯呵呵呵呵，當然！」

「好。徹底一雪前恥吧。」

找回自信和從容的迪亞布羅頷首。

看樣子已經沒事了。

見迪亞布羅重新振作，朱菜面帶微笑地開口道：

「利姆路大人，我有個提議。」

「真稀奇，有什麼意見說來聽聽。」

朱菜很少在會議上提案。

我二話不說立刻問她。

「事關我之前打倒的阿德曼，要不要問問他？雖然已經是好幾百年前的事了，但他好歹待過西方聖教會。」

話說阿德曼是……

《答。就是保衛克雷曼居城的——》

哦哦！是被朱菜拉來當同伴的不死系魔物。

我記得他失去力量，現在變成死靈了。

以前見過一次面，他感動萬分在那說神怎樣怎樣，疑似是妄想症狀有點嚴重的類型。

對喔，既然阿德曼原本是西方聖教會的人馬，也許知道內部情況。以前跟現在的情況八成有落差，不過，問話而已又沒什麼損失。

「這主意不錯。來問個話吧。」

如此這般，事不宜遲把人找來就對了。

目前阿德曼在幫戈畢爾，在封印洞窟內做研究、擔當警備工作。所以戈畢爾就用「思念網」聯繫他替我叫人，要他立刻趕來這邊。

阿德曼火速現身。好像靠傳送魔法的樣子，直接從洞窟內部傳到鎮上。

儘管他變成死靈，生前使用的魔法依舊熟練，似乎能使相當高階的魔法。換句話說，魔素量只到B級，實力卻不能等閒視之。智慧與高超的魔法技術兼具，或許能派更棒的工作給他。

可是，外表看起來就是一具骸骨……

而且阿德曼的部下不敵日光，又不能說話。溝通好像沒問題，但去鎮上工作有難度吧。再看看好了。

總之現在先跟他問話。

「——承蒙您賜小的謁見機會，小的感激不盡——」

「太長了！」

在我替阿德曼做打算的這段期間，阿德曼一直對我道謝。

我當耳邊風但他都沒有住口的意思。只好喝斥要他閉嘴。

看來又是個激進的傢伙。

「你這傢伙不錯嘛！」

看紫苑點頭的模樣似乎非常滿意，迪亞布羅也面帶笑容，溫柔地看著阿德曼，但其他幹部有點嚇到。

「阿德曼，到此為止。我知道你有幸會見利姆路大人很開心。可是我們現在時間不夠，快點進入正題。」

若傻眼的朱菜沒有阻止他，阿德曼還打算對我唸些禱告詞。

他的強烈意念用在信仰上，怪不得這麼虔誠。我在奇怪的事上感到信服。

接下來，根據據阿德曼的說明——

以前這個阿德曼竟然在西方聖教會擔任樞機，地位最為崇高。

當時西方聖教會的立場還很薄弱，在神聖法皇國魯貝利歐斯裡並沒有那麼尊貴，但我們還是聽到詳細的內情。

首先是神聖法皇國魯貝利歐斯這個國家，他們是宗教王國，以神魯米納斯為尊。法皇是神的代言人，真實身分不明。也許他們會歷經世代交替，但據說並沒聽過相關傳聞。負責統治國家的是一個組織，名叫法皇廳。

該組織是神聖法皇國魯貝利歐斯的最高執政機關。當初阿德曼還在的時候，西方聖教會只是這個法皇廳的下級組織罷了。

「為了弘揚魯米納斯教，才組成西方聖教會。不具任何兵力，是專門用來傳道的組織。不過——光只是這樣，無法維護傳教士的人身安全。因此法皇廳對受庇護的各個國家提出要求，組成神殿騎士團。各國都很歡迎預算由法皇廳負擔的神殿騎士團，答應提供協助。

保護信眾遠離魔物威脅，代表各國國民的安全將受到保障。預算別人出，正常來說都會答應幫忙。構築這類關係後，該國與其他國家開始產生摩擦。這時登場的便是法皇直屬近衛師團。

「名義上是師團，其實團員才幾個人。他們異常強大，有權對神殿騎士團下令。這些人只效忠神和法皇，就連法皇廳的最高指導人執政官出馬，對他們也只能用請的。」

執政官好像是負責掌管政務的人。法皇直屬近衛師團的權限大到連這種掌權者都無法命令他們。可見他們實力不凡。

「對了，我的朋友艾伯特也獲邀加入近衛師團。但他拒絕了，來西方聖教會當我的副官。後來法皇賜他聖堂騎士這個稱號。」

只剩骸骨的下巴喀噠作響，阿德曼笑得與有榮焉。

原來如此，就是讓白老陷入苦戰的死靈騎士——如今成了骸骨劍士。劍技一樣高超卻得到魔物的肉體，怪不得那麼強。

「——可是，現在的狀況似乎一百八十度大轉變。」

哦，阿德曼的話好像還沒說完。

聽他解釋，變化似乎滿大的。

最大的不同在於教會勢力增強。多了聖騎士團這支部隊，說話的分量隨之提昇。

不只這些，還改成遴選西方聖教會樞機擔任執政官，地位大幅改善。

想必原因出在「七曜大師」身上。

阿德曼還在的時候，「七曜大師」是僅次於法皇的掌權者，兼任執政官。「七曜」接獲命令須復興西方聖教會，才演變成現在這種形態，遴選樞機擔任執政官。

但那個「七曜」似乎不是省油的燈。聽起來為了除掉阿德曼等人設下陷阱的就是「七曜」。

阿德曼好像很討厭「七曜」。

聖騎士團在「七曜」的監督下原本沒出色表現，經過日向鍛鍊有所成長，變成名副其實的最強騎士團。有鑑於此，神聖法皇國魯貝利歐斯便得法皇直屬近衛師團與聖騎士團雙璧相佑。

「真詳細，阿德曼。你都待在克雷曼那邊，沒想到消息挺靈通的嘛……」

「魔王克雷曼敵視西方聖教會。對他們的兵力保持警戒，勤於蒐集情報。我好歹當過幹部，他不會徵詢我的意見，但還是會給情報。」

不禁感到納悶的我反問，阿德曼則喀喀喀地笑答。

原來是這樣，我懂了。在意想不到的地方，克雷曼的深沉心機正好幫上忙。

「我的神利姆路大人，請您務必小心。如今神聖法皇國魯貝利歐斯有『十大聖人』，他們都來到『仙人』級。連魔王克雷曼都不敢對他們掉以輕心，請您千萬別大意。」

以上是阿德曼的解說。

詳細情況雖然不是很清楚，但近衛師團裡也有叫「三武仙」的成員，他們都是「仙人」級的實力派高手。除了這些人再加上六名聖騎士團隊長及日向共十人，通稱「十大聖人」。

據說「仙人」是跟「魔王種」勢均力敵的人類。這樣的人有十個，怪不得克雷曼不敢大意。

恐怕除了正朝我國逼近的日向，其他四人也是「十大聖人」。派一般兵迎擊可能只會造成無謂死傷，直接由我跟幹部出馬應敵會比較妥當。

此外，從神殿騎士團出動的情報判斷，近衛師團八成也有動作。可以朝「三武仙」出動的方向解釋。

「我的神啊，本人阿德曼身為前樞機，讓我去勸諫那個日向吧！要她也改信利姆路大人——」

「啊啊，等等。這就免了，你可以退下沒關係。」

話題開始往奇怪的方向發展，我趕緊要阿德曼走人。這人一旦認定什麼就不願改變，不聽他人意見的症狀比日向更嚴重。讓兩個固執己見的人對談，肯定不會有什麼好結果。

接著……

「原來如此，好棒的點子。」

「咯呵呵呵呵，原來還有這招！」

我的祕書紫苑和管家迪亞布羅都被他三兩下感化。

「你們兩個說什麼蠢話！用這種笨蛋說詞說服她，事情只會更棘手！」

這兩個人還真合拍耶。

該說他們感情好，還是不好啊……

迪亞布羅剛才沮喪的模樣彷彿是假象。

對笨蛋二人組感到脫力之餘，我決定快點拉回正題。

＊

阿德曼走了，我們重新來過。

情報也準備妥當，來認真擬定對策吧。

很想找個死士去試試對方的斤兩，但哪那麼剛好有這種……咦，從剛才開始維爾德拉就一直偷看我，你不行啦。一定會不小心做得太過火。

「維爾德拉你──」

「嗯！總算輪到我出場了。包在我身上！」

「不。我想拜託維爾德拉當最後一道防線。」

「什麼？」

「聽起來很帥吧，當最、終、防、線。只有你能擔起這個重責大任，我是這麼想啦──」

「當然沒問題。我也這麼認為！」

維爾德拉得意地頷首。

很好，這樣就能避免他失控。

派維爾德拉出戰肯定不會輸，但那麼做好像有點不妙。我跟日向還是有談判可能，怎麼能劈頭就派維爾德拉過去。叫去當援軍另當別論。

等維爾德拉安頓好，紅丸便開口道：

「首先，要來發表派去支援尤姆先生的人選。」

嗯。紅丸愈來愈有指揮官架勢。

之前的大戰讓他累積經驗，再也不像紫苑那樣，不會有那種驕矜自滿的行徑。

能審慎分析情報，確實判斷敵我的戰力落差。

大將應該由您擔當！——當初他這麼說，但現在當得比我更稱職。

是說他推給我當會很頭大。所以說，期待紅丸多多努力。

紅丸用響亮的聲音發表派任者。

隊長由哥布達擔任，率領狼鬼兵部隊共百名。

加上紅丸的部下綠色軍團四千人，另有指揮軍團的「紅焰眾」百名。剩下兩百名「紅焰眾」留下來保衛城鎮。

最後是戈畢爾率領的「飛龍眾」百人。

總計四千三百人，這些人就是要派給尤姆的援軍。

「——以上。負責守護這座城鎮的戰力會減少，但目前有獸人族戰士在場，還有維爾德拉大人坐鎮，應該沒問題。大家有異議嗎？」

「咦，派我去嗎！」

「有什麼問題嗎？」

「啊，沒有。沒問題……」

哥布達原本想說些什麼，卻被紅丸的狠眼掃到禁聲。

笨啊你。

「白老擔任援軍的總指揮官。你們放心吧。要是出什麼事，我馬上會開『空間移動』過去助陣。不過，我們這邊跟聖騎士團長坂口日向交戰的可能性很高。到時或許會中斷聯繫，大家別逞強，聽白老的指示行動！」

「包在老夫身上。」

「好吧……」

「我這次一定要大顯身手！」

白老和戈畢爾兩人看起來幹勁十足。唯獨哥布達有點不安，但他反應很快，會想辦法克服吧……

「我還是不放心。蘭加，你醒了嗎？」

我朝睡在自身影子裡的蘭加搭話。

他身兼我的護衛，最近都潛伏在影子裡。可是他魔素量似乎莫名其妙增加，我猜可能是運動量不夠。

「頭目，要我出戰嗎？」

「沒錯。你偶爾也該舒展一下筋骨吧？去跟著哥布達，保護他！」

「是，整個人都輕盈起來了。剛起床就運動真讓人期待呢。」

怎麼回事？

放這傢伙出去大事不妙！——我怎麼會有這種危險的預感。

算了，反正大難臨頭的人不是我，八成是那些敵人遭殃……

「有蘭加先生跟著讓人好放心啊！」

如此這般，這次哥布達真的燃起鬥志了。這傢伙好現實。

「蘭加，你可別亂來喔。別把對手殺了……」

「沒問題！紫苑小姐教過我拿捏分寸的訣竅！」

「這、這樣啊……」

害我更擔心。

還以為他一直在我的影子裡睡覺，原來趁我不注意還做過這種事啊。

他說跟紫苑學過讓我很不安，但我們有回復藥應該沒問題。

這時蘭加開心地發出咆哮，躺到哥布達身邊。

只能祈禱對手平安無事了。

我不免對從未謀面的敵人高喊「加油！」，這件事還是保密吧。

面對我的決定，紅丸似乎也沒意見。

您太寵哥布達了——雖然紅丸眼中泛著的笑意像在這麼說就是了。

就這樣，我批准紅丸的決策，派送的班底就此定案。

接下來。

現在的問題是新王有援軍。

「那麼迪亞布羅，你打算怎麼處理作戰計畫？」

「是。原本就預料多少會有援軍出現，但來到三萬真是出人意料。照當初的計畫，我認為新王那邊的兵力總數頂多一萬左右——」

迪亞布羅說完就接著解釋——

首先，知道新王想派兵，他就命艾德馬利斯發書信追問原因。

因他猜想新王會將賠償金支付責任推給艾德馬利斯，才想防範於未然。

這樣一來，新王肯定會主張自己不須履行艾德馬利斯簽訂的契約。這種事加入評議會是不可能辦得成的，用來對付我們卻能遊走在灰色地帶。

他要處死艾德馬利斯，主張約定無效。這樣我們就會怒到出兵，他們再集結西方諸國共同對抗。

為了避免這種事情發生，尤姆一行人救出陷入困境的艾德馬利斯。

目前艾德馬利斯受尤姆等人保護，藏身在尼德勒的領土內。到這裡似乎都按計畫進行。

尤姆拿尼德勒的領地當據點，由他集結的戰力約五千。除此之外，我還會用傳送魔法一口氣送上四千三百人。人數上勢均力敵，還會讓人疑懼、不知大軍什麼時候會從背後冒出來──企圖靠這種心理戰讓形勢一面倒。

如今新王開始集結援軍，這個作戰計畫行不通。

我們靜待對手整頓態勢，結果變成四萬對一萬──對手的戰力變成我方四倍。看來要起義最好動作快一點。

「──所以新王愛德華便到了艾德馬利斯的領地紮營，等援軍到來。」

迪亞布羅的說明到這結束。

原本該藉這場對決擊敗愛德華，接著艾德馬利斯決定不再登上王位，敦促英雄尤姆即位。

「目前愛德華麾下聚集兩萬兵力。再過三個星期，就會集齊四萬吧。這樣一來，後方守備薄弱的尼德勒領土將難以抵擋──」

蒼影出面做補充說明。

繼續等下去，狀況只會更加嚴峻。

可是一旦出兵，就會變成真正的浴血之戰。先是失去兩萬子民，若戰事又惡化，法爾姆斯王國可能會遭受致命打擊。

那麼，該怎麼辦……

「——糟透了。不然這次放棄好了。只要我放棄剩下的債權，戰爭就不會開打吧？讓他們失去出兵的名義，就不會跟我們繼續戰下去。」

「不行！那麼做的話，他們會小看利姆路大人！」

「被人小瞧確實不妥，但我們已經拿到好處了。先解決日向的事再重新布局更簡單吧？」

事實上，我們已經拿到大數目賠償金的一部分。

在這做停損動作依然能保有利益，硬是續行雙面作戰的風險太大。

魔王就是當來讓人怕的——雖然紫苑這句話很有道理啦……

「咯呵呵呵，怎麼能放棄作戰。利姆路大人，您不是交由我處理嗎？」

「對。不過，可以的話我不想增添更多無辜的犧牲者……」

「沒問題。若主上的聖意如此，身為臣子就該從命。就照利姆路大人說的辦，小意思。」

中斷作戰計畫也是逼不得已的，但迪亞布羅似乎沒有放棄的意思。

「你打算怎麼做？」

「揪出犯人——那個打算嫁禍給我的犯人。」

接著，迪亞布羅語氣平靜地說道。

啊，他氣炸了。

「『消滅惡魔』？既然要滅掉我，我就奉陪到底。即將到場的三萬人裡，或許有人跟嫌犯勾結。就讓我『好聲好氣』問問他們。」

臉上甚至帶著微笑，迪亞布羅續言。

糟了，哪裡好聲好氣啊。

還有，迪亞布羅似乎打算一人對付三萬名神殿騎士團成員。

是不是該叫他收斂點——

「這樣啊，有你出馬就沒什麼好擔心了。可是，不可以殺無辜的人喔！」

「這是當然。我絕不會背棄利姆路大人的聖意。」

我還沒拿定主意，紅丸跟迪亞布羅就達成共識。

不僅如此——

「那就好。對了，白老，你可以鎮壓新王的兵卻不殺一兵一卒嗎？」

「應該沒問題。殺他們措手不及一口氣定勝負更簡單，但這樣一來士兵就沒機會歷練。」

「對了。戈畢爾，你先去準備大批回復藥。」

「明白了！包在我身上。」

咦？咦咦！

我被晾在一旁，話題持續進展下去。

「利姆路大人，看樣子法爾姆斯王國攻略戰萬無一失。」

「這、這樣啊。也對。大家加油喔……」

聽紫苑笑著對我這麼說，我不禁點頭批准。

「「「是！」」」

大夥兒幹勁十足的回應傳入我耳裡。
就這樣，連我的迷惘都被吹跑，事情就這麼說定了。

*

雖然有很多地方都存在疑慮，話題仍移到另一個問題上。
那就是誰要對付日向一行人。
「接下來，關於逼近我國的那五人——」
說到這兒，紅丸轉眼望住我。
好，這次一定要由我主導會議！
我勢在必得地打算開口——然而就在這時，蒼影突然起身。
「利姆路大人，有急報。聖騎士團好像有動靜——」
接著一臉緊張地訴說。
大夥兒都慌了。應該說只有我慌。
「日向他們怎麼了？」
「不，監視英格拉西亞王國的北槍回報，說剛才有百騎人馬出動……」
「你說什麼！」
「跟日向他們相差半天以上的時間，照這個速度應該能追上前一批人。至少方向是一致的，可以確定他們要到我國來。」

日向好像沒趕路，移動速度一般。出去追她的四個人連魔法都用上，全力奔馳，一跟日向會合就減速，換成一般速度。

雙方似乎為某事爭執過，但還是一起行動，五人結伴朝本鎮靠近。目前出英格拉西亞王國正要前往布爾蒙王國，可是他們的腳程並不快。所以說，後方那百名騎士想追是可以追到的。

然而後方部隊避開街道這類醒目路線，疑似要丟下馬匹走通往森林的舊路。

「聽起來好像沒有跟日向會合的意思。」

「意圖尚不明確。推測日向最快也要兩星期後才會抵達，後方部隊抵達的時間跟她差不多。」

蒼影感到困惑之餘，不忘命人追蹤。

只能等待後續彙報了。

剛度過難關又出現新的難關啊。不對，是一波未平一波又起。

好討厭喔，真的。

總而言之，情況變了。

在這唉聲嘆氣也沒用。

幹部們開始討論起來。

我聽他們討論，邊想該怎麼辦。

包含日向在內，仙人級共五名。還有行動成謎的後繼聖騎士百名。

比起之前法爾姆斯的兩萬大軍，這次一百多名更是危險許多。該說日向這個人特別危險。

那是這個世界的鐵律。

大批軍力不敵個人力量。

雞冠頭的小嘍囉不管聚集多少，都贏不了世紀末霸王。

這次我不打算一個人過去。那樣無疑是自殺行為。

該怎麼辦才好？

「別想了，直接把他們殺光吧？」

我就不說是誰了，真的，腦袋空空的傢伙最強。

不去想可行性，只追求結論。

所以那種亂來到不行的獨有技才會覺醒。

「像這種時候，要是蓋德在就好了……」

「那傢伙也有他的事要忙。除非事情真的擺不平，否則我們自己對應就好。」

白老跟紅丸的話聽起來好刺耳。

是否別逞強去拜託蓋德就好？

可是對手才一百多人。出動大軍沒意義，說真的，肯定要幹部出馬。

我會對付日向，剩下四人要分給其他人壓制。

若日向願意一對一單挑自然沒問題，要我一對五未免太有勇無謀。

《答。沒問題。須警戒的對象只有個體名「坂口日向」。》

喂……

不不不，那才是最大的問題啊！

你還好嗎？感覺比以前當「大賢者」的你更不可靠。

《……》

基本上，我現在會煩惱，就是不希望出現任何傷亡。

出人海戰術打到聖騎士疲於應付，肯定能取得勝利。可是這麼做將會傷亡慘重。

大家好不容易平安活到今天，事到如今出現傷亡就太扯了。

只不過，對手是日向。

那個女人很危險。

上回接觸時，我全副精力都放在逃跑上，卯起來跟她打肯定死翹翹。

而且對手還沒拿出真本事呢。

目前可以對付日向的，就只有我了。

一對一的話我自認不會輸，然而仙人級聖騎士同時進攻就不得而知了。

自我感覺良好裝高手，一不小心就會被人殺掉吧。

此外，另外那百名聖騎士也是個問題。該怎麼對付這些傢伙才好……

假如日向是來會談的，應該不至於帶這麼多人馬。再說像這樣做些掩人耳目的可疑舉動，教人不警戒都難。

「好——我想到了！偶爾也來噴口龍焰試試好了？假裝沒發現那邊有人，當成誤射就好啦！」

「你就不能稍微閉個嘴嗎？最終防線只能在最後一刻出戰啦！」

維爾德拉的提議活像小孩惡作劇，我一刀兩斷斬了這個點子。

假如日向要來找我談判，幹那種事就沒戲唱了。還有那什麼龍焰不知道會造成多大的傷亡，嚇死人。

沒機會讓維爾德拉出戰，對我們來說反倒值得慶幸。

如果要先發制人殺光他們，這提議是可行啦，但還是該看看對方要如何出招。然而放著不管也不大妙。畢竟聖騎士不只一人，可能會對我們張「聖淨化結界」。

不能放著不管，殺掉又成問題。

聖騎士——他們相當於人類守護者，是受精靈加護的騎士。

在這個世界裡，魔物造成的傷害不能等閒視之。並不是所有人都有閒錢僱用冒險者，大家每天都生活在恐懼裡。而無償保護這些村莊和邊境城鎮的人，正是日向親手鍛鍊的騎士。

遭魔物襲擊被他們拯救的人不少。

這些生還者的心靈依靠是魯米納斯教，是他們這些聖騎士團員。

強度也堪稱一等一。

每個人都是突破A級的實力派，一旦正面對決，我方也會損失慘重。

然而問題不在這兒。

殺掉肩負弱者的期待與希望、還有那些祈願的騎士們，今後肯定會留下禍根，這才是問題所在。

少了魯米納斯教的教義「魔物是人類共同的敵人」，雙方還有談判空間……

我並未捨棄希望，但這次似乎仍難以實現。

對他們來說，我們這些魔物是不容交涉的邪惡生物。

亡。

他們的想法也不是不能理解。

畢竟也有些人是被魔物滅掉村莊的倖存者，或是雙親遭到殺害。

欺騙將連繫到死亡。而那並不單純只是他們的死，也代表著那些待在他們背後、需要保護的人的死亡。

此外，目前仍有喪心病狂的魔物四處作亂，這也是事實。

我國周邊的魔物傷害事件變少了。

可是在別的地方仍有魔物誕生，於該處作亂。

要是在這將聖騎士殺個精光，那些邊境地帶該由誰守護？

想到這兒，我就覺得不能隨便殺死他們。

當時如果能跟日向說上話，誤會也許能冰釋。只可惜我是魔物，她不願意聽我說話。

因為日向是個死腦筋。

到了看了我的留言仍要派遣戰鬥人員的地步。

《發現疑點。關於這件事，某些環節確實不自然。推測並非坂口日向的打算的可能性很高。》

咦？

這麼說來，我們還有商量的餘地嗎？

若她完全將我們當敵人看待，要打倒他們方法多得是。可是目前不清楚對方的看法，我們也很煩惱，不知該怎麼對應才正確。

總而言之，理由想了一大堆……但我個人不想殺日向才是真的。

靜小姐也為日向的後續發展擔憂。既然我繼承她的遺志，就不想二話不說跟日向殺個你死我活。

受不了，都怪日向太過頑固，我才這麼煩惱。

我在煩什麼啊，真是的。

不管怎麼說，要是談不成就無法避免衝突發生……

到時不利的是我們。

對手可是專門對付魔物的專家。不能不當一回事殺過去。

總之可以確定一件事，我希望雙方的損害盡量降至最低。

對方怎麼想無關緊要，我們都該做最壞的打算，做萬全準備吧。

如果談判破裂，就讓我跟日向一決勝負。

訊息裡也提到這句，這部分應該沒問題。

對方可能打算來個總動員大對決，但這裡是我們的地盤。事先設個陷阱還什麼的，起碼能在我對付日向的這段期間爭取一點時間。

雖然麻煩，還是得那麼做。

「好，我決定了！將眼光放遠一點，我們跟聖騎士對打盡量不要造成傷亡。」

前提是談判破局——我朝大家如是說道。

大方向已定，大夥兒開始卯起來議論。

為了不傷到對手卻害我方犧牲，這樣就沒意義了。

以此為前提，大家一起設想最佳方案。

最有效的辦法就是讓我打倒日向，挫挫他們的銳氣。所以我要大家把重點擺在爭取時間上。

「總歸一句話，就是把他們全部砍死讓這幫人安息就行了吧？」

「……」

「開玩笑的。」

紫苑說完咳了聲清清喉嚨。

妳這傢伙沒問題吧，紫苑。言行舉止讓人不安的程度僅次於維爾德拉。

「總歸一句話，不能殺聖騎士，我方也不能出現犧牲者，讓戰況保持這樣。利姆路大人趁這個時候打倒敵軍將領，作戰計畫如上對吧？」

「嗯，說對了。妳能聽懂真令人開心。」

她聽懂啦。

害我還在著急，真心懷疑「這傢伙腦袋有洞嗎？」。

紫苑都聽懂了，其他人應該沒問題吧。

「既然這樣，我有一個妙計！」

才安心沒多久，紫苑又用自信滿滿的表情盯著我看。

好不安。難以言喻的不安襲上心頭。

「……說說看。」

「是！我的『紫克眾』剛好也有百名。當他們的對手毫不遜色，就讓我們對付那幫人吧！」

紫苑得意洋洋地說道。

「笨蛋！『紫克眾』的實力只到C級，對方肯定覺得你們很遜色好嗎！」

真想問問紫苑，看她哪來這麼大的自信。人數相當，實力卻天差地別啊……

「——不，紫苑的說法確實有問題，但這個計策應該滿有效的。」

令人驚訝的是，紅丸跳出來擁護紫苑。

紅丸的看法如下。

「紫克眾」有追加技「完全記憶」和「自動再生」加持，一般攻擊難以殺死他們。且對手都是些雜碎，敵人不會劈頭就放足以粉碎靈魂的攻擊。

「對手太弱反而會讓聖騎士疏忽。可以利用這點……用來爭取時間意外合適也說不定。」

接著，他若有所思地如此陳述。

紅丸這麼一說，是有些道理。

若聖騎士沒有直接攻擊靈魂，「紫克眾」將處於優勢。比起派其他部隊，他們讓事情安穩落幕的可能性更高。

「紅丸說得對！不只這些，利姆路大人，他們有經過我的特訓鍛鍊。『痛覺無效』是一定要的，他們甚至學會『抗毒』、『抗麻痺』、『抗睡眠』。大家都成功獲得！最近白老還幫他們背書，說他們的耐力無人能敵。」

有紅丸幫腔，紫苑積極放話。

白老也頻頻點頭，看來那些話不假。

「順便問一下，他們是怎麼獲得那些抗性的？」

「哦，就是——」

雖不認為這是謊言，但保險起見還是問一下好了，結果答案令人吃驚。

她跑去拜託黑兵衛，要他打造會讓人陷入狀態異常的武器。再拿那種武器訓練，自然而然就學會了。因為部下不容易死就沒手下留情，並且要打到完全癱瘓行動力很困難，難以分出勝負。所以站著的人就是贏家，以上就是他們獨特的模擬戰……

「利姆路大人，發現『紫克眾』有危險，我的『紅焰眾』會過去助陣，哥布亞，沒問題吧？」

有名高大的大鬼族（食人魔）美女負責看門，被紅丸一叫立刻過來。接著她跪下，對著我和紅丸低頭鞠躬。

據說這個名喚哥布亞的美女是「紅焰眾」隊長。

肯定是被我取名的哥布林沒錯，但現在完全看不出來。是個穿著緋色軍服的菁英。

後來在紅丸催促下，用充滿英氣的神情看我。

「是！我也不輸紫苑大人，對部下嚴加鍛鍊。請容我們為了利姆路大人上戰場大展雄風！」

她目光銳利，很有架勢。

實力也在Ａ級之上。

跟蒼華旗鼓相當，甚至在她之上。看來紅丸也培育出不容小覷的部下。

「實力或許不如聖騎士，但我的部下也很不賴。讓他們一對一，還是能替『紫克眾』爭取逃亡時間。」

「胡說！靠我的部下就能擺平那些聖騎士！」

接下來是紅丸跟紫苑的吵嘴時間。

雙方都鬥志十足。

我看交給她辦應該可行。

「好，那就交給紫苑吧。妳叫哥布亞吧，拜託妳掩護嘍！」

「遵、遵命！交給小的處理，利姆路大人！」

大概很興奮吧，哥布亞紅著臉回話。
看樣子她幹勁十足，太好了。只不過，希望他們沒機會出戰。
「紫苑，除非談判破局，否則都不能讓我們的人出手喔！」
「沒問題！可是，假如敵人有什麼危險舉動——」
也對，那種情況另當別論。
為了避免他們搭「聖淨化結界」才搶先阻擾，都忘了目的是這個。
「到時就放手去做吧。我一用『思念網』確認，你們就立刻展開行動！」
「我知道了。」
紫苑滿意地點點頭。
紅丸下令要哥布亞回去，她就回去看門。
好了，接下來只剩一個問題——要讓誰對付四名「仙人級」騎士。

*

聖騎士團決定由紫苑的「紫克眾」應對。紅丸的「紅焰眾」待機以防萬一。
這三百人要對付一百名聖騎士。
要對他們有信心，接著來看看該派誰對付跟日向一起行動的那四人。
前提是找出目前有足夠能耐對抗「仙人」的人選——

有我、維爾德拉、蘭加、紅丸、紫苑、蒼影、蓋德、戈畢爾，還有迪亞布羅。

白老的魔素量雖然不敵，論劍技還是能跟他們抗衡吧。

朱菜嘛……不太好評斷耶。魔法戰就算了，對手是擅長近身戰的騎士，應該會很吃力。

成為仙人的「十大聖人」似乎跟「魔王種」不相上下，實力至少有到豬頭魔王（災厄半獸人）等級。對朱菜來說負擔還是太重吧。

——基於上述推論，算入白老共計十人。

我來當日向的對手。

維爾德拉就免了。一旦失控會很危險，我想讓他保護城鎮。話說回來，講真的，可能有別的敵方部隊正騙過我方耳目行動。非鞏固防線不可。

蓋德先保留。非到緊要關頭，盡量不要叫他回來。

迪亞布羅、蘭加、白老、戈畢爾，希望他們把重心擺在法爾姆斯王國上。

剩下的就是——

「能自由行動的只有紅丸、紫苑、蒼影這三人嗎？」

本想讓他們一對一應敵，可是人數好像不夠。

好了，該怎麼辦……

「那還用說，我要出戰。」

紅丸就是為了這個，才把尤姆的援軍指揮權讓給白老。一定要把他算進去。

「我也留下。情報蒐集工作交給『分身』也行，再說現在蒼華他們也能派上很大的用場。」

蒼影也沒問題。

他很能幹，想必同步蒐集情報不成問題。

「我也要！身為利姆路大人的祕書，要隨侍在側——」

紫苑也跳出來主張，但這時我體中有人喊卡。

《警告。另一支部隊若配有「仙人級」成員，可能連爭取時間都不能如願。保險起見，那邊也安排戰力較妥。》

噢噢，還有這層疑慮啊。

多謝提供中肯意見！

智慧之王拉斐爾大師果然可靠。

總之我順便跟蒼影確認一下。

「等等，紫苑。有件事要先問問蒼影，跟日向分頭行動的聖騎士裡，是否有『仙人級』團員？」

問題一出，蒼影暫時閉上眼睛。

接著有些懊惱地答道：「萬分抱歉，每名成員確實都在A級之上，但沒發現特別強大的氣息——」

若是魔物會就釋放妖氣，馬上就能看出。

有實力的人會巧妙隱藏那股氣息。

好比日向，只散發怎麼看都像一般人的氣息。先前的我沒能看穿，還被她強大的實力嚇到。

若他們進入戰鬥狀態另當別論，目前看不出情有可原。

「還是要以防萬一，我希望紫苑一起監視那支部隊。除了『紫克眾』，『紅焰眾』也讓紫苑指揮。

可以吧，紅丸？」

「若利姆路大人如此判斷，我沒意見。至於跟日向一起的四名騎士，由我跟蒼影分別一對二不就得了。」

好大的自信。

蒼影似乎也同意了，依然泰然自若，一副理所當然的樣子。

「請等一下，利姆路大人。這次該不才利格魯德出馬。我不打算只留在城鎮裡領導大家，偶爾也想大鬧一番！」

利格魯德邊展現他的肌肉邊提議。

「既然如此，還有我呢。」

朱菜笑著應聲。

就說啦，妳不適合打近身戰吧？

會有危險的。

「還有我。怎麼能讓哥布達一個人耍帥！」

利格魯也想插一腳。

利格魯德跟利格魯確實突破A級變得更強了，但還是差「魔王種」一大截。未免太亂來。

「啊啊，等等。讓你們去太危險啦。」

「可是，沒有其他合適人選不是嗎？」

「有我們就夠了。」

「紅丸大人，我知道你們很強，不過，還是別小看對手吧？還是讓我跟利格魯——」

就這樣，議論愈演愈烈。

視對方的態度而定也許不需要擔心，但我還是想放心辦事。若要確保萬無一失，等那天到來還是喚回蓋德會比較——

將爭執不下的討論會撇一邊，思考到一半，門那邊就傳來嘈雜聲。

「都說了，現在在開重要會議——」

「別吵，我們也想一起開會！」

「好了，蘇菲亞，別跟人大小聲。這位小姐，我們只是想報恩，請他讓我們幫忙啊。」

談話聲來自剛才那個哥布亞，還有三獸士蘇菲亞跟阿爾比思。

只見門扉敞開，兩人進到裡頭。

「嗨，打擾啦。剛才看到那個死人骨頭跑過來，發生什麼事了吧？也讓我們出點力吧，利姆路大人。」

「魔王利姆路啊，突然造訪還望您原諒。蘇菲亞話說得難聽，但她真的想幫忙。懇請您賜我倆報恩的機會。」

蘇菲亞跟阿爾比思邊說邊來到我面前——正確來說是在我旁邊跪下。

哥布亞原本想阻止她們，紅丸卻舉起一隻手制止。接著他起身離開座位，來到我前方。旁邊不知不覺間站了迪亞布羅，不讓她們繼續靠近我。

紅丸應該也信任她們才對，但還是不准她們靠近我。

至於迪亞布羅，他壓根兒不信這兩人。看那樣子只要我一聲令下，他馬上會幹掉蘇菲亞等人。

兩人形成對比，可是他們步調一致。

蘇菲亞跟阿爾比思似乎也知道提這種要求很失禮，被人這樣對待並無怨言。

「紅丸、迪亞布羅，你們退下。」

「遵命。」

「是，利姆路大人。」

趁他們兩人回座位的空檔，我也替蘇菲亞、阿爾比思準備椅子。等大家冷靜下來，再次召開會議。

「剛才妳們說要協助我們……」

「是，利姆路大人。『十大聖人』正朝這接近對吧？你們好像缺絆住他們的人手，望您讓我等擔此重任。」

「對！我能派上用場的地方就只有打仗了。非得到這種時候才能報恩。拜託你一定要用我們！」

我開始檢討兩人的提案。

這兩人的實力沒問題。可是，萬一害她們受傷，對魔王——前魔王卡利翁會很不好意思……

「不過，未經卡利翁許可，妳們不能輕舉妄動吧。」

「沒關係啦！卡利翁大人在這方面很寬容的。」

「再說卡利翁大人也很煩惱，不知該如何回報利姆路大人的恩情。這種時候我們袖手旁觀，他反而會罵我們。」

嗯——老實說，兩人的提議來得正是時候。有她們兩個在，戰力方面也能放心。

「我贊成。這些人值得信賴。」

紅丸好像沒意見。

「我不在的這段期間，妳會幫忙排除防礙利姆路大人的傢伙吧？」

「會，包在我身上。」

紫苑跟蘇菲亞的關係好像不錯，兩人親暱地達成共識。

都沒有人反對是吧。

「可以拜託妳們嗎？」

「包在我們身上！」

「感謝您通融！」

利格魯德那麼積極讓我過意不去，不過，我還是希望他留在鎮上帶領大家。

畢竟他出面作戰還是讓我有點不安。

就這樣，得到蘇菲亞、阿爾比思這兩名強大夥伴相助，該怎麼對付即將到來的日向等人都已安排妥當。

稱不上作戰計畫的行動方針底定。

幹部們紛紛動腦出主意，看這次的方針有無缺漏。

我則閉上眼睛，試著再次預測日向的行動。

智慧之王拉斐爾大師的運算也料想該方針能將傷害壓至最低，所以我認為不需要擔心，但有件事令我擔憂。

放棄攻略法爾姆斯王國，或者把蓋德叫回，將能擬定更加確實的作戰計畫。但我沒那麼做，而是採用這次的作戰計畫，都是出自我的私心。

所以要做得更完美，必須徹底取得勝利才行。

日向願意跟我談就沒問題。

否則將一對一決勝負。

此方針與因應對策看似萬無一失，其實有個弊病。

假如我敗給日向，一切都淪為空談。

智慧之王拉斐爾大師認定贏家是我。

話雖如此，要是我這次落敗，該作戰計畫將徹底告吹。

「智慧之王拉斐爾」的運算真的沒問題嗎？

我老是有這種感覺，它實在太過自信了。

總之，對我太有信心。

智慧之王拉斐爾大師，你是不是把我估太高？——這種不安的感覺一直都在。

可是，只能硬著頭皮上。

從以前到現在都是這樣，今後還是一樣。

就算我對自己沒有百分百的自信，夥伴們還是相信我。

既然這樣，接下來就不須迷惘，只要前進就好。

「最後再說一次。如果打起來，戰況難以維持，你們就馬上把對手滅掉。夥伴的性命才是最重要的。還有你們要知道，丟掉小命就沒戲唱。希望大家這次也能平安度過難關。以上！」

「「「是！」」」

害怕傷到聖騎士導致同伴被殺，這樣就本末倒置了。

這點一定要讓大家徹底聽進去。

看大夥兒應允，我滿足地點點頭。

接下來。

就等日向出招——

●

日向順利前往魔國聯邦。

從魯貝利歐斯到英格拉西亞可以透過「傳送門」瞬間轉移，之後就是一般的旅程。沒有替換的馬可騎，這趟路程走走停停。

她已經行軍慣了，行李壓到最少。

就一匹馬和睡袋，裡頭裝了救急糧食和鍋子這類便攜用品。

季節來到冬天。

路雖不至於被雪封住，眼下時期卻不適合趕路。

日向才踏上旅途一陣子，就碰上四名部下。

她聽見後方有馬奔馳的聲響，轉頭一看，來人都是熟面孔。

是阿爾諾、巴卡斯、莉緹絲、夫利茲這四名隊長。

副團長雷納德須在日向外出時坐鎮。此外，隊長全數外出會造成問題，剩下五人用抽籤的，結果蓋羅多也跟著留下來駐守。

留下看似懊惱的兩人，阿爾諾等人過來追日向。

「——你們幾個，這是在做什麼？」

「日向大人，那句話該我們說才對。您想一個人搶功勞嗎？」

「說什麼傻話？我是去談判的，哪來功勞可搶。」

「又來了。一身趕赴決戰的勁裝還說這種話，沒有說服力喔。」

「對啊。我們不希望靠日向大人的犧牲換取什麼。有您帶領，那份榮耀才是真的。」

「說得對。魔王的傳訊又沒說一定要妳一個人過去。」

部下們你一言我一語。

日向則一臉錯愕，用無奈的語氣接話。

「你們有搞清楚狀況嗎？對手可是魔王喔。是我惹毛他，這是我一個人的問題。跟你們一點責任和關係都沒有。現在馬上回國。」

可是，日向都下令了，阿爾諾等人還是沒有從命。最後日向放棄，對他們說「隨便你們」，願意讓他們同行。

這下日向一行就變成五人。

雖然整過地還是很崎嶇，他們在街道上緩緩前進。

也沒什麼地方可住宿，現在這個時期常常客滿。所以他們逼不得已露宿在外。

是沒遇到魔物，但寒冬凜冽再加上只能吃應急糧食，這趟旅程很艱辛，讓日向等人身心俱疲。

結束十天行程進入布爾蒙王國時，體力消耗比預料中還要來得嚴重。

這時日向他們睽違已久，總算能找個旅館好好休息。

＊

「話說回來，這個城鎮發展得真不錯。」
他們各自訂了一間房，來到餐廳聚首。
阿爾諾劈頭第一句話就是這個。
「是啊。」
日向也這麼覺得。
莉緹絲曾報備過，但親眼見識就知道有多不一樣。
他們在旅館裡換裝，安頓好便觀察起街道的樣子，明明是冬天整個集市卻欣欣向榮。
市面上甚至出現陌生的商品，以前來這出任務感受到的鄉下氣息早已淡去。
「你們有看到嗎？服裝種類也變多了，像是只在英格拉西亞王國看過的款式，有行人穿那種豪華衣物呢！」
「這麼說來，武器防具也一樣。看起來是用魔物素材作的裝備，但品質都很好。」
阿爾諾跟巴卡斯也是，親眼撞見仍不敢置信。
沒錯。雖然不及他們這些聖騎士的武器和防具，但鎮上賣的東西已超出一般小國，大多是高級品。
攤商也不少。
一般來說冬天多半會關店，這點非常稀奇。

之所以會開店，就因為有客人。

換句話說，在這種冬日的鄉下城鎮裡，還是有許多商人及冒險者出沒。

「是受魔國聯邦影響吧……？」

夫利茲邊看日向的臉色邊問。

因為這個國家跟魔國聯邦貿易，城鎮才發展起來吧。除此之外想不到其他理由。

可是這就代表他們行事上根本沒把魯米納斯教的教義放在眼裡。

「竟然跟魔王交易，以謀求發展——」

莉緹絲的呢喃也透著困惑色彩。

說真的，日向也同意她的看法。

一般來說是不可能。

但他不一樣。

如果是同鄉的利姆路，是有可能讓這種事成真。

證據在這兒——餐廳牆上掛的菜單。

「可以為你們點菜了嗎？」

旅館的女服務生一問，日向就毫不猶豫地做出回應。

「我要拉麵。」

「您要拉麵是吧！最近賣得很好喔。有味噌、醬油、豚骨三種口味。都各有分濃郁口味和清爽口味，共計六種品項。

您要怎麼點？」

看來不是日向想太多，這個拉麵就是那樣食品。
「我要濃郁豚骨，還要餃子跟白飯。」
「好的！客人您第一次吃就很內行喔。其他客人要點什麼呢？」
日向二話不說點完菜，其他人全都佩服地看著。
「啊，那我……點一樣的。」
「我、我也是……」
「嗯。」
「我也要。」
阿爾諾他們不知道那是什麼東西，乾脆有樣學樣，比照日向點餐。
「日向大人，這個叫拉麵的東西是什麼啊？」
「您知道那是什麼吧？」
「知道。不過，這個嘛……你們可能會有點吃不慣也說不定。」
「「「咦！」」」
聽日向這麼說，令大夥兒感到不安。
「哦，你們別擔心。只是想說不習慣，會有些難以食用罷了。」
日向只是擔心阿爾諾等人不會用筷子。結果阿爾諾等人開始擔心端出來的料理很糟糕。
緊接著料理上桌。
對日向來說有種懷念的感覺，阿爾諾他們倒是頭一次見到，是如假包換的拉麵。
日向撩起頭髮避免掉到湯裡，拿起免洗筷掰開。

（竟然是免洗筷……）

講究到這種程度啊——以上是日向的感想。

在這麼短的時間內讓免洗筷普及到鄰國餐廳，是怎麼辦到的？日向不免心生疑惑。

然而熱騰騰的拉麵就擺在眼前。

「我要開動了。」

雙手合十小聲說完，日向慢慢用湯匙舀起熱湯，喝下一口。

是濃郁豚骨高湯。湯不知道怎麼熬的，重現深厚濃醇的滋味。

這時打算放入口裡的麵碰到嘴唇，讓日向「嘖」了一聲。

撞見這一幕，阿爾諾等人馬上有反應。

「有毒嗎？」

「您沒事吧，日向大人？」

他們紛紛出言關心，擔憂地起身。

「安靜。閉嘴吃飯。」

先是對多名部下喝斥，接著日向將麵放到湯匙上，輕輕地吹氣。

日向怕燙。

跟冷酷的外表相去甚遠，這種舉動顯得可愛。可是她本人沒發現，專心品嚐口中的麵。

麵條有嚼勁，味道好。濃郁豚骨湯的美味都附在麵條上。

是道美味極品。

還以為再也嚐不到這份懷念的滋味，卻漂亮地重現。

日向悶不吭聲，專心吃拉麵。

阿爾諾等人惶恐地看著日向吃麵。

接著有樣學樣，他們也開始吃起拉麵。

「——好燙！」

「好好吃！這是什麼？」

「湯也好美味！」

「咦，騙人！竟然有這種食物……」

這夥人笨拙地使用筷子，怕怕地挑戰拉麵，結果出現意料之外的反應。

不是硬麵包就是鹹湯，要不然就拿生鮮蔬菜沙拉當主食，對他們來說，這個叫拉麵的未知食物帶來衝擊，堪比宇宙開闢。

是味覺革命——這種形容相當適合。

再來是看日向點就一頭霧水加點的白飯。這也跟拉麵很搭。愈嚼愈香甜，肚子跟著填飽。

還有餃子。

一吃進嘴裡食材就化開，風味撲鼻。

由種類豐富的食材共譜而成的一場味覺饗宴。這樣東西也跟米飯形成絕妙的重奏。

「好好吃！這個真好吃！」

阿爾諾大讚。

一直到昨天都吃攜帶糧食，所以嚐起來更是美味。

就這樣，碗盤上吃到剩一顆餃子。

啪嘶一聲！一道清脆的聲音響起。

夫利茲的筷子若無其事地伸出，被日向手裡的筷子擋開。

「夫利茲。那是我的，我要留到最後吃。休想橫刀奪愛。」

夫利茲背脊發寒，一股近似殺氣的冰冷氣息襲上他。

「對、對不起，因為太好吃，一不小心就……」

「吃不夠再點一盤不就得了。」

日向傻眼地說著，只見那四人不約而同加點。

可惜無法如願。

「啊，不好意思，客人。那是最後一盤。」

女服務生道出殘酷的現實。

她忽略被迫得知殘酷真相的幾個仁兄，來到日向等人桌邊續道：

「其實那是新商品，上星期才開始販售。跟你們說個祕辛，那是某個魔王大人熱心推廣的。聽說掌管這一帶的摩邁爾大人直接從魔王那裡配貨。食用起來不方便價錢又貴，目前賣不怎麼好……但大家都說吃過一次就會上癮喔！」

女服務生邊說那是祕辛邊爆料。可是她嗓門很大，待在餐廳裡的人可能都聽見了。

這時日向恍然大悟。八成一開始就講好，要她用這種方式宣傳吧。

藉此增加忠實主顧，慢慢提升來客數。如此一來將能大量生產，還能變成固定商品。

如今餐廳裡的人都饒富興味地看著日向等人。就跟阿爾諾他們的反應一樣，看日向怎麼吃，下次也想點來試試看。

耳邊聽著這些，日向將湯喝個精光。

「多謝招待。很好吃。」

她說完將帳結清，從座位上起身。

幾個部下慌張喝湯的模樣映入眼簾。

「哦，別緊張，我只是要回房罷了。還有，先跟你們說一下，連湯都喝光會胖喔。」

有人的動作因這句話頓住，是莉緹絲。

「咦，可是……日向大人也……」

「我的體質不容易發胖。」

我警告過了喔——日向留下這句話走人。

莉緹絲用憤恨的目光盯著那張背影瞧，但吃飽喝足想睡覺的日向頭也不回。

*

隔天一早，一行人再度踏上旅程。

他們充分休息，身體狀況良好。

養精蓄銳，挑戰朱拉大森林的艱險之路也不成問題。

「我們走吧。」

日向一聲令下大夥兒隨之啟程。然而這股氣勢走沒多久就煙消雲散。

「這算什麼。」

「舒適到乏味。」

「不對吧，重點是這條路！鋪得那麼漂亮都跟英格拉西亞王都有得拚了，怎麼想都不對勁吧！」

難怪他們如此驚訝。

道路鋪上石板，連個水坑都沒有。路面有點弧度，下方設了排水側溝。

路面沒有被雪凍住，旅途舒適愉快。

「話說回來，沒有魔物的氣息呢。森林裡的魔物也不多……」

曾為了調查探訪的莉緹絲似乎想起當時情形，便說出這句話。

正如莉緹絲所說，包覆這些街道的結界讓人嘖嘖稱奇。

魔法裝置在街道上每隔約十公里就裝設一處，藉此張起防止周邊魔物入侵的對魔結界。

旅途安全度因此爆增，往來的商人愈來愈多。布爾蒙王國會如此興盛，全因那些商人聚集吧。

「連這邊的街道都下那麼多工夫，不曉得前方的魔物王國長什麼樣子。」

面對阿爾諾的疑問，誰都無法給出答覆。

大家的想法都跟他如出一轍，同樣想知道答案。

「曾有商人跟我說騎馬也能過去，看來是真的。」

「是啊。還以為進入森林騎馬會礙手礙腳，結果只是杞人憂天。」

日向已收到魔王利姆路命人進行大工程，然而親眼看到仍不免吃驚。

畢竟外人難以涉足的朱拉大森林變得能隨意旅行，就像在遠足一樣，怪不得她感到驚訝。

眾人騎在馬上一陣子，沿著道路前進。

後來他們看到騎著狼的人鬼族（滾刀哥布林）從前方過來。

「被發現了嗎！」

「等等，好像不是。」

見部下開始警戒，日向冷靜地指正。

結果她說對了。

這群人鬼族似乎在輕鬆閒談，甚至還傳出笑聲。

由於視野良好，那些人鬼族似乎也看到日向一行人。他們舉起一隻手，親切地靠近。

「嗨，之前沒看過你們。看起來不像商人，是冒險者嗎？」

「對，沒錯。」

「是喔，這樣啊，那祝你們工作順利。對了。我想你們應該沒問題，但還是提醒一下好了。」

話說到這兒，那隻人鬼改變語氣。

接著他開始講述過這條街道的注意事項。

・不能亂丟垃圾。

・不准在街道上打架。

・若要露營，每隔十公里都有架設飲水區供人使用。

・每隔二十公里設有派出所，去那邊比較安全。

・有預算的話，每隔四十公里都配有旅店。

・看到有人身陷困境，務必跟最近的派出所聯繫。

諸如此類。

「跟你們說，每隔十公里還設有發光石板，請別碰觸它們。要是把那些東西弄壞會遭嚴厲處罰，請你們留意。」

那些發光石板就是用來維持結界的魔法裝置。混在石板路裡閃閃發光，晚上還能當路標。你們真的是魔物嗎？注意事項細到讓人不禁如此懷疑。

「好，我們知道了。感謝你親切告知。」

「沒什麼，不客氣。我們這些人會四處巡視，碰到什麼困難盡管說。」

那些人鬼是負責巡邏的警備部隊成員。留下這句話瀟灑離去。

日向等人留在原地，愣愣地目送那些背影。

「那個，日向大人……」

「等等，稍安勿躁。我要思考一下，暫時別跟我說話好嗎？」

日向用這句話讓阿爾諾等人閉嘴，開始陷入沉思。

後來他們默默前進一小時，給水處出現在眼前。

那名人鬼有提到，正如路肩的里程標所示。

為了明示當前位置，每隔一公里設有里程標，以首都利姆路的西門當歸零點，分段標示里程數。

再走幾公里能抵達飲水區、派出所或旅館，看了一目了然。

日向看過高速公路等建設，知道出狀況可以靠這些標誌確保安全。必須對外求援卻不知該進該退時，看了馬上就知道要往哪走。

可見利姆路真心為旅人著想，為他們的人身安全下工夫。

順帶一提，這個世界的單位跟原生世界不同。然而利姆路無視這點，用他便於理解的方式標記。一小時走的路平均以五公里計，算出所謂的公里數。因此以一天移動八小時為前提，每隔四十公里準備一間旅館。

馬拉貨車的速度跟人差不了多少，因此腳步稍微放緩點便有機會住到旅館。整件事花了不少心思規劃，看得出用意為何。

已經沒什麼好懷疑了，利姆路希望跟人類共存這件事相當明顯。

抵達布爾蒙王國後，接下來的旅程都很舒適。

飲水區備了可直接飲用的水源。大家都能免費飲用的樣子。

日向看到這樣東西差點沒昏倒。

水不用錢——將這種日式觀點拿到如此危險的地方運用，神經大到讓日向有點想吐嘈的地步。

還為露營者準備野炊場，甚至弄了方便搭帳篷的廣場。某些地點放置圓木製成的長椅，順便設用來遮雨的屋頂。

怎麼看都像露營區。

曾是人類無法踏足的聖域朱拉大森林，如今變成任誰都能輕鬆利用的和樂場所。

朱拉大森林裡有各式各樣的魔物橫行。B級以下的冒險者也不能倖免，這地方危險到稍有不慎就會喪命。

這裡原本不是人住的地方，是魔物樂園。

竟然開發這片禁地，讓大家能自由來去……日向連想都沒想過。不是能否辦到的問題，而是她壓根想像不到。

不只日向，連同鄉的神樂坂優樹也一樣吧。

當他們拚命保護人類遠離魔物威脅，這人居然三兩下就——開什麼玩笑，日向這麼想也無可厚非。

（——不過，現在總算明白他說的話背後有何含意。）

日向的思緒回到從前。

地點是位在英格拉西亞王國、日向很中意的咖啡廳，正跟優樹定期交換情報。當時聽說跟利姆路有關的傳聞。

利姆路好像是認真要讓魔物王國發展起來。不只這樣，還想找出跟西方諸國友好相處的辦法。

像是近期推出的新作白蘭地蛋糕也是一例，因為能從利姆路那邊輕鬆批來豐富的酒品，才能做出這道甜品。

「總之，那個人很不一樣。該說他游刃有餘還是什麼的呢。感覺上眼光看得比我們更遠呢。所以舉凡像是重現這種美味料理，他似乎都很認真做喔。」

日向在那品嚐幸福時光，將蛋糕一點一滴送入口中，優樹則苦笑著對她說道。

接著對她提出忠告，說跟利姆路敵對不是明智之舉。這是在暗示自由公會要站在利姆路那邊。

那時日向當耳邊風聽聽也沒回話，但如今——

（——的確。若他沒有餘力，根本無暇顧及這方面的事吧。）

看著一邊道謝一邊使用飲水區的商人們，日向在心裡暗道。

離開飲水區，時間又過去兩個小時。

這時他們遇見第一間旅館。據說街道上共有七間，這是第七間。

日向等人決定在旅館裡住一晚。

一行人來到餐廳。

「好了，各位。說說你們的看法。」

日向開口詢問大家。

阿爾諾代表眾人率先發言。

「我想說說心裡話，可以嗎？」

「我等的就是這種意見。說吧。」

受日向催促，阿爾諾答道：

「光看這些街道，我認為魔王利姆路是相當賢能的君王。有衛兵固守街道令人放心，容易聚集人氣。途經法爾姆斯王國的路線肯定會衰退。」

接著換巴卡斯，他沉重地講述意見：

「嗯，可怕的不只魔物。還有襲擊商人的盜賊，人還會生病受傷，或者馬車壞了動彈不得等等，這種事層出不窮。人潮多，就比較不用擔這種心吧。」

「遇到困擾時能期待得到幫助的環境，光有這點就讓人感到心安呢。」

「從金錢層面來看也是同理，再也不需要僱用大型護衛團。光是這樣就……」

聽巴卡斯說完，莉緹絲跟夫利茲都頗有同感地頷首。

大致上都是對利姆路的正面評價。

「治理上花的心力還比爛領主多，與其說是魔王，倒不如稱他賢君更合適。」

「對啊，很多地方都值得學習。我們的祖國魯貝利歐斯也該導入這些設計。」

「還好沒把他當成『神之大敵』。」

「接下來，希望魔王利姆路願意接受日向大人的道歉……」

日向朝他們頷首，對此表示認同。

「我看也只能試著誠心誠意道歉了。若我道歉還是不行，魔王利姆路無論如何都要跟我單挑，只好接受——」

此外，日向還覺得納悶。

為什麼事到如今，利姆路才要跟她一對一單挑？就算不能原諒日向的所作所為，也不至於變成開戰的理由。

想讓她見識當上魔王的自己經歷覺醒變得多厲害——諸如此類，日向認為利姆路不是有這種低俗想法的人。

懷著疑問，日向等人的旅程順利推進。

第七天晚上也去旅館投宿，豪華程度已經可以跟英格拉西亞王國的高級旅館相提並論。

還準備大浴池，可洗去旅途帶來的疲憊。

而旅館店員總少不了從布爾蒙王國找來的人。

魔物店員似乎在學習金錢往來的技巧，常看到他們被那些人類店員指導。

人與魔物的理想關係由此體現。

連日向都得重新審視魯米納斯教的教義，那些景象足以激生這類想法。

明天就會抵達首都利姆路。

到時會在那兒與利姆路重逢吧。

（可以的話希望我們不要交戰，雙方好好談談——）

雖是個人一廂情願的想法，卻是日向的真心話。

不過——

被參雜其中的惡意玩弄，這個願望沒能實現。

●

日向將按預定計畫，於今天傍晚抵達。

差不多兩個星期，沒有用魔法縮短腳程，靠一般的方式過來。

蒼影的手下火速帶回這個消息。

「真厲害，盡早掌握情報很重要。今後也拜託你們了。」

「不，這點小事不足掛齒。我們將力圖精進。」

蒼影靜靜地接受我的誇獎。

名副其實的「影」。

帥哥做這種事就是帥，都不討人厭。

話說第一間旅館跟我們緊急聯絡時，蒼影還做出可怕的提議：「要不要趁現在下毒，除掉日向？」

我說這什麼蠢提議！直接否決。

日向看起來不像要來決鬥的，表示還有談判空間。

只不過，不能大意。

遇到一間旅館就住一間，整趟旅程都沒趕路，實在太過光明正大了。

「難道說，她想轉移我軍的注意力？」

這次換紅丸發話。

自己當醒目的誘餌，其他部隊再發動突襲嗎？

也是有這個可能性。

畢竟她是日向。從她給人的冷酷氛圍看來，為求勝利似乎不擇手段。

「其他部隊的動向如何？」

「是。還是走舊路，掩人耳目行事。若一開始沒有察覺，可能不會發現他們。」

這支部隊好像卯起來搞軍事行動的樣子。

照這個方向看，日向應該是誘餌沒錯。

總而言之，不能大意。紫苑已經先行布署部隊，若對方動手，情況會急轉直下吧。

「以日向的實力來看，當誘餌也沒什麼好奇怪的。就算是現在的紅丸對付她都很吃力，只能由我出馬。

我猜她八成認為我們一起上還是贏不了吧。」

「哼，自以為是。都跟利姆路大人照過面，竟然還有那種愚昧想法。只能說他們愚蠢。」

蒼影帶著淡笑，散發危險氣息。

好吧。只有進化前的我才知道，日向的實力就是那麼強。

現在的我已經看清楚了，當時日向並沒有出全力。

「如果要打，另一隻部隊散開就麻煩了。要是他們張『聖淨化結界』，戰況將一口氣惡化。」

「有道理。到時就聯絡前去迎擊的紫苑，要她盡快除掉敵人——」

蒼影對紅丸的意見表示贊同，話說到一半卻頓住。接著——

「利姆路大人，他們好像有動靜。打算朝城鎮四周散開，紫苑過去阻止他們。現在開始交戰。」

——最壞的消息回傳，是我不想聽到的。

是嗎，日向選擇對戰啊。

沒辦法。既然要與我為敵，我們只能按計畫進行。

●

日向等人離開旅館，做行前準備。

傍晚將抵達首都利姆路，大夥兒的表情都很緊張。

「終於要到了。雖然不曉得今天能不能見到他，但大家都要做好覺悟。就算我們打起來，你們也別出手。」

「可是……」

「這是命令。沒必要跟魔王利姆路繼續敵對。等我跟他分出勝負，再來就要進行友善對談——」

日向正想提醒大夥兒，話卻被迫中斷。

有人用魔法緊急聯絡她。

『——總算聯繫上——向大人、聽……嗎？「三武仙」……們……參戰——』

訊息斷斷續續，傳得很勉強。

傳訊人是日向的心腹，尼可拉斯．修伯特斯樞機。

說話語氣聽起來很急切，但斷斷續續聽不真切。

似乎被人干擾。

『怎麼了？發生什麼事？』

日向發的訊息似乎還沒傳過去就斷了。

『當心「七曜」——』

單方面傳了這麼一句話，尼可拉斯的反應就此消散。

肯定出狀況了，日向有所驚覺。

（他試了好幾次想透露些什麼，最後終於成功傳送過來，是這樣嗎？這樣一來，事發的時間便會在更早之前。「三武仙」參戰……難道說，他們參與法爾姆斯王國的內亂戰爭——！）

日向的臉瞬間變得鐵青一片，用「魔法通訊」聯繫法皇路易。

『怎麼了？妳的法術紊亂，很急嗎？』

還是平常的淡然語氣，路易出聲回應。

為此感到放心之餘，日向答道：

『是，我沒時間了。就開門見山問吧，你派出部下「三武仙」？』

『什麼？我沒下那種命令。難道說，他們出動了？』

『是啊，你對人類社會一點興趣也沒有。再加上魯米納斯大人有令在先，我本來事先要他們安分點了。他們不會擅自行動，大概出什麼狀況了吧。』

路易只對魯米納斯和夜想宮廷有興趣，所以實權都在日向手上。

雖然「三武仙」有時會反抗她，但日向的命令不容違背。一旦接受命令，就不會擅自行動才對。

也就是說，出事了。或者有人向「三武仙」灌迷湯。

（是「七曜」嗎——）

不祥的預感轉為確信，日向當下做出決定打算回國。

用傳送魔法比較不會浪費時間。原本料想可能會跟利姆路對戰最好少透支體力，但現在不是說那種話的時候。

日向如此判斷，然而一切都太遲了。

『八成是那樣。那我也——』

噗滋一聲，一陣鈍痛感掠過腦海，日向這才發現她跟路易的魔法通訊被迫中斷。

某種力場籠罩四周，阻礙魔法發動。

同時一股大規模鬥氣爆發，大氣為之震動。

「怎麼——？這股氣息，是雷納德嗎？」

一直在觀望日向舉動的阿爾諾出聲，為突如其來的意外發出驚呼。

日向不管他，身為聖騎士團長的她立刻重整心緒。

「我們走！」

肯定出事了。

絕對不是什麼好事，才要跟利姆路交涉卻無法避免事態惡化。
感到焦躁之餘，日向朝戰場全力奔馳。

●

聽到日向跟某人取得聯繫，總之我就先妨礙她。接著日向便馬力全開衝向戰場。
看來我成功在事成之前粉碎日向的計謀。
不過，這下可以確定了。
「看樣子，這似乎是日向的計策。」
「好像是那樣沒錯。計策被人看破就改變方針，只能說她真的很行。」
紅丸點頭道，對我的意見頗有同感。
「照預定計畫行事。讓我跟日向一決勝負吧。」
「遵命！定不會讓人阻擾您。」
「好，拜託你們絆住敵人。去吧！」
「「「是！」」」
我點了個頭讓紅丸放心，接著變成人類姿態。
成員有我、紅丸、蒼影、阿爾比思、蘇菲亞。
「祝武運昌隆！」
朱菜用這句話替我們送別，我們也按預定計畫行事。我做好心理準備發動「空間支配」，搶先日向來到紫苑的所在處。

雖然紫苑打包票，但由「紫克眾」對付聖騎士團還是很吃力吧。

——我曾經這麼想過。

搞不清楚狀況。

腦筋快打結。

怎麼會發生這種事！

看到眼前這片景象，我啞然失聲。

要說發生什麼事——

就是紫苑盤起手，對紫克眾下令。

這樣很好。因為照作戰計畫跑。

但他們的作戰情況正是問題所在。

是往好的方面發展，出乎我的意料。

「怎、怎麼可能！攻擊對他們沒用！」

「又不是不死者，到底發生什麼事了？」

聖騎士們紛紛發出驚呼。

用來代替回答，紫克眾拿手上的小刀砍傷聖騎士。

拿自己的身體當誘餌，對強過他們的聖騎士反砍一刀。利用自己的不死特性戰鬥，幹得漂亮。

不過，頂多到這兒吧。

接下來肯定是認真起來的聖騎士單方面碾壓……結果我的預測徹底翻盤。

還不到三分鐘，聖騎士們就開始分崩離析。

如我所料，不再大意的聖騎士開始一面倒地追逼紫克眾。然而狀況突然改變。

由於他們實力相差懸殊，我認為光靠不死無法打贏。所以才擬定作戰計畫，要他們絆住敵人。

但結果，紫克眾受重傷也能徹底恢復，而聖騎士那邊紛紛倒下。

被打倒的聖騎士立刻被人縛住，被「紅焰眾」封住行動。

「欸嘿嘿，聖騎士先生。這把小刀塗了藥效強烈的安眠藥，塗很多喔！所以只要砍一刀，我們就贏定了！」

小小的娃娃兵跟聖騎士四目相對，對他做出說明。跟他說明這些不行吧，但她還是小孩子，沒辦法。

《宣告。個體名「哥布耶」比個體名「哥布達」還要年長。》

真的假的！

果然，魔物的生態真讓人搞不懂。哥布達也進化了，外表卻沒什麼改變。

今後可能會出現讓人大吃一驚的變化吧。

總之，那先擺一邊。

外觀上個頭小的女孩子對聖騎士說教，這般有點可笑的景象在眼前上演。正如事實所示，紫克眾的表現非但不算苦戰，甚至可以說是善戰了。

除非聖騎士夠細心有準備解毒藥，或者有「毒抗性」，否則都會敗給這種突襲手法。雖然只能用一次，但那可以說是非常有效的手段。

只不過，還是只能到此為止。

接踵而來的團員不敢大意，一上場就盡全力攻擊。

面對懸殊的實力差距，小手段要耍成可沒那麼簡單。一旦被人目睹，這招就不管用了吧。

正因他們在對方給出致命傷而疏於防範之時出招，才能成功劃出一點小擦傷。

可是靠這點擦傷讓半數敵人脫離戰線，已經可以給出極高的評價。該說他們做得太好了。

接下來將按原定計畫跑，展開嚴苛的持久戰——我的想法又被來個徹底大翻盤。

紫苑突然用下巴一指。

前方有哥布杰，另一人是哥布亞吧。

兩人面面相覷，困惑地看著紫苑。

「莫非要我們也參戰？」

「咦！妳不出戰嗎？可是光靠偶們幾個，要打贏那些看起來很強的人不容易吧……」

「不，所以說，就算打不贏也沒關係，只要爭取時間就行了——」

「咦咦？偶聽到的是她接獲命令說無論如何都要贏耶？」

哥布亞知道會議內容都談些什麼。

雖然只在那守門，但說話聲有傳過去吧。

哥布杰似乎第一次聽說，睜大雙眼一臉吃驚——兩人好像有點雞同鴨講？

「那個，經作戰會議討論後，我們不是要待機嗎……？」

大概覺得和哥布杰講會沒完沒了，哥布亞便朝紫苑提問。

也是啦。

我也覺得奇怪。太好了，看樣子我沒弄錯。

不過，紫苑卻在這時大聲喝斥：

「你們兩個是白痴啊？勝利近在眼前，怎麼看不出來？挑戰強者贏得勝利，這樣才能超越自我。就賜你們這個機會，要心懷感激。」

紫苑的說法好像有點怪怪的……

勝利近在眼前但對手比自己強，聽起來有點矛盾耶。

然而哥布亞被這句話說動。

她的眼神為之一變，嘴邊揚起狂妄的笑容。

「您說得對，正是如此。如此良機，必由我等『紅焰眾』拿下！」

接著她三兩下就接受紫苑的提案。

另一方面，哥布杰……

「那、那個……這樣是不是抗命啊？」

他戰戰兢兢地反問紫苑。

「你還在啊？看你是要快點照辦，還是想當新作的實驗對象（試吃對象），就讓你自己選喜歡的路走吧？」

真可憐，哥布杰屈服在紫苑的威脅下。

由不得他同意與否，哥布杰就這樣慌慌張張地參戰。

……不，你沒錯喔。

可是，好奇怪喔。不知道為什麼，變得好像是哥布杰的錯一樣。

哥布亞果然是紅丸的部下，非常好戰，所以很容易被人煽動。而哥布杰外表看起來笨，為人卻很認真。會不小心說出自己心知肚明就好、不說也無妨的話，總是很吃虧。

雖然算他自作自受，但他本人沒發現。那樣也算是種幸福，所以我原本不打算插嘴。

「……這樣好嗎，紅丸？」

「不是很好，但也是種臨機應變。尤其紫苑的直覺特別敏銳。就是覺得有機會獲勝，才會下那種命令吧。」

我不禁問出口，紅丸則聳聳肩應答。

的確。

就是怕贏不了才命他們消極地爭取時間，可是能毫髮無傷地癱瘓對手，就不需要客氣吧。

有共識的我將注意力放到戰場上。

接下來是一場如假包換的攻防戰。

剩下五十名聖騎士，紫克眾兩人一組正面迎敵。而支援他們的是各一名紅焰眾。

若盡全力戰鬥，紅焰眾輸聖騎士。不過，實力差距沒有大到令人絕望的地步。

雖然過A級，聖騎士只有末段的實力。相對的，紅焰眾的實力就快逼近A級。

若有人輔助，他們可能有得拚。

此外，紅焔眾還採輪班制。

負責照看傷者的人會跟疲憊的人交換。而且我們還有回復藥，這個模式將無限循環。

「話說回來，他們的戰鬥能力真不是蓋的。原來在這個國家裡，還有那樣的人存在。」

這話出自阿爾比思。

她看的不是紅焔眾，是紫克眾。

他們有強大的不死體質。外加戰鬥續航力。

「對啊，他們很棘手。看樣子只是斷頭似乎攔不住，感覺就連我都難以應付呢。」

蘇菲亞頗有同感。

看來她們認為紫克眾很棘手。

連我都感到吃驚。

聖騎士那邊沒有人輪班，照這樣下去要取得勝利不是夢。

「是說原本的計畫不是這樣就是了……」

我模稜兩可地默許。

再來看紫苑——

她滿意地觀望戰況，伸舌舔舔嘴。

瞬間外露的粉舌尖閃著妖豔水光。

紫苑轉頭看這邊。

似乎發現我們了，她一臉笑瞇瞇的樣子。剛才還用惡鬼神情看哥布杰，從現在的笑容來看實在難以想像會有那類表情。

「利姆路大人，都按計畫行事！」

「哪有！預定計畫沒排這些行動吧！」

「多謝誇獎！」

「我哪有誇妳……」

「那麼，我差不多該過去了！」

紫苑說完雙腿使力蹬地，像顆子彈般彈射出去。

「咦，要去哪……？」

她也沒回答我的問題人就跑了……

●

腳下全力奔馳。

知覺延伸，穿梭在交錯林立的樹林間，身上寄宿精靈之力，日向在森林裡全力奔馳。

來到林木稀疏的空地，她看見五名高階魔人。

似乎知道日向朝那接近，目光卻定在遠方。

日向也隨他們的視線看去。

結果她看到的，是自豪的部下節節敗退的光景。

她很想咂嘴出聲，但日向忍住了。

會火大不是因為敗仗的關係，而是眼前對方選擇徹底跟他們敵對。

既然已經開戰，就不可能靠交涉擺平。

即使日向他們有自己的苦衷，對利姆路來說也無關緊要。

利姆路望著戰場沒有動彈。

日向也自然而然地佇立於該處。

她思索後續該如何行動，一面剖析對手的戰力。

強大的高階魔人共計四名。另外還有一名散發異樣妖氣的西裝女。

位置較前的兩名女子應該是獸人族。

跟魔王利姆路有關的報告曾經提到，他和前魔王卡利翁是何關係。由此推測，這兩人應該出自那個有名的獸王戰士團，是三獸士吧。

一般的魔人望塵莫及，散發不同凡響的強者風範。

不過跟這兩人站一起的傢伙也不亞於三獸士。不僅如此——

其一是長著兩支黑角的紅髮美男子。與該魔人形成對比的是名藍髮青年，額際長著一支白角。

「三獸士！還有大鬼族（食人魔）——不，是鬼人族嗎？」

阿爾諾追上日向，壓低音量問她。

日向沒有回應，靜靜地觀察那些魔人。

「——不是。那是妖鬼。」

「您說他們是妖鬼？」

「我曾經聽說過。是擁有神通力，跟大地之神同等的魔物。某些異教徒好像將妖鬼當神祭拜……」

「事實上，他們好像是大鬼族的進階版，據說很少有人達到這種境界。不過，如今就在眼前。當他們的危險度是特A級就對了。」

這裡是魔王的領土。

日向等人是不速之客。阿爾諾他們也心知肚明，紛紛繃緊神經。

再來看日向。

特A級危險度——也許這麼分太小看他們也說不定。

尤其是那個紅髮魔人，身上的力量似乎超越「魔王種」。

要跟他抗衡，包含阿爾諾在內希望能派出三名隊長。可是目前對四名魔人，我方只有四名隊長。這不是偶然，該朝利姆路刻意搭人數的方向解釋吧。

最後是——魔王利姆路。

跟以前遇過的他天差地別，散發壓倒性的存在感。

「我來當妳的對手。跟我一對一單挑吧。」

日向想起這句話。

（對，就是這樣吧。你希望跟我單挑。不想被人干擾，是這層用意？）

那麼就做最壞的打算，希望她這條命可以讓魔王利姆路放部下一馬。

不，不對。

她要大獲全勝，再向利姆路道歉，請他接受。

日向暗自下定決心。

這時，穿西裝的女魔人動了。散發強大的壓迫感，瞄準遠方的雷納德縱身一躍。

看她跳過去，利姆路的目光慢慢落到日向身上。

就在這個時間點上，換利姆路跟日向四目相對——

●

真是的。

真的很想這麼說，但情況都在預料範圍內。

沒什麼問題。

所以我轉頭朝後方看去。

日向站在那裡。

她呼吸平順、一臉淡然，跟我一樣，都在觀望戰場。

我們的視線對上。

接著我們默默無語地對望一會兒。

我率先開口：

「妳竟然這麼做了啊，日向。用不著多說，這裡是我的領土。既然隨意發兵，我就當你們要對我方不利。要我放你們先發制人，我可沒那麼仁慈。」

是誰先出手的，這種事不重要。

要是他們張「聖淨化結界」，我方肯定會敗北，紫苑當然要搶先出手。若對方指責這點就本末倒置，所以我先警告她。

「是，那是當然的。我才納悶，不知道雷納德為何抗命。」

日向臉不紅氣不喘地回道。

太明顯啦。

「真敢講。妳殺了雷西姆，打算嫁禍給我們吧？害法爾姆斯王國的新王派勢力氣燄高漲。」

「殺了雷西姆……？」

「對。就是被你們召回的大主教雷西姆。先跟妳聲明，我只叫雷西姆替我帶個訊息過去，沒叫他做其他事情喔。」

日向臉上瞬間閃過困惑的表情，後來就像戴上能劇面具，整個人面無表情。冷酷的視線朝我掃來，似乎在看我有多少斤兩。

美歸美，但這讓日向看起來更加冷酷。

「是嗎？原來是這樣。」

日向喃喃自語。

「妳有收到我的留言吧？」

「是。確實收到了。」

「答案就是這個嗎？」

「對，算是吧……雖然有些出入就是了，就算我這麼說，你也不信吧？」

有什麼地方有出入？

「要我信妳也行。可是在那之前有個條件，就是制止該集團調兵回國。」

我說完指向目前在跟紫苑交戰的敵兵。

日向也隨之看去，那顆頭輕輕地搖了搖。

「已經來不及了。在我阻止他們之前，雙方就會分出勝負。」

確實是這樣沒錯。

他叫雷納德嗎？看起來最強的傢伙正跟紫苑展開對決。

還有一名。雖不及雷納德，卻有相當程度的實力。

兩人八成都是「十大聖人」。有這兩人當對手，紫苑展現出本性對戰。

受不了。事情進展到這個地步，只能放著不管任他們分出高下了。

承認日向說得對讓人不爽，但我提出的條件好像有點難實現。

才想到這兒，一名年輕騎士插嘴：

「竟然說這種話！情況都這樣了還要我們調兵回國，到時日向大人會有什麼下場？是你叫日向大人過來的，誰敢保證你不會對她怎樣！」

對方聽了我話義憤填膺地喊叫。

說那種話，在我聽來像是你們原本就不打算跟我方談和……

「住口。在場有權說話的只有利姆路大人跟坂口日向。沒叫你們過來。自己有自知之明一點，老老實實待著。」

「你說什麼？」

紅丸出面制止年輕騎士，但那傢伙不肯善罷甘休。

下一秒，兩道刀光在紅丸面前交錯閃過。

名喚阿爾諾的騎士出劍，紅丸輕鬆拔出太刀接下這一擊。

「沒有殺氣啊。正確的選擇。假如你剛才有意殺我，現在早就死在這裡了。」

「因為我不想妨礙日向大人交涉。只是想稍微嚇嚇你，沒想到你反應那麼大。可是，繼續遭人誤解真不是滋味啊。」

「誤解的人是你。」

「呵呵，我們去旁邊聊聊吧。」

「也好。」

笑得很爽朗，額頭上卻爆出青筋。

叫阿爾諾的那傢伙其實很容易被人激怒吧。

如此這般，紅丸跟阿爾諾離我們遠去。

除了日向，這個叫阿爾諾的傢伙是四人組裡最強的。所以紅丸才出動。他會按預定計畫行事，饒對手一命只絆住他的行動吧。

日向沒有阻止他們，只是錯愕地看著這一幕。

她應該看出阿爾諾的實力在紅丸之下，卻不阻止他。

「好了，你們也閒閒無聊沒事做吧？為了避免對利姆路大人造成妨礙，我們可以暫時陪你們玩喔？」

「對。『十大聖人』有多少能耐，我也想試試！」

阿爾比思跟蘇菲亞出動。

也許她們一開始的目的就是這個。
我想起來了，蘇菲亞好像是戰鬥狂中的戰鬥狂。
「那麼，我就接招吧。」
「沒辦法，就陪陪妳們。」
對方應聲，又有兩組人馬消失。
現場只剩萬綠叢中一點紅的聖騎士和蒼影。
「我們走吧？」
「是，說得也是。」
罩子好像放滿亮的，那兩人也從現場閃人。
事情發展完全跳脫預定計畫。
不，你們留在這也無所謂。除了紅丸他們，其他三組都像要去約會一樣。
幹嘛硬要打啊，真受不了。
話說回來，我的對手也是女性。
還是第一大美女。
可是我一點也不高興啊……

——玩笑話先擺一邊，這樣一來的確不會有人插手礙事。
到頭來，這都是命中注定吧。
就這樣，我再度跟日向對峙。

第五章

聖魔激戰

Regarding Reincarnated to Slime

於是，戰火點燃。

聖騎士團追在日向後頭展開行動，指揮官是日向的副手雷納德。

雷納德原本不是聖騎士。

而是精通魔導術的天才——聖魔導師。

聖魔導師是特別的職業，精通「精靈魔法」、「元素魔法」和「神聖魔法」的人才稱得上。

通曉這個世界的法則，這就是聖魔導師。

可是雷納德當上揮舞聖劍的劍士，常在戰場上打滾。

藏起身為聖魔導師的一面，除此之外，身為聖騎士隊長的名聲也日益高漲。

之後，曾幾何時，他已經當上聖騎士團的副團長。

這些都源自於他的實力。

一身華美劍技。若將阿爾諾比喻成剛之劍，雷納德就是柔性劍法的代表。

兩人的實力在伯仲之間，但阿爾諾更勝一籌。畢竟上戰場後百折不撓正是阿爾諾的本事。

要對付強韌的魔物，韌性比華麗的劍技更重要。

因此阿爾諾才配稱最強聖騎士。

然而，同時具備魔導師方面天資的魔劍士——那才是雷納德本來的戰鬥手法。

劍技實力不及阿爾諾，不過，用魔劍士應有的方式戰鬥，他肯定不落人後。不，豈止是不落人後，雷納德甚自詡其火力將更勝他人。

可是就聖騎士而言，「元素魔法」的實力不在評價範圍內。某些聖騎士可以讓對應自身屬性的精靈與元素魔法融和，不需經過詠唱也能發動威力強大的魔法。

「元素魔法」須經過詠唱，贏不了發動速度快的「精靈魔法」。威力或許在「精靈魔法」之上，然而近身戰講究的是「速度」。

這點就連雷納德也避無可避，所以他更要磨練劍技。

真正的強出自登峰造極的劍技。

對神速之劍賦予聖屬性，將能催生劈斬萬物的力量。

雷納德是這麼想的。

那是雷納德還是學徒時，眼前一切留下鮮明的記憶。

他去留學的小國遭魔王瓦倫泰蹂躪。

有人趕赴當地，是那時剛當上聖騎士的日向。

日向很強。

真的很強。

大群魔物來襲，她只消細劍一揮就消滅牠們。就連大上人類好幾倍的惡鬼也不例外，遇上那把劍便遭人一擊致命。

國內的居民原本身陷絕望，日向的來訪拯救了他們。

從這天開始，雷納德就被劍的魅力吸引。

一面鑽研精靈魔法，仍不忘日日回想日向的劍，拿木刀依樣畫葫蘆反覆練習。

他很快就精通魔導術，回到英格拉西亞王國的學園。在那學習元素魔法，靜待移居神聖法皇國魯貝利歐斯的機會到來。

外國人要移居神聖法皇國魯貝利歐斯不容易，不過，若是魯米納斯教的信徒外帶優秀功績，就能獲得許可。只不過，條件是得跟家人斷絕來往。

雷納德二話不說選擇移居。元素魔法跟精靈魔法都練到至高境界，贏得移居許可。

後來他在魯貝利歐斯學會神聖魔法，得以成為聖騎士見習生。

雷納德跟「光」之精靈締結契約。

堪稱光之聖騎士，正如他清廉高潔的靈魂色彩所示。

雷納德當上聖騎士後，過沒多久就當上憧憬對象——日向的副官。

他面對艱難的任務仍率先請求赴任，累積功績才有這等結果。

許多競爭對手都把日向當目標。

像是同梯的阿爾諾、夫利茲，還有聲名遠播、跟日向不相上下的冷酷智者尼可拉斯樞機。

說起那些不為人知的信奉者，更是數也數不清。

能當上日向的副官，雷納德引以為豪。然而……

『雷納德啊，有件事一定要讓你知道才行。』

雷西姆大主教遭到殺害的慘案發生後，偉大的「七曜大師」立刻把雷納德叫過去。在那裡，雷納德得知可怕的真相。

『其實是這樣的，日向跟魔王瓦倫泰勾結——』

『我們將瓦倫泰收拾掉，當時他求我們饒命還洩漏這個消息。』

聽到這句話，雷納德的腦袋一片空白。

偶像日向跟魔王瓦倫泰勾結。換句話說，她一直自導自演欺騙雷納德。

若事情屬實，對清廉的雷納德來說形同背叛，不可饒恕。

他認為這些偉大的英雄不可能撒謊，話雖如此，亦不認為日向誆騙他們。

（不過，印象中……這陣子魔王瓦倫泰的活動狀態持平。日向大人應該能順利討伐魔王瓦倫泰才對，卻沒採取行動的跡象──）

按日向的實力來看，定能討伐魔王瓦倫泰──肯定是這樣沒錯，雷納德如此深信。看了「三武仙」的戰鬥報告也一樣，雷納德認為日向出馬肯定能戰勝。

日向是否另有打算……

雷納德很困惑。

這時雷納德又被多補一刀，「七曜」繼續把話說下去。

『當然，可能是瓦倫泰不想死才撒那種謊。可是，事情還不只這樣。』

『雖然教人難以置信，但她這次疑似想勾結魔王利姆路。』

『大主教雷西姆在這塊聖地遭人殺害，一般來說不可能有這種事吧？』

聽他們接連道出這些，雷納德都被搞糊塗了。

「可、可是！日向大人是比任何人都要來得虔誠的魯米納斯教信徒。怎麼可能背叛神跟我等……」

他出聲回話，但「七曜」繼續火上加油。

『就是這點，雷納德。我們對此也感到不解。』

『不過，事實也許與之相悖。畢竟日向有可能用巧妙的手法欺騙我們和神魯米納斯。』

『要弄清楚是有一策……』

「七曜」的話引人聯想，雷納德徹底上鉤。

「您、您說的方法是？」

此時「七曜」先是閉口不語。

接著重重地開口：

『聽完就沒有反悔的機會嘍。』

『這是不能對外公開的消息——』

『直到證明日向是清白的。』

就算他們這麼問了，雷納德依然毫不猶豫做出選擇。

他完全被「七曜」巧妙的話術騙去。

雷納德不知不覺間受人誘導，說出「七曜」想要的答案。

「沒關係。我會證明日向大人是清白的！」

『嗯，就是這樣……』

『你願意出面協助嗎，雷納德？』

『不過，這個任務很危險。』

雷納德心意已決，靜待「七曜」告知。

「七曜」滿意地垂望雷納德，開口宣告。

『去討伐魔王利姆路！』

『那樣一來，就能得到答案。』

『若日向跟魔王勾結，她會拚命阻擾你們吧。』

此話一入耳，就連雷納德都不免動搖。

「可、可是！還有邪龍維爾德拉在……」

「七曜」早就料到雷納德會有這種反應。

『別慌。』

『你冷靜下來想想。』

『邪龍真的復活了嗎？不覺得這些說詞都是戲言嗎？』

被人這麼一問，雷納德才恍然大悟。

邪龍復活，確認過這件事的人就只有法皇跟日向。

「那麼，諸位認為維爾德拉沒有復活嗎？」

『可能性很高。』

『雷西姆似乎也沒看到維爾德拉。』

『也許法皇陛下也只是受日向教唆罷了。』

聽人如此斷言，雷納德開始起疑。一切都如「七曜」所料。

『聽說日向曾經遇過魔王利姆路。』

『我等認為她當時受人蠱惑。』

『若她被魔王利姆路操縱……』

說到這兒，雷納德心中的天秤跟著歪斜。

能救日向的就只有我了——雷納德自然而然往這方面想。

「諸位說得對。肯定是如此！日向大人不可能背叛我們。若往有人利用日向大人的方向思考，諸位對她的疑念也能洗清吧？」

聽雷納德這麼說，「七曜」大力頷首。

『是啊。若能揪出幕後主使者，她的嫌疑就能洗清——』

『不過，這項任務很危險噢！』

「七曜」說這話彷彿要試探雷納德的決心，雷納德當然二話不說應允。

「那麼這項任務請務必交給我！」

雷納德自告奮勇。

心懷決意，只為拯救日向。

萬一大家真的被日向欺騙……到時雷納德會親手了結日向，他痛下覺悟。

『好吧。那就交給你了。』

『你的決心，我們確實感受到了。』

『拜託你了，雷納德。』

就這樣，雷納德違抗日向的命令出戰。

＊

進入朱拉大森林後，雷納德不再疑惑。

魔素濃度太低，由此可知維爾德拉復活是謊言。

這樣看來，日向背叛魯米納斯教的可能性果然很高。對此雷納德實在難以接受，他一面如此思考，一面朝目的地邁進。

接著要部隊散開，正打算讓他們架起廣範圍「聖淨化結界」時，敵兵似乎早就在這埋伏，當下遭魔物襲擊。

「該不會是日向大人出賣我們……」

雷納德的同袍「火」之蓋羅多出聲，道出這句話。

她該不會透過某種手段得知雷納德等人的動向，向魔王利姆路通風報信？

——若日向跟魔王勾結，她會拚命阻止你們吧——

「七曜」的話在雷納德腦內響起。

但現在沒空想那個。他立刻下令迎擊，當場掀起一場大混戰。

敵人出乎意料地強。不過，事情還沒完。

這樣下去不妙，雷納德才想到這兒——猶如噩夢的惡鬼就從天而降。

地面炸出一個大窟窿，四周煙塵瀰漫。

「這傢伙不簡單。」

蓋羅多緊張地拔槍握住。

雷納德跟著點頭回應，不慌不忙地做出指示。

現場除了雷納德和蓋羅多，另外還有四人。其他人都忙著跟來襲的魔物群作戰。

隊員們依令迅速對應。

光芒包住他們，成為守護身體的鎧甲。

「精靈武裝」——讓聖騎士超極限強化，是究極防具。

不僅不覺得重，甚至讓身體變得跟羽毛一樣輕。

經過調整，這種聖鎧會讓各自締結契約的精靈更容易顯現。穿上這件聖鎧，讓聖騎士能將精靈的力量發揮得更全面。

且他們手上拿的武器還附有破邪力量，能癱瘓所有的抗性，確實給予傷害。

弱點在於消耗量大無法長時間維持，但如今多了這身裝備，他們這些聖騎士就變成魔物的天敵。

四人動作飛快，以該對象為中心朝四方散開。

他們要依令展開簡易型聖淨化結界。

對方的存在感異常強大。

立於眼前的魔人就雷納德所知史無前例，蘊藏巨大的魔素量。以A級魔物來說仍算高階物種。

不是魔王利姆路本尊，但肯定是他的心腹。

這是未來要打倒魔王利姆路的前哨戰。

快點打倒那魔人，再把首要目標滅掉——雷納德做好打算，一開始就選擇盡全力戰鬥，不保留實力。

「瞄準目標，發動聖淨化結界！」

一旦大意將丟掉小命。

他認為不須試探對手，直接發布命令。

散往四處的聖騎士馬上反應，展開神聖結界。

結界架得很完美。

想必敵人無法從內部破壞這個結界。

不過，這樣還不夠。因為簡易型就只有簡易型的能耐。

範圍不大，讓魔物弱化的效果也很微弱。能封住對手的行動，不過，能否擋下所有來自內部的攻擊仍有疑慮。

他們發動邊長五公尺左右的四角錐狀結界，就怕結界內魔素還未徹底消退敵人就發動超強大魔法。那樣一來，結界很可能被打破。

此外，那些攻擊還會對外界造成影響。

一般來說結界都是大範圍，理由在於要防範這種情況。

不過，必定能防止魔素通過。區區高階魔人絕對沒辦法衝破，是聖騎士的王牌之一。

雷納德不敢大意，要大家發動防禦結界。

靠這個淨化結界無法殺死敵人。所以要趁現在祭出一切可行的防禦手段。

他們還能從結界外側攻擊內部，然而要先確認過對手才能發動。

如果是配備反射屬性的稀有魔物，隨意進攻只會造成更大的傷亡。他可不能犯這種失誤。

當雷納德等人做足準備，爆發造成的粉塵也平息下來。

只見那裡站了一隻魔物。

身材姣好纖細，是名高大的紫髮女子。

長髮結成一束，流淌在背後。

生著英氣煥發的美麗臉龐。

但她額頭上多了一根黑角。

身穿陌生的異國風服飾（西裝），讓人不由得多看幾眼。

紫色眼眸面向雷納德，那名女子開口了：

「我叫紫苑。是利姆路大人的第一祕書。好了，你們幾個。利姆路大人有言在先。『看要「歸順」或是「死」，選吧』。各位都很聰明，應該明白其中的意思。快點解除武裝，向我投降吧！」

自以為是到一個不行，自稱紫苑的魔物如此宣示。

不知為何特意用自豪的語氣強調「第一」，她大刺刺放話。

雷納德開始觀察對手，看看這個叫紫苑的魔物有多少實力。

她明顯不同於一般魔物。

巨大的魔素量讓雷納德確定她屬於A級偏高，但程度不只這樣。

「真厲害。是特A級，搞不好能當上魔王。」

看她額頭上有一支角，敵人是大鬼族高階種。

鬼人族，或者更強——雷納德斷定紫苑是跟「魔王種」不相上下的「妖鬼」。

「具名」妖鬼——肯定是災厄級以上。要是位列魔王，就變成災禍級。

過去曾出現有神通力能讓天地異變、能力非凡的個體。比起魔物，更接近大地之神。

看來雷納德等人保持最大限度的警戒，似乎是正確選擇。

「哼！很可惜，你猜錯了。好吧，滿像的啦。我是惡鬼。我應該不如你們想的溫柔喔！」

紫苑老神在在地回嗆雷納德。

現場應該沒人覺得紫苑是個溫柔姑娘吧。不曉得她這種想法打哪來的，但那是紫苑在給他們忠告。

「惡鬼？都差不多，是什麼都跟我們無關。就算妳是大地之神也一樣，對我們來說不過是邪惡的魔物罷了。我們只信唯一真神魯米納斯！」

神聖法皇國魯貝利歐斯只認可唯一的真神魯米納斯。

這是絕對的真理。

哪怕是守護一方土地的大地之神，他們也不承認。

沒自稱神就睜隻眼閉隻眼。若非如此，一定要消滅。

再加上對手只是一個魔物。

不管力量多麼強大，都不須對魔王的爪牙手下留情。

所以雷納德才道出自身信念。

可是聽雷納德那麼說，紫苑回了不得了的話。

「我對你們的神沒興趣。快點回答我的問題！」

要歸降還是死去，你們選哪條路？紫苑想問的就是這個。

這句話讓雷納德大為光火。

「住口，邪惡的魔物。汙穢的傢伙，給我從世上消失！」

暴怒的雷納德高聲大喊，接著就命聖騎士同時擊發神聖魔法「靈子聖砲（Holy Cannon）」。

靈子聖砲是神聖魔法裡為數不多的攻擊手段之一，藉著分解魔素破壞魔物的身體構造。如果是人類頂多被衝擊波打到失去意識，換成魔物則會因此消失殆盡。

假如對手是聖屬性就不管用，這招卻是魔物的死穴。跟自然屬性「地」、「水」、「火」、「風」四大屬性不同，「聖」與「闇」兩大屬性沒辦法「無效化」。

除了聖屬性的天使系魔物，其他魔物都無法抵擋靈子聖砲。

接獲雷納德的命令，聖騎士們一起發動攻擊。神聖能量彈自四面八方灌注，朝紫苑打過去。

然而——

面對這等陣仗，紫苑不以為意地佇立。手持大太刀，將所有的能量彈打掉。

「這就是你們的答案嗎？不打算乖乖聽話，小心我大開殺戒！」

緊接著，就像在說這些傢伙怎麼那麼不聽話，紫苑再次朝雷納德逼問。

這下就連雷納德都嚇到。

不過，他可不能對這種威脅示弱。

就算敵人是大地之神等級的怪物，也已經被聖淨化結界困住了。

雷納德等人只要維持結界，等敵人弱化再給出致命一擊便可。

他一面盤算，一面對紫苑的高超劍技給予讚賞。

照理說對方多少有些弱化，揮劍的速度仍跟雷納德有得拚。這件事讓他驚訝不已。

那把大太刀可以反彈聖屬性能量，說有多異常就有多異常。靈子聖砲有分解魔素的特性，魔劍接個幾發就會損毀。

可是那把大太刀並沒有毀壞的跡象。

這時，其中一個聖騎士發出呻吟。

是於四方陣一角負責攻防的聖騎士，被紫苑回擊的靈子聖砲打中。

（怎麼可能！竟然能做出這種事！）

雷納德驚訝萬分。

擋下聖屬性還不夠，再拿大太刀吸收那股能量，將緊接而來的砲彈打回，轉為攻擊手段……

照常理來說，根本不可能。

如此神技必須在眨眼間完成，而紫苑輕鬆辦到。

雷納德趕緊要大家停止攻擊。

受害的聖騎士並沒有昏死，頂多遭人突擊嚇到。現在該靜下心，摸索別的攻擊手段。

只不過，真的很令人震驚。

竟然從聖淨化結界內部向外發動攻擊，這件事太出人意料，連聖騎士們都大感震驚。

雷納德按捺驚愕的情緒，開始思考新對策。

此時紫苑正為效果不如預期火冒三丈。

她確實打中對方，卻沒造成多大的傷害。發現那招對付他們這些魔物效果絕佳，拿來打施放的人類卻沒什麼作用。

都怪她太小看對方，被關進結界，是一大失策。

不過，她早就知道事情會變成這樣。紫苑有她的考量，眼下狀況是紫苑希望的結果。

這個結界——是利姆路要她小心的聖淨化結界延伸版吧。性質類似，內部的魔素濃度開始減少。

照這樣下去，要不了多久，紫苑的技能也會受影響。

剛才她偷偷試了一下，發現「空間移動」也被封住了。

話雖如此，這也在她的意料範圍內。

「喂……喂，你們幾個。趁我還願意好言相勸，快點向我方投降。」

紫苑強忍怒意，拚命擠出笑容朝對方喊道。

一整個高高在上，說起話來沒把聖騎士放在眼裡，她本人卻再認真不過。

但可想而知，雷納德跟那些聖騎士怎麼可能聽得出來。

「愚蠢！都被結界困住束手無策了，少在那狗眼看人低！」

這次換蓋羅多發出怒吼。

那句話讓紫苑更火大。

怒意大到瀕臨極限，隨時都有爆發可能。紫苑的忍耐力本來就低，目前她本人似乎是極力隱忍。

遲早會大爆發。

「聽好，我真的奉利姆路大人之命，說可以的話盡量別殺你們。現在投降就不把你們打成豬頭，還特別優待，順便請你們吃我親手做的料理喔！怎麼樣，不錯的提議對吧？這是我最後一次警告你們，你們要怎麼選？」

儘管如此紫苑還是忍住了，繼續跟他們交涉。

但她實在太過傲慢，沒人願意接受這些要求。

此外，隨著時間一分一秒流逝，聖淨化結界讓被捕的魔物越發衰弱。

原理很簡單，就是淨化結界內的魔素。

魔素減少，表示靠魔法或妖力發動的法術及神通力、魔力操作等諸多影響法則之技藝將無法使用。

特殊技能例外。

聖騎士相信他們將贏得勝利，沒必要聽紫苑的。

然而唯有一點不能搞錯，便是聖淨化結界並非防禦結界。魔素徹底遭到阻斷，但物質及純物理能量卻能通過。

例如在「結界」內部引發爆炸，爆炸的風壓和碎片會噴到外面。

雷納德等人對這點都心裡有數，必須徹底繃緊神經。全副武裝警戒乃理所當然。

加以戒備仍無法抹滅心中的不安，即便如此雷納德還是回答紫苑。

「我等聖騎士不與魔物交涉。說再多也沒用吧？」

他這麼說。

聽到這句話，紫苑再也忍無可忍。

「好吧，真敢講！那我只好讓你們怕到屈服！」

紫苑一喊完，馬上用大太刀敲擊地面。

這陣衝擊讓大地炸裂，無數的小石子朝空中飛舞。紫苑抓起那些石子，對準正面的騎士投出。

「——唔！」

僅只一瞬。

巨大的聲響迸出，立於紫苑正面的聖騎士前方發生小規模爆炸。投出的石子撞擊聖騎士手上那面盾牌，將盾牌砸個粉碎。

威力驚人。

弱化還有這等威力。倘若少了聖淨化結界，傷亡會更大吧。

「別大意！朝精靈武裝灌注更多力量！」
「收到，大家認真點！把對手當成魔王！」
雷納德跟蓋羅多鼓勵隊員。
盾遭人粉碎的聖騎士趕緊重新構築光盾。
看雷納德等人如此，懊惱到不行的紫苑氣得跳腳。
她八成認為剛才那發攻擊可以打倒一人吧。慘遭滑鐵盧，火大得很。
看起來明明是知性美女，落差真的好大。
只不過，紫苑似乎發現這樣下去沒完沒了。她使盡吃奶力氣壓下怒火，再次朝雷納德發話。
「我有個提議。」
「我們不跟魔物交涉。已經說過了。」
「你們先聽聽看啦。剛才有提到，上頭命我別殺你們。可是除此之外，還得讓你們看看雙方實力落差有多懸殊。」
「……」
「像那些小石子也是先拿捏力道才丟的，其實拿捏起來不容易。要是我更認真可能會殺掉一兩個人——」
「虛、虛張聲勢！」
「別聽！這是魔物的技倆。只是用來擾亂我們的計謀罷了！」
幾名聖騎士不禁對紫苑的話起反應。
紫苑見狀暗自竊笑。

「嗯嗯。你們好像願意聽了，太好啦。那我的提議是——」
「別被她騙了！那傢伙的狂言絕不能——」
紫苑一席話被蓋羅多打斷。
就在那瞬間，蓋羅多的右耳突然燃起猛烈熱意。一陣衝擊緊接而來，遲了一會兒，空氣撕裂聲響起，破壞蓋羅多的鼓膜。
之所以沒腦震盪，應該是平常有在鍛鍊的關係……
「出、出什麼事了？」
當雷納德回頭看蓋羅多，位於後方遠處的大樹從根部折斷，發出軋吱聲傾倒的景象映入眼簾。
「——唔！」
雷納德啞然失聲。
耳朵流出鮮血的蓋羅多也恍然大悟，察覺剛才發生什麼事。
是紫苑丟出石頭。
用言語表達，就只有這樣。
紫苑丟出拳頭大的石塊，乘著超音速掠過蓋羅多頭部。接著直接命中後方大樹，將其打碎。
當然，紫苑沒打偏。
她丟得很準，瞄準蓋羅多的耳朵投出。
所以才有接下來這句話——
「不聽人勸的耳朵留著幹嘛？給我乖乖聽好了。」
幾名聖騎士顯得安分許多。

「妳這個怪物……」

蓋羅多也跟著呢喃，但他不敢輕舉妄動。

雷納德亦不例外，驚覺這下不聽紫苑說話不行。照那股威力看來，一旦正面擊中可能會殺死隊員。就算是「精靈武裝」，也無法連衝擊波一併抵擋。

既然已經證明紫苑認真起來有這等威力，只能斷定剛才那些話並無半點虛假。那剛速彈連「十大仙人」的「火」之蓋羅多都反應不及，區區隊員將難以閃避。

也就是說，乖乖聽她說話才是正確答案。

只要爭取時間，對手就會隨之弱化。

「就聽聽看吧。」

因此，雷納德只能回這句。

聽他那麼說，紫苑滿意地頷首。

接著露出狂妄的微笑，丟出一句震撼彈。

「聽好了，接下來你們要使盡全力攻擊我。我會照單全收，撐得住就算我贏。那時你們就乖乖向我投降。如何？」

紫苑說得信心十足，雷納德則傻眼地望著她。這時，他心裡萌生一個小小的疑問。

（——難道說，她真的不想殺我們？）

紫苑打一開始就做些只能朝這方面解釋的言行舉止。

那麼，理由是……

只可惜，沒時間讓雷納德細細推敲。

鼓膜被人弄破，蓋羅多為了洩恨接受紫苑的挑釁。

「好啊，就接受妳的提議。你們幾個，跟我靈力同步。雷納德，抑制工作就交給你啦！那傢伙太危險。不能留活口！」

被人點名，雷納德這才回過神。

「等、等等！有些話——」

「少囉嗦！大家快點上陣！」

在蓋羅多催促下，隊員們開始集中力量。

神聖的力量奔流朝聖淨化結界頂部聚集。這些都轉換成魔力，替蓋羅多的魔力增幅。

若雷納德任他們去沒出面抑制，四名隊員的魔力會大大失控吧。

（的確，現在在跟人戰鬥，不是迷惘的時候。那是她自願的。既然這樣，就別恨我們。）

對手要他們盡全力攻擊，他將賭上聖騎士的尊嚴，不會手下留情。

六對一太卑鄙——他可沒這種天真想法。對手既然是魔物，打贏才是正義。

「知道了，蓋羅多。抑制工作交給我吧。」

「收到！接招吧，『極焰獄靈霸（Inferno Flame）』——！」

展現猶如烈火般的激烈性情，蓋羅多役使極焰。

這是究極精靈魔法，向焰之精靈王借部分力量行使。巨大的力量光靠蓋羅多一人無法掌控，那股力量灌在紫苑身上。

熱量甚至超越核擊魔法「熱線砲」。

直接運用構成魔素的靈子，是純粹的破壞能量。

而紫苑——

「呵呵呵，夠力！雖然不是我預料中的攻擊，但沒關係。要挑起你們的恐懼，這方法最快！」

紫苑開心地笑著，拿起大太刀。

轉眼間，朝紫苑傾注的熱波「極焰獄靈霸」被霸氣問斬。

這是紫苑的獨有技「廚師」發揮威能。

她看起來並沒有多想，行使各式各樣的技能。

首先用追加技「多重結界」防禦，再透過「天眼」和「魔力感知」探究對手的弱點。

接著發動「廚師」的「最適行動」，很自然地看破熱波的流向。再利用這點，避免被攻擊直接命中。

話雖如此，那股熱波還是燒爛紫苑的皮膚，讓她變得相當淒慘。然而對擁有「超速再生」的紫苑來說不成問題。皮膚逐漸再生，眨眼間恢復原樣。

乍看之下很亂來，其實都是合情合理的行為。

「來，我們約好了。快向我投降，解開這個結界。」

紫苑說得理直氣壯，大家都答不上話。聖騎士們只朝雷納德和蓋羅多偷看一眼。

目睹那些超現實光景，他們思考麻痺。就在剛才，這些聖騎士的尊嚴遭人粉碎。

然而唯獨一人，只有蓋羅多無法接受。

「開什麼玩笑，怪物。有那個結界在，妳什麼都辦不到！現在這樣子雖讓人不爽，就這麼陪妳打場持久戰吧！」

「等、等等，蓋羅多！」

雷納德大吃一驚。

雖然有點沉不住氣，但蓋羅多是個乾脆的男人。然而現在卻不乾不脆，不願認輸。以聖騎士而言或許是正確的反應，可是看在雷納德眼裡，這不像蓋羅多。

話雖如此，現在不是想那種事的時候。

「哼，都到這個地步還不認輸？我真的會別無選擇宰了你喔……」

紫苑給人的感覺愈來愈危險，身體開始飄散妖氣。

看到這一幕，雷納德為之戰慄。

（竟、竟然如此強大……！這種怪物要是認真起來，我們會立刻全滅。就算有聖淨化結界，惹毛她還是不妙——）

「糟了，別再刺激她！我們暫時先收手——」

「愚蠢！聖騎士不能戰敗！連這點都忘了嗎！」

雷納德原本想安撫蓋羅多，卻因他的喝斥心生動搖。

平常的蓋羅多實在很難讓人聯想他會說出這種話。該說他好像換了個人似的——

「你、你——」

「喝！」

雷納德還沒對蓋羅多產生決定性的疑念，那件事就發生了。

有人出聲吆喝。

一道清脆的啪鈴聲同時響起。

是紫苑拿大太刀砍斷「結界」的聲音。

聖淨化結界——聖騎士的信心來源如今因紫苑徹底粉碎。

「怎、怎麼會……」

「那可是神聖結界啊！」

「是夢嗎？這是夢嗎！」

「聖淨化結界可以阻絕魔素，怎麼被魔物毀了——！」

聖騎士們張嘴嚷嚷，心中滿是恐懼。

不過，出聲回應他們的紫苑一派輕鬆，一副理所當然的樣子。

「——果然沒錯。這不是高密度的『特殊結界』，只是操弄法則的『特殊結界』罷了。操縱法則是我擅長的領域。我啊，很會煮菜喔！」

雷納德聽得一頭霧水。

但他明白紫苑做了什麼。

紫苑發動自身獨有技「廚師」，操弄聖淨化結界帶來的結果。

改寫事象和法則。

這能力可以將自己希望的「結果」改寫到標的物上——就是所謂的「確定結果」。

是紫苑技能「廚師」的真本領。

紫苑的菜之所以變好吃，都是這項技能的效果。如此強大的力量，紫苑都用在非常令人惋惜的地方。

將它用於戰鬥會有什麼結果？

答案就是雷納德等人如今體會到的絕望情境。

該能力能百分之百體現她所希望的結果，再怎麼堅固的防禦都敵不過。

要對抗只能靠更強的意念，改寫她想的結果。換句話說前提是要能改寫法則，未持有相同類型的能力，沒辦法對付。

正因為雷納德是天才，他才能正確解讀其中的奧妙。

好可怕。

正如紫苑所說，雷納德滿心恐懼。可是他身為隊長，直到最後都不能捨棄希望。

若戰鬥將全軍覆沒。那麼現在就先投降，找機會活下去。

「太扯了……這怎麼可能……這、這種怪物，怎麼……」

無視喃喃自語、就像在說夢話的蓋羅多，雷納德做出決定。

「──我投降。希望妳能從寬處置這些部下……」

接著，他如大夢初醒般，抖著聲宣示。

聽雷納德做出投降宣言，紫苑總算露出滿意的笑容。

這時雷納德首次直視紫苑。

望著那張表裡如一的笑容。

並咀嚼她的話，冷靜下來回想。

這個自稱紫苑的魔物，似乎真的不想殺他們。那不是紫苑的意思，而是魔王利姆路的命令。

這麼說來，傳聞魔王利姆路命惡魔殺害大主教雷西姆，好像有點不合邏輯。

其實仔細想想，日向一開始就為了構築友好關係，才過去見魔王利姆路。相對的，魔王沒道理出面阻攔。

若他打算挑起紛爭引發混亂就另當別論，然而照這個紫苑的反應看來，連雷納德都曉得魔王利姆路不會這麼做。

也就是說——

（難道我被人利用了……）

一聽到傷害往年同窗好友的仇人魔王瓦倫泰跟日向掛勾，他就失去冷靜判斷的能力。自己被人趁虛而入，遭人誆騙……

被誰？

想也知道，就是「七曜大師」。

思及此，雷納德的臉瞬間刷白。

他驚覺自己出動部隊礙了日向的好事。

轉眼一看，日向正單槍匹馬跟魔王利姆路對峙。

他們不像要對談，那是大戰在即的靜謐。

（完、完了。日向大人，對不起！都怪我，害交涉事宜——）

雷納德終於領悟一切，事到如今只能在一旁觀戰了。

事情已經進展到不容雷納德置喙的階段。

——緊接著，戰火點燃。

雷納德緊盯著前方看，日向跟利姆路的劍彼此交錯——

坂口日向能遇到井澤靜江實為幸運。

雖然時間短暫，但日向確實只對靜江敞開心胸。

為時一個月。

在這麼短的期間內，日向將靜江擁有的技藝全部學走，與她拜別。

這是因為，她害怕遭人拒絕。到最後，她只是害怕失去一度擁有的溫暖。

日向知道自己很笨拙。

●

為了母親殺死父親。

但結果只是讓母親發瘋。

都走到那種地步了，媽媽還是愛著爸爸。

媽媽之所以會迷信宗教，都是因為她必須靠祈禱支撐吧。

在這個世界上，不幸永遠不會消失。

那是很自然、理所當然的事。

希望世上再也不會發生不幸，這種事永遠不可能實現。

日向不願接受這個事實。

大家都能快快樂樂生活的世界——她對此懷抱夢想，為現實中的不幸哀嘆。

——媽媽之所以祈禱，都是為了替女兒的罪懺悔。

如果真是那樣，媽媽是不是很討厭我？

光是想像這些，日向就深深感到懼怕。

所以能來到這個世界，她自認運氣好。

待她來到這個世界，媽媽就能脫離苦海吧。

日向也不會變得更瘋狂。

可以跟機器一樣正確，不再為任何事煩惱。

日向帶著這樣的幻想活著。

正因如此，日向才無法接受靜江。

若她接受，又被靜江討厭——日向肯定會想殺了靜江。

她有這份自覺，才跟靜江拜別。

其實我才是狂人——日向心想。

世界充滿絕望，人們輕易喪命，整個世界就是那樣。

日向獲得能讓她活下去的力量。

那個時候她順路造訪一個國家，在那經歷震撼教育。

因災厄級魔物肆虐，死了許多人。這時某些人為保護孩童而戰。

那些大人都沒有逃跑的打算，當孩子們的肉盾。

日向原以為大家為了活下去會只顧自身安危。

他們的身影讓日向受到感召。

這些挺身作戰的人，人稱聖騎士。

就算犧牲自己也無妨，願意為他人奉獻生命。他們定期來這座城鎮周邊巡視，是守護芸芸蒼生的正義使者。

日向對他們的生存之道起共鳴，決定成為聖騎士，活用自身能力。只要投身戰場，就不會再去為任何事情煩心。

就這樣，日向得到替自己贖罪的機會。

之後十年光陰過去——

日向成了人類的守護神。

*

那些日子裡，她跟魔物沒日沒夜地對戰。

不知道從什麼時候開始，每天重複同樣的事開始讓她感到無趣。

自從日向當上騎士團團長就擬定一些因應方案，如今蒙受的損害已經少得令人吃驚。

像是預測魔物誕生地點、哪裡將遭受損害。看要如何通力合作，何時去巡視較妥。

這類系統經過最佳化有助於降低傷亡，發揮莫大的效果。

因此，聖騎士都對日向高度信賴。

這樣的她背地裡卻與魔王瓦倫泰串通，真是太諷刺了，讓日向只想自嘲。但即使如此，那仍是最能維繫一個和平、合理國度的做法。

因此日向並未感到迷惘，也不後悔。

在神魯米納斯之下，一切都是平等的——在全權管理下，人們才能品味幸福。

時間點拉回現在。

情況不妙。糟到令人想笑的地步。

但多虧這點，日向才能豁出去。

眼下情況不適合交涉，沒打贏這場仗，她連辯白的機會都沒有。

氣氛上不好求對方聽自己一言，可能是上次日向不聽利姆路說話的報應吧。

（情況正好與那時相反呢——）

日向自嘲道。

局勢徹底改變，甚至讓她懷念起那些大嘆無聊的日子。

（這個世界果真不留任何情面……）

哀嘆之餘，日向早已做好覺悟。

煩惱、思慮，事到如今這些都沒有意義了。

獲勝才是突破現狀的唯一手段。

自己的信念是對是錯。

連那些想法都拋到腦後，日向一心只想取得勝利——

她開始觀察利姆路。

阿爾諾他們跟各自的對手一起去別處，如今只剩日向跟利姆路兩人。

日向不動聲色，用獨有技「數學家」剖析利姆路。

不過，他跟以前判若兩人。

當上魔王的利姆路實力深不可測。

（真是的，成長潛力還真大。若他與人類為敵，光想就覺得頭皮發麻。）

連日向的「數學家」都無法解讀，表示對方的上限與她同等，或者在她之上。想到這兒，日向接著發動獨有技「篡奪者」。

對付實力大於自己的人占有絕對優勢。

這就是日向的王牌——「篡奪者」的特徵。

那股力量可以看破對手的技能及技藝，將其奪走。是否能運用自如姑且不論，但能奪去對手努力的結晶，光就這點來看堪稱凶惡無比的殘酷技能。

若對手比日向弱，鑑定結果將會呈現「對象外」。出現這種結果就不能奪取對手的能力，不過，日向將穩操勝算。

假使對手比日向厲害，鑑定結果將分成「失敗」或「成功」。

一旦出現這種鑑定結果，就代表對手是強敵。

話雖如此，鑑定「成功」將會暴露對手的技能和技藝，「失敗」也不會告吹。愛挑戰幾次都行。

不管敵人再怎麼強，反復嘗試總會「成功」。她只要謹慎地爭取時間，靜待時機到來便可。那樣一來，日向必定獲勝。

上次跟利姆路對決時，鑑定結果是「對象外」。

所以日向並未對利姆路保持警戒，打鬥時徹底小看他。

對方召喚焰之巨人讓她有些驚訝，但她還是不當一回事。

這是因為日向進一步精進技能，提昇至「強制簒奪」的境界。面對低階對手也能成事，是很犯規的祕技……

讓她使出這招值得嘉許，可是日向對利姆路的評斷僅止如此。

如此這般，日向的「簒奪者」同時肩負測量工作，算出自己跟對方的實力差距。

然而時至今日。

就算運用那股力量，仍無法評測利姆路。

鑑定結果竟然是「妨礙」。

這是第二次。

繼她跟魔王魯米納斯·瓦倫泰對峙後，他是第二人。

（換言之，你已經跟魯米納斯大人一樣厲害了……）

在這麼短的時間內竟然成長那麼多，日向為此感嘆。

既然如此，要小手段也沒用。

日向丟掉手裡的大劍——破龍聖劍。她知道靠這種東西打不贏。

接著她拔出魯米納斯賜的月光細劍（Moonlight）——是傳說級武器。

披上「聖靈武裝」——

那是聖騎士穿的「精靈武裝」的原典聖衣（Original）。據說勇者曾經穿過，是西方聖教會祕藏的對魔兵器。

該武裝專門用來對付龍與魔物，唯有受聖靈喜愛之人才能運用。

一道光包住日向接著定型，成為發光的鎧衣。自此之後，日向掙脫一切束縛，超越「仙人級」，達到真真正正的「聖人」境界。

再來就是純粹的武力對決。

她必須賭上自己的一切，勇於挑戰。

總是了無新意的日常生活

將就此劃下句點。

打沒有勝算的仗，那是笨蛋才會幹的事。然而現在的日向滿心雀躍。

她微微一笑。

利姆路問我是否收到他的留言。這表示他在邀我一對一決勝負。

（必須獲得勝利，才有機會彌補我的過錯——）

她心懷決意，鬥志高昂。

日向的劍對準利姆路。

日向拿劍對著我。

收到留言還是選擇跟我一對一單挑嗎？

看她丟掉武器還以為要跟我對談呢，看樣子是我誤會了。她拿出更凶猛的武器，看那眼神完全是認真的。

沒辦法。我就先打贏她，再來問話吧。

跟日向對峙讓我重新體認一件事。

這個女人毫無破綻。

就我至今看過的現存武器而言，那把劍的性能技冠群雄。為了與之對抗，我也拔出打刀備戰。

早知如此，應該叫黑兵衛替我打一把專用刀才對。這把刀在我的「胃袋」內沾染魔素，刀身染成恰到好處的黑。

話說回來，我想說都等那麼久了就別急於一時，一直沒跟黑兵衛要。

要面對日向的劍，拿這個代替品令我不安。就拿妖氣保護打刀，避免跟她正面相殺吧。所以說，我開「誓約之王烏列爾」控制「魔法鬥氣」，發「黑雷焰」包裹刀身。

準備妥當。接下來就等日向出招。

超高速劍術對決就此展開。

我一開始就用盡全力。

日向的劍速非比尋常。快到我開「思考加速」讓知覺速度提昇百萬倍，才來得及反應。

好像在跟蜜莉姆對打，這樣比喻就知道有多快了吧。

不過，我也不輸人。

擋刀，再來一記回砍。

都已經兩劍交鋒好幾次了，雙方卻沒砍中對方半次。

不是我自誇，連條擦傷都沒有。

就是這麼一回事，雙方邊對應攻擊邊等對手露出破綻，卻遲遲等不到。

我覺醒成魔王外加有「智慧之王拉斐爾」罩才打到這樣，可見日向那傢伙是怪物。

說真的，我自認還差那麼一點點就能扳倒她。

日向的確很強，但我現在成了「真魔王」，好歹能靠身體機能鎮壓吧。

然而結果出爐，雙方勢均力敵。

日向似乎完全看穿我的劍路，毫不猶豫地出招。動作非常流暢，出刀反擊還是被她擋掉。不僅如此，她甚至祭出凌厲的連攻，打算攻其不備。

換成以前的我，根本無法與之抗衡吧。這表示上次對決時，日向幾乎沒拿出真本事。

該說我運氣好嗎？

若想打贏她，我似乎也不能有所保留。

開什麼玩笑，日向心想。

本來想靠劍術壓制，早早逼他認輸。可是利姆路不費吹灰之力追上她。

日向花了整整十年磨練劍技，對方一一拆招。

●

人體有極限。

須發動魔法、技能、技藝，才能得到與魔物抗衡的力量。相形之下，利姆路就連呼吸都不需要。

不會消耗體力，就算不用魔法恢復，似乎也不會肌肉疲勞。

（呵呵，跟他站在同一個戰場上，才知道現實有多麼殘酷……）

日向心想，為自己的不利哀嘆。

對手是魔物，這種事她一開始就心裡有數了。這個世界弱肉強食，因此聚集必定能獲勝的條件才是重點。

日向利用「數學家」讓知覺速度提昇千倍，對周遭的感知更是超越該極限。

腦部負荷達最大極限，微血管破裂好幾次。她讓自動回復魔法自主發動來因應，不讓對手察覺任何弱點。

在這種狀態下，日向覺得世界彷彿靜止不動。

這樣還不夠，日向發動「數學家」的「預測演算」，預測利姆路的攻擊軌道。必須像這樣拚盡全力才行，日向沒有任何餘力。
然而對手利姆路似乎仍游刃有餘。
日向趁對方沒發現擦掉流出的鼻血，調整紊亂的呼吸。
光是拖太久，日向就注定落敗。
如今雖已來到「聖人級」，日向還是被人的肉體束縛住。為了成為半精神生命體，必須再跨越一道高牆。

她仰賴的「篡奪者」被「妨礙」無法派上用場。
對付強者占有絕對優勢——這招已經不管用了。那麼，她就得靠先前培養的技量壓過利姆路……
魯米納斯賜予的劍藏有強大力量。只要對它灌注日向的魔力、附上鬥氣，就能造成半吊子復原能力無法對應的致命傷。如今就算是擁有「超速再生」的敵人，也能靠這把劍一刀兩斷。
所以只要砍下他一條手臂就好。日向心想。
她不殺利姆路。若利姆路願意承認日向是贏家，對決就此結束。
然而日向一直沒能殺出這一擊。
利姆路靠卓越的空間掌握能力和身體機能，看穿日向的劍路。
（真是驚人的成長。可是，這些全都跟身體機能有關。你的技量(等級)追不上我吧——）
他的進化固然驚人，技量方面卻跟以前領教過的大同小異。就算像日向那樣奪取技藝，也只是解析原理讓身體記住。要想運用自如，必須反復練習到讓人幾欲昏厥的地步。
關於這點，利姆路似乎也一樣。

日向由此看出勝算。

久經沙場造成的經驗差異。

利姆路在這方面的經驗完全不夠。

日向看出這點並改變戰術，手法上忽快忽慢讓對方產生錯覺。

就是俗稱的假動作。

她打算運用豐富經驗造就的技量，將利姆路玩弄於鼓掌間——

●

日向的劍速突然提昇。

那是變換自如的劍技——都將知覺速度提昇百萬倍了，卻有種連格播送過去的感覺，日向的劍突然改變軌道。

我心想「開什麼玩笑啊」，拚命追上她。

這就是坂口日向。

雖然早就知道了，但人類守護神果然不是浪得虛名。

我們激烈地對戰一會兒，我一面觀察日向。

她嘴角掛著淺笑，用勝券在握的眼神看我。

不能靠眼睛捕捉日向的動作。

那雙眼緊盯著我，彷彿感知全域動靜的感應器，藉此感應攻擊吧。

保持在一個自然狀態下，身體軸心不會偏移，面對任何動作都能對應自如。
動作上並未施力，處於弛緩狀態不會帶出預備動作，發動各式各樣的攻擊。
不知道日向怎麼預測我的攻擊的，我的動作完全被她看穿。
反之，我看了日向的攻擊動作才憑身體機能死命閃躲。
想也知道，我的動作就變得拖泥帶水。
被她玩弄在鼓掌間，這樣下去肯定會落敗。
明明是我的身體機能較強，奇怪的是攻擊套路都被她看穿。
日向的技量完全在我之上。話雖如此，眼前的日向並沒有大意輕忽。
跟上次比起來，不只是給人的感覺，一切都判若兩人。
那些劍招有鬥氣包覆，被打中會造成巨大傷害吧。

《答。不至於造成致命傷，但魔素量推測將大幅減少。》

看吧。
幸好不會造成致命傷，但沒擋掉肯定會蒙受損害。要是被打中好幾次就危險了。
根據智慧之王拉斐爾大師分析，那把劍也具備特殊能力。擁有能改寫法則的特殊波長，還能打破我的「多重結界」。
真的假的，心裡不免這麼想，但話是智慧之王拉斐爾大師說的，準沒錯吧。

《……》

咦？發生什麼事了？

《警告。下一波攻擊即將來臨──》

好險，現在好像不是沉思的時候。

日向的劍勢銳利無比。

自由自在操縱細劍，從突刺轉成橫劈，變換起來輕快流暢。

此外日向還很踏實。

不仰賴華麗的技巧或魔法，僅靠踏實的劍技出招。

事實上，要說除了我還有誰夠格與日向刀劍相戰，就只有白老了。只可惜，白老贏不了吧。基礎實力相差太多。

這樣看來，日向簡直是戰鬥天才。

半吊子攻擊贏不了她。

好比「分身」，對手是日向根本行不通。

只有本體能操縱究極技能。

換句話說將自己投影成「分身」，出招範圍頂多只到獨有技。那會被日向瞬間攻破吧。

就算學蒼影出「分身」只隨附必要能力，也無法臨機應變。那樣一來，根本不是日向的對手。

就怕一不小心露出破綻，還是別要小技倆比較好。

雖然會變成沉潛式作戰，但等日向體力不支還比較確實。因為我不會累。

原本是這麼打算的，沒想到這時日向的劍速又提昇。

不，不對。

我無法看清。

我總是看到劍跡才迴避，日向卻有如看破我的行動模式般，發動追擊。

是說，咦，好像不是這樣……

《答。她將你引到預定攻擊的位置。》

原來如此，是這樣喔——

不管我逃到哪裡，日向萬無一失的攻勢都等在那兒。

換句話說，日向操弄我的行動嗎？

嘶的一聲，衣服被她砍到。

從剛才開始，擦傷就陸續增加。

雖不至於造成創傷，但這樣下去好像會被她幹掉。

糟糕。糟透了。

大師，智慧之王拉斐爾大師——！

現在只能靠大師指點迷津。

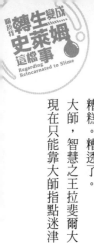

有沒有什麼好辦法？

不對，快點想想對策啦！

——我的願望好像傳達出去了，智慧之王拉斐爾大師有動靜。

《宣告。習得「未來攻擊預測」。要使用嗎？　YES／NO》

……

不愧是大師。真不是蓋的。

我就猜大師會回應本人的期待。

它突然迸出那句話讓我一時間反應不過來，但我知道自己獲得不得了的技能——

《答。不是獲得，是習得。》

啊，是。

哪種都好啦，我在心裡碎碎念。

大師是這麼說的。

說它觀察日向的行動，發現對手能應付我的攻擊，原因除了攻擊預測不作他想。然後趁我對付日向的這段期間，讓我從日向的行動中學會那招。

——咦，可以這樣喔？

《答。可以。》

好像可以。

好吧，畢竟都學會了，這說詞應該不是在唬人。

快來用用看。

幾道光軌浮現在眼前。那是一種感覺，該說是浮現在腦海裡吧？

其中一條光軌發光了。

我出劍迎擊那道光，有趣的是，我順利接下日向的劍。

看來那些光軌是目前敵人在該狀態下可以擊出的劍路，攻擊會沿著光道打來。

我試了幾次，有時光軌不會亮。

這代表無法預測，表示對方要卯起來攻擊。

講白點，假動作跟層級較低的攻擊都能運算。

正因日向的劍技已經登峰造極，才能擊出無法預測的攻勢吧。

這技能的可怕之處不是預測演算，而是預測必定實現。

並非預測發動機率較高的攻勢，一旦預測成功，攻擊必定出自該預測點。

這麼說來——日向已經不是我的對手了。

假動作再也不是假動作，不如說，是完全將對手帶向死地的一招。

我贏定啦——！

動起來行雲流水、絲毫不拖泥帶水，我根據「未來攻擊預測」指示的劍路，試圖擋開日向的劍——

●

那是一種直覺。

繼續照目前模式出劍將出現致命失誤——沒來由的第六感正在蠢動。

日向原本就喜歡井然有序地行事。

她不做無憑無據的事，但這時她選擇相信自己的直覺。

日向因此得救。

幸好她剛擊出假動作，日向強行改變攻擊軌道。應該說，她用身體衝撞利姆路，成功逃離現場。

利姆路露出有些吃驚的表情，接著又若無其事地拿劍對準日向。

日向也用劍對準利姆路。

然而，情況不對。

利姆路給人的感覺，跟剛才截然不同。

日向試著出假動作。那一劍能輕易讓人接下，利姆路卻當作沒看見，直接朝日向砍過來。

行動上毫不猶豫，讓人懷疑他已經看穿日向的出劍套路。

（——是巧合?不，不是吧……這比我的「預測演算」還要準確——）

對，近乎預知未來。

總覺得，日向的想法幾乎被他看透。

（成長速度真是驚人。我的劍技在他之上，他卻擁有彌補不足、有過之而無不及的優秀技能。半吊子攻擊起不了作用。既然這樣——）

日向很冷靜，拿利姆路跟自己做比較。

目前獲勝機率低到令人吃驚的地步。

時間拖太久對敵人有利——正因日向這麼想，才想早點分出勝負，結果卻變成這樣。

要戰勝這種對手，像是避免取人性命收斂力道等等，必須捨棄那些天真想法。日向有所領悟。

那麼，答案只有一個——

必須祭出原本不該發動的奧義，藉此贏得勝利。

她從頭來過，跟利姆路拉開距離。

不知不覺間，周圍那些人也跟敵手打得難分難捨。

時間彷彿靜止不動，大家都停下手邊動作。接著，他們開始關注日向跟利姆路的對決。

他們無法對彼此出招。

這是因為雙方的預測都極其精準，還沒採取行動就被人算出。

獨留時間一分一秒經過。

在這種情況下，日向開口了。

「——利姆路，我有個提議。」

「什麼提議？」

「我們靠下一擊一決勝負吧。我會使出奧義，盡全力攻擊。能挺住就算你贏。挺不住的話——」

「就算我輸嗎？」

對，沒錯——日向頷首道。

「不過，先跟你說一下。這技能非常危險。這樣你還是要接受我的提議嗎？」

如果是利姆路，他會接受吧。

除此之外，眼下日向已經事先警告過他了，利姆路不會因這項技能死去。

這下就能放心，日向也可以使出全力。

假如殺了利姆路，追隨利姆路的高階魔人將變成惡鬼羅剎，成為人類的天敵吧。力量用盡的日向會被他們殺死，戰鬥力不如他們的部下也會被殘殺殆盡。

不希望這種事情成真，絕對要留利姆路活口。

這招原本該在對方沒察覺的情況下做足準備，當成必殺技。

是超強聖劍技——崩魔靈子斬（Melt Slash）。

由日向自創，融合魔法與劍技。

威力強大。

因此照理說不可能調節力道，避免殺死對手。所以日向之前才沒用。

（——還有，要是這個被你看到，你可能會三兩下學走，我也不喜歡這樣——）

該絕招只能對欲殺害的對象使用。

可是日向被迫對看什麼學什麼的利姆路發動，讓她有點懊惱。

然而已經沒有其他折衷方案，日向也是逼不得已。

（——正因為這樣，一定要用這招分勝負！）

為了讓利姆路認輸，日向一定要讓利姆路知道他根本不是她的對手。

●

「不過，先跟你說一下。這技能非常危險。這樣你還是要接受我的提議嗎？」
日向那麼說。
她對接下來要放的招似乎很有自信。
可是，我不懂。
為什麼要提前告知我啊？

《答。坂口日向似乎無意殺害主人。之所以發出警告，推測是下一波攻擊相當危險使然。》

原來如此。
大師說她不想殺我。
怪了，咦？
日向不是來殺我的嗎？
不，我從一開始就覺得有點怪怪的。
——不過呢，現在說那些都太晚了。
那個之後再想吧。

我只要贏得接下來的比試，再慢慢問她就好。

「好吧。我接受妳的挑戰。」

「呵呵，我早就知道你會這麼說。」

聽我答應，日向笑著說出那句話。

神情看起來天真無邪，好像比實際年齡還小。不，光論外表就好像停留在高中時期。

比起之前散發老練氣息的日向，現在的日向更自然。

那抹笑容既不苛薄，也不是冷酷的嘲笑。

也許這才是真正的日向。

「可是，這樣我們就兩清了！如果妳輸了就乾脆點，要發誓不再對這個國家出手喔！」

我話一出口，日向就納悶地歪過頭。但她立刻甩去迷惘，點頭回話：

「……？知道了，我答應你。因為你希望，我才陪你單挑，我也想跟你談談今後的事情。」

日向接受我的提議我該感到高興才對，但是先等一下。那句話好像哪裡怪怪的。

咦？

「妳說因為我希望那麼做，才陪我單挑……？」

「正是。我確實收到你的留言了。」

日向給出肯定答覆。

我留的內容應該是先說了些客套話，為了解開誤會說明靜小姐跟孩子們的事，然後希望對方跟我談談。

最後用這句話當總結——

『──希望妳能跟我談談，如果妳不能接受，我就陪妳打一場。為了不給其他人添麻煩，我來當妳的對手，跟我一對一單挑吧。但可以的話，希望能用和平對談的方式解決。等妳的好消息，妳好好想想。那先這樣，再見。』

差不多這種感覺，我絕對沒有找她單挑的意思。

想說日向很頑固，我才逼不得已說那種話……

「那麼，我要上了。」

「等等──！」

糟糕，還在想些有的沒的，日向就準備展開攻勢。

其中好像還有誤解存在，但事情演變成這樣，不管講什麼日向都聽不進去吧。

是說她似乎發揮強大的集中力，已經聽不見周遭的聲音了。

算了。

挺得過就算我贏，這件事就這麼簡單。

來說說周遭眾人的對戰情況，紅丸他們好像贏了。

有人躺在地上、有人癱坐在地，疑似力量用盡動彈不得。

還老神在在的只剩紅丸跟蒼影啊。

看樣子三獸士作戰並未「獸化」，筋疲力竭的程度不亞於那些聖騎士。

還有蒼影……這傢伙是變什麼把戲了？
當他對手的女性騎士平安無事，但不知為何，她紅著臉看蒼影。
還一副嬌羞樣，到底發生什麼事了？
看起來就像愛上蒼影的戀愛少女啊。
我說，現在不是在打仗嗎？
看樣子這件事待會兒也要好好問一下。
再來是紫苑。
她好像大獲全勝，還把聖騎士帶過來。
看起來有人受傷，但沒人犧牲。聖騎士那邊也一樣，之後弄點回復藥就沒問題了。
我該誇她做得好才對。
這下問題就剩日向跟我的對決。
下一波攻擊將定勝負。
「紅丸。」
「是。」
「萬一我被打倒，後續的事就拜託你了。」
「呵，您愛說笑。大家都相信利姆路大人會贏。」
紅丸爽朗地回話，我則聳聳肩。
也對，跟丟在另一個世界的電腦不一樣，可不能丟下仰慕我的同伴撒手人寰。
我可沒不負責任到那種程度。

「知道了。你們就在這兒等，等我凱旋歸來！」

「是！祝您武運昌隆——」

我點頭回應，一雙眼朝日向看去——

●

看來都結束了——日向心想，跟著環顧四周。

疲憊的部下身影一一映入眼簾，他們意外地受到禮貌對待。想必上頭嚴格限制魔物，不准他們虐待俘虜吧。

（是啊，要是我一開始能相信你的為人就好了。）

雖然為時已晚，但日向仍這麼認為。

不過，現在還不算太遲。

她要就此贏得勝利，構築新關係。

日向將高昂的心情貫注在祈禱裡，用清澈的嗓音詠唱。

其實沒這個必要，可是她想讓利姆路看看。反正他會偷學，那就給他看完整版。

她發動「靈子崩壞（Disintegration）」。那股力量朝日向空出的左手聚集，放出強烈閃光。

閃亮的粒子交錯，譜出夢幻的景象。

接著日向讓那道光附在月光細劍的刀身上。

——左手輕輕地撫過刀身。

準備就緒。

她將最強魔法注入劍技中。

這招能斬斷一切。

「來吧，做好覺悟了嗎？」

「放馬過來！」

「接招──崩魔靈子斬（Melt Slash）！」

日向說完就化成一道光，朝利姆路進逼。

●

那道光好刺眼。

不只劍身，連日向的身體都在發光。

身上附著閃亮的粒子，以超越人體極限的速度逼近。超乎我的想像，速度快到不行。

那把劍具備破邪特性，能討伐所有魔物。

《警告。無法防禦。無法迴避──！》

智慧之王拉斐爾焦急的警報聲還是頭一次聽到。

儘管知覺速度已增至百萬倍，朝我進逼的光依然沒放慢。

表示速度快到不正常。

看這個距離、這個角度跟出招時機。

日向瞄準我的下半身。大概認為頭還留著，我就不會死吧。

話說回來，就算日向不打算殺我，這技能依舊過分危險。

沒辦法避開，「多重結界」有跟沒有一樣，那些光放出能毀壞所有物質的靈子——破邪之光。一碰到，我的身體就會燃燒殆盡吧。

《宣告。可犧牲究極技能「暴食之王別西卜」抵銷，建議採取該策略。》

就連這種時候智慧之王拉斐爾大師還是那麼可靠。

說老實話，犧牲「暴食之王別西卜」損失可大了，但眼下只能硬著頭皮做吧。

既然大師都提出幾項對抗手段中成功率最高的方法，我還有什麼好猶豫的。

速度快成這樣，鎖定她的打擊點反倒簡單。因為太快的關係，沒辦法中途修正軌道。

智慧之王拉斐爾大師對日向鎖定的位置發動「未來攻擊預測」，朝那啟動「暴食之王別西卜」。

作戰計畫就是日向的劍一碰到我就讓「暴食之王別西卜」吸食乾淨。

簡單扼要，用不著猶豫。

接著——

日向的招式與暴食之王別西卜交鋒。

…………

…………

……

結果，我還活著。

原以為會沒命，卻沒死。

「呵呵呵，啊哈哈哈哈！」

我倒了下去，日向的笑聲傳入耳裡。

周遭的魔素全被淨化一空，「萬能感知」似乎無法作用了。

許久不曾透過鼓膜震動聽取聲音，懷念的感覺不多，更多的是困惑。

身體動彈不得。

抵銷日向技能的瞬間，我消耗大量魔素。

換算成損傷，一口氣被奪走七成以上。

算了，活著就好……沒想到她藏了這麼可怕的攻擊手段。

若她沒事先警告就用這招……想到這兒，我背後不禁冷汗直流。

「你真行。刻意在那種狀況下接招吧？」

咦？日向在說什麼啊。

誰會笨到刻意接這麼危險的招式。

《……》

咦，呃，難道說……

智慧之王拉斐爾大師的樣子好像有點不自然，對此感到在意的我試圖質問。

只不過，大師一直保持沉默。肯定沒錯，感覺就是在隱瞞什麼。

「既然你挺過剛才那招，就算我輸了。反正我也沒那個能耐繼續戰下去——」

日向邊說邊解除武裝。

該說比較接近力量耗完的感覺。

被我的「暴食之王別西卜」吃光，那把擁有強大性能的劍跟著消失。如今日向已經不具任何作戰能力了吧。

話雖如此，日向仍雄赳赳氣昂昂地伸直背脊，等我給出答覆。

「也對。是我贏了——」

我跟日向分出勝負。

然而問題並未解決。

我打算對日向做出勝利宣言，眼角餘光卻捕捉到某種發光物體。

日向也在這時察覺，一雙眼朝該處看去。

視線前方有一把大劍。

《警告。已測得針對標的物發射的念力干涉和魔素失控——即將引爆。》

標的物是指那把大劍。

有人對它進行干涉，莫非大劍是用來傷我們的攻擊手段？

「糟了！不惜做到這種地步嗎，『七曜』——！」

日向喊出這句話，我動彈不得，她站在我身前護著我。

緊接著，爆炸衝擊與閃光同時來襲。

下一刻——

日向的身體緩緩崩落。

ROUGH SKETCH
莉緹絲
阿爾諾・鮑曼
雷納德・傑斯塔

第六章

神與魔王

Regarding Reincarnated to Slime

這裡是黑暗王國，其中有個不為人知、埋藏在深處的墓穴。

在那裡，眼前有個一絲不掛、被封進冰棺的美麗黑髮少女。

面對少女的人也不著寸縷，就趴在冰櫃上。

神情陶醉，臉上帶著妖嬈的微笑。

極為淨透的白皙肌膚染上嫣紅，少女發出感動的嘆息。

（啊，好美。啊……）

看著冰棺裡的少女，憐愛著她，那是這個人的私密樂趣。

銀髮的楚楚可憐少女。

此人有對異色眼眸——一藍一紅，裡頭有妖異的光芒閃動。

在姣好異常的臉蛋上仍大放異彩，使少女的美貌更為出色。

不過，最引人注目的莫過於——

兩根白皙犬齒自少女可愛的唇瓣微微探出。

當她開啟小小的唇瓣，如血般赤紅的舌與白牙便跟著外露。

她就是黑夜的支配者。「夜魔女王」——魔王魯米納斯·瓦倫泰。

每當碰觸這口冰棺，魯米納斯那身美麗肌膚就會出現類似燙傷的疤痕。

那是聖櫃。

純粹的聖靈力聚集體。

因此魯米納斯自然免不了受傷。對她這個吸血鬼族魔王而言，那口棺無疑是毒藥。

然而，魯米納斯一點也不介意。

這點傷對她來說是至高無上的幸福。

魯米納斯身為魔王握有絕大的力量，但就連她都無法破壞這口冰棺。

因此魯米納斯夢想將冰棺中的沉睡少女解放，今天又來跟冰棺嬉戲……

這時她的心腹捎來消息。

「掃您的興萬分抱歉。有件事須向您稟報。」

前來彙報的人正是路易。

在魯米納斯統治的神聖法皇國魯貝利歐斯裡，他是被賦予「法皇」職務的部下。

魯米納斯心頭一陣不快，但她忍住了。

路易很少主動找她，可見出了天大的緊急事件。

「搞什麼，原來是路易啊。發生什麼事了？」

魯米納斯一問，路易簡短應答：

「日向為了跟利姆路做個了斷出動。我默許她，但事情好像變得更複雜了。」

「——什麼意思？」

「是這樣的——」

話一說完，路易就講起經他調查得知的事實。

「是嗎……真是閒不下來。」

魯米納斯陰鬱地說著，抽身遠離冰棺。

接著她離開墓室，把隨從叫來。

「岡達！」

「是，小的在這兒——」

一名年邁管家自黑暗中現身。他也參加過魔王盛宴，是服侍魯米納斯的古老吸血鬼。

地位跟路易相當，魯米納斯麾下的「三爵」之一。

法皇廳有路易坐鎮。

夜想宮廷則派給岡達。

還有如今不在人世的羅伊，偽裝成外敵，充當魔王的替身。

同時，他們輪流當魯米納斯的護衛。

目前魯米納斯待在夜想宮廷的墓室裡，所以岡達就當護衛隨侍在側。

他替魯米納斯穿上衣服。不用魔法瞬間換裝，可見他們對所謂的形式很講究。

邊替魯米納斯穿衣服，岡達不悅地斥責路易。

「竟然因瑣碎雜事叨擾魯米納斯大人——」

「那還真是對不住。不過，繼續放任不管，魯米納斯大人連蒙受其榮寵的日向都會失去。」

「就是這點無聊。只不過，要跟那個魔王利姆路對決，須謹慎行事……」

「就是不想跟他對決，才來向大人進言。要是日向被殺害，魯米納斯大人會——」

有人出面制止兩人論戰，是一臉不耐的魯米納斯。

「路易，少說兩句。岡達，你也一樣。只要妾身出馬就行了吧？以免留下禍根。」

「三爵」都討厭其他成員侵害其職權範圍，這種特性也是讓魯米納斯頭痛的因子之一。

路易也明白這點，所以這次就對岡達讓步。

「是，臣惶恐。」

「萬分抱歉——」

被魯米納斯喝斥，兩人紛紛低頭道歉。

從鼻子裡不悅地哼了一聲，魯米納斯對兩人下令。

「如今羅伊不在了，必須重新分配職務，但現在抽不出空。你們兩個，都隨妾身過去吧。」

魯米納斯頗具威嚴地下令，邁開步伐走了出去。

「遵命。」

「容小的追隨。」

兩名魔人開心地領命，她則帶著他們走人。

這時魯米納斯突然停下腳步。

接著轉頭看向有心愛之人沉眠的聖櫃。

（妳等著——）

魯米納斯小聲道出心愛少女的名字。

說完愛憐地撫摸墓室門扉，將它封個嚴實。

——被封進來自魯米納斯的強大魔力結界，墓室沉入漆黑的幽暗中……

祕密社團「三巨頭」的首領之一——「金」之達姆拉德，結束跟五大老的密談後，他來到法爾姆斯王國。

前往位在邊境的尼德勒領土。

他跟愛錢守財奴尼德勒・麥格姆伯爵交好，時常餽贈東西。多虧這些努力，現在尼德勒伯爵很信任達姆拉德。

這次也只靠些許賄賂買通，幫忙將達姆拉德的人馬引進都市內部。

時間點來到現在，他掌握到艾德馬利斯藏身於這座都市的情報。這回，這塊土地定會成為混亂的引爆點。

新王愛德華帶兩萬大軍，去旁邊的艾德馬利斯領地布兵。這點也確認過了。

英雄尤姆藏匿艾德馬利斯王——他們要將這件事全面散播，新王愛德華要對外昭告英雄尤姆跟艾德馬利斯掛勾。

他還要強調艾德馬利斯擅自簽署停戰協議，現由新王掌權，愛德華不須履行。

但他還是設法展現誠意，艾德馬利斯跟尤姆卻私吞那筆錢——還對國民如此說明。

對於並非住在邊境、居住在都市裡的人來說，只會打仗的英雄並沒有那麼可取。因為他們有人保護過得很安全，所以對防衛力量的必要性沒什麼概念。

甚至有人說不該拿他們的稅金給這些人吃閒飯。守護居民的人身安全需要一筆費用開支，他們欠缺這種概念實在很可笑。

此時，隨著消息指出英雄尤姆跟舊王艾德馬利斯霸占賠償金，法爾姆斯王國的上流階級因而勃然大怒。

陸續有人自告奮勇說要助新王一臂之力，大家都認為愛德華才是正義的一方。愛德華就利用這股民意發兵。

照這樣發展下去，尤姆跟艾德馬利斯這兩人將被抹黑，遭人處刑吧。

想也知道，他們兩人不可能接受這一切。

戰火勢必於此地點燃。

都隨達姆拉德的計畫走。

這塊尼德勒領土原本只有尤姆找來的五千名士兵，三天前開始陸續有援軍抵達。

（唔嗯，魔王利姆路果然沒有放英雄尤姆自生自滅。天真，太天真了。而且這樣一來，聖人日向的獲勝機率也跟著大幅提高。那麼，也許該抽身了……）

對達姆拉德而言，這也在預料之中。

想把日向收拾掉，那只是他的個人願望。為了利用日向撒謊的事可能已經穿幫，所以他才想在日向造成阻礙前解決她。

日向肯定不會放過達姆拉德吧。要在西方諸國活動，必須牢記這點。

話雖如此，日向的事只能拜託五大老。若達姆拉德直接出手，這個對手未免太過危險。

（算了。反正任務並沒有失敗……）

「三巨頭」的總帥只命他在這塊土地挑起戰爭。

換句話說，任務已經達成。最好趁日向回來之前抽身才是明智之舉。

不過，有些事還沒辦完。

達姆拉德對新王和英雄的戰果——誰勝誰負沒興趣。只不過，考量今後的利益，必須履行跟五大老的約定。

就是討伐惡魔……

事情進展到這兒，計畫已經生變了。

尼德勒伯爵調查會議內情並通知他，據說惡魔也想在短時間內分出勝負。

該怎麼辦才好——達姆拉達開始思考。

新王的企圖、惡魔的動向。

兩者背道而馳。

新王那邊不想跟魔王利姆路敵對。戰力差異一目了然，那可是出動整個國家也打不贏的對手。

可是魔王利姆路派援軍給英雄尤姆。這表示他不惜一戰。

他們高喊為了正義，這些卻在魔王幫舊王的那一刻翻盤。

該說情勢變了。

此外，某件事還令達姆拉德掛懷。

他接下討伐惡魔的工作，在做各方面的調查時發現一件事，就是魔人拉贊並非追隨舊王，而是聽令於達姆拉德要殺的惡魔。

這表示——

（——莫非魔人拉贊不是被魔王利姆路打倒，而是敗給他底下的惡魔？那他就不只是現代種或近代種高階魔將降生。是由更古老的惡魔復甦而來……）

想到這裡，達姆拉德一臉凝重。

情報不夠多。就連總帥透露過的資訊也不含這類惡魔。

該視同已超越至少存活數百年的近世種……達姆拉德如此認定。

同為高階魔將，他們的強度會因出生年代不同而有所差別。

一直到近代種都還好，但存活兩三百年的近世種可是強敵，足以跟災厄級匹敵。更甚者，若是存活近千年的中世種惡魔，其實力必定來到魔王副手的等級。

如果是從低階惡魔進化而來的個體，實力非同小可。

這類惡魔一旦降生，對人類來說將成為非常棘手的威脅吧。

順便補充一點，惡魔回應人類召喚替其賣命的紀錄頂多只到中世種。叫出層級更高的惡魔，將會帶來毀滅。一旦召喚出來就形同好運走到盡頭，靈魂將被惡魔奪走。

根據東方帝國的最新研究指出，召喚時要設下限制已成為常識。不過，要說誰能召喚高階魔將，只限為數不多的英雄級高手……

「話雖這麼說，如果是魔人拉贊……」

達姆拉德不禁呢喃道。

沒錯，魔人拉贊的名聲在帝國那邊也相當響亮。有那等實力，對比中世種也毫不遜色。假如有惡魔能打倒如此強大的拉贊——

此外，五大老那邊似乎也有所圖謀。達姆拉德對他們的計畫有點興趣，但他的本能發出警訊，說繼續深入會有危險。

（最好在遭受波及之前脫身——）

他如此盤算。

「達姆拉德大人，您怎麼了？」

達姆拉德的部下對那些自言自語起反應，開口問道。

朝那名部下一瞥，達姆拉德露出一抹淺笑。

「呵呵呵。真是危險啊。不能繼續下去了。我已經發訊要他們先按兵不動，這下真的要謹慎點。」

「——？」

「我們撤退。留兩個人觀察情況，然後大家從這個國家撤退。」

「是，遵命。那達姆拉德大人您呢？」

「我先去跟新王打聲招呼，再去魔國聯邦看看。」

「您不是要慎重行事嗎？」

「嗯？呵呵呵，當然要慎重啦。不是去辦檯面下的事，而是用表面上的偽裝身分，裝成商人請求拜會魔王利姆路大人。去當新的買賣對象，請他務必賞光。」

「原來如此，小的明白。那麼，從母國叫來的承案聯會六名成員該如何是好？」

「就是為了這個，我才要去跟新王打聲招呼。把他們當成送給新王的見面禮。」

「原來是這樣，要將後續的事都推給愛德華吧？」

「講這麼難聽。我只是履行跟五大老的約定順便做一手，也賣新王人情。」

所謂的承案聯會，就是類似西方諸國自由公會的組織。該組織會派遣專業人員，某些成員還是靠討伐惡魔維生的惡魔討伐者。
只有對魔戰士中實力最堅強的幾名能取得該證照，是專門對付惡魔的專家。
達姆拉德重金聘請他們，從母國找來這些人。本想在這塊土地上宣傳他們的實力，但察覺危險就變更預定計畫。
「可是，有必要警戒成那樣嗎？投資額沒辦法全數回收……」
「天曉得。也許是我想太多，但我相信自己的直覺。再說我不能犯那種停損失敗連命都賠掉的愚蠢錯誤。」
「剛才說話多有冒犯。那麼，我去打點撤退事宜。」
「好。我也來去準備另一樣禮物送給新王吧。」
對話到此結束，部下從房間離去。
他們一下子就準備妥當，接著達姆拉德就離開尼德勒的領地。
這是正確的選擇。
在緊要關頭，達姆拉德逃離讓憤怒惡魔虎視眈眈的危機地帶。

●

新王愛德華興奮不已。
來自各地貴族的支援絡繹不絕，戰力逐漸壯大。
英雄尤姆替兄長艾德馬利斯撐腰在他意料之外。當魔王利姆路出兵支援尤姆，他就有計畫失敗的心理準備。

可是，上天並沒有遺棄愛德華。

大主教雷西姆遭人殺害，情況因此改觀。

沒想到那個聖人日向竟然過去討伐魔王利姆路。據說帶著聖騎士團出征。

還不只這樣，神聖法皇國魯貝利歐斯的英雄們主動提議，說要協助愛德華。

他們是法皇直屬近衛師團——其中還有傳說僅次於日向的最強「三武仙」。這些人動員神殿騎士團參戰。

目前還沒將對手定為「神之大敵」，但從他們的走向來看早晚會宣布。

該團目的是討伐殺害大主教雷西姆的惡魔，但那不過是藉口罷了。集結堪稱西方諸國聯軍的一大勢力對抗魔王利姆路，這才是真正的目的——愛德華如此推算。

因此愛德華批准他們在法爾姆斯王國內的一切行動，甚至准許他們採取軍事行動。

他本人不想跟魔王利姆路對決，但今天局勢來到這個地步，那都無所謂了。

日向不可能輸給魔王，有這麼強大的軍隊，連魔王軍都能戰勝——這是愛德華下的判斷。

問題是維爾德拉……若只是那隻愛幹嘛就幹嘛的善變邪龍，西方聖教會應該會全體出動再次封印才對。

他們還需要冠冕堂皇的理由，不過，這個問題也解決了。

某名有力的「東方」大商人來跟愛德華打招呼，將尼德勒伯爵發的書信呈給他。

內容是委託愛德華救援。

這下所有的問題都解決了。

愛德華志得意滿。

（各國援軍陸續抵達國境邊緣，拿搭救尼德勒當藉口，派個部隊過去也許不錯。）

他三兩下做出決定。

不是真的要去打仗，只是覺得在街壁外圍布署軍隊也能帶來十足的威脅效果。

沒人可以勸諫他，這是愛德華的不幸。

愛德華下令出兵。

●

計畫出現極大的變動，古蓮妲心想。

不過在戰場上，這是常有的事。重點是隨機應變，讓狀況好轉。

朝這個方面想，其實現在的狀況不算太糟。

各國都很關心這起事件的動向，還聚集不少記者。

情勢已按計畫就緒。

雖然利姆路不只將心思擺在日向身上令他們始料未及，但這樣反倒分散兵力。他下錯棋了，古蓮妲如此認為。

所以沒問題。

達姆拉德好像逃走了，可是他將專門對付惡魔的團隊託給愛德華王，當作雙方友好的象徵。這些猛將個個都超越A級，他們的精彩表現值得期待。

（也好，讓他們當棄子吧。）

古蓮妲就像這樣悠悠哉哉地待機。

肯定能打倒惡魔的自信讓古蓮妲樂觀以對。

不過，她的從容沒有持續太久……

●

咯呵呵呵呵。

那個惡魔——迪亞布羅邪惡地笑了。

宛如蝙蝠的翅膀大張，模樣邪惡。

他從空中將戰況一覽無遺，找尋陷害自己的人。

竟然害他在敬愛的利姆路面前丟臉，迪亞布羅絕不容許。

打出生以來他從未嘗過恐懼的滋味，然而一想到工作可能遭剝奪就渾身發顫。

要是利姆路大人又說「你可以回去了」——想到這兒就背脊發涼。光想就覺得痛苦，比身體四分五裂還難受。

話說那些害迪亞布羅身陷這份恐懼的人，一定要向他們還以顏色才行。

想到這裡，迪亞布羅的笑意加深。

接著迪亞布羅發現在後方布陣的新王愛德華。

還看到幾名較為醒目的傢伙。在迪亞布羅看來，頂多只比路邊雜碎好一點。

至少實力配站在迪亞布羅面前之人。那他們應該是什麼「十大聖人」吧。

利姆路希望他們「避免傷害無辜的人」。如果跟這次事件扯上關係就不在此限——不只迪亞布羅，連負責盯他的白老也這麼認為。

當然，不打算反抗的士兵就跳過，但主動打過來的傢伙另當別論。更甚者，如果是自顧自發動攻擊的蠢蛋，更不須手下留情吧。

按捺現在就想過去「問候」他們的心情，迪亞布羅透過「思念網」通知白老。

『白老先生，有個稍微顯眼的人朝那邊過去。應該能助蘭加先生打發時間。』

『哦，了解。不殺他行嗎？』

『行。那個人跟謠言出處魯貝利歐斯有關吧。我想抓活口，拿來當交涉籌碼。』

『知道了。老夫這就把話帶給蘭加先生。』

『還有……那個人率領五千名士兵。按自由公會的強度基準推算，裡頭似乎參雜一些超越A級的成員。』

『嗯。那樣正好。老夫派哥布達跟戈畢爾過去。』

『好啊，這想法不錯。我想他們輸的機率微乎其微——』

『嗯，放心吧。有老夫照看，你就隨意行事吧。』

『有你這句話我就放心了。那麼，先失陪一下。』

『可別做得太過火啊。』

迪亞布羅將偵查獲得的情報透露給白老知道。

接著再也按捺不住、顧慮都拋到腦後，直接朝獵物一鼓作氣飛去。

看迪亞布羅突然來到眼前，新王愛德華僵在那兒。

在他身旁一同品嚐紅茶的薩雷也不例外，突發狀況讓他來不及反應。

「各位好，初次見面。愛德華王，應該對你說好久不見才對。敝人名喚迪亞布羅。」

迪亞布羅從天而降，繼優雅的一鞠躬後不忘問候兩人。

「大家散開！進入警戒狀態！保護愛德華王！」

不等迪亞布羅打完招呼，騎士團長大聲下令。

負責保護王的護衛騎士受那句話驅使，抱著愛德華退到後方。

一道人牆出現，用來保護他們。

至於近衛師團的騎士，一看到迪亞布羅就在第一時間擺陣，老早進入防衛狀態。他們挺身而出，擋在愛德華等人前方。

迪亞布羅一派悠閒，等這群狼狽的傢伙做足準備，期間沒半點動靜。既然現在捉到目標，接下來的事就簡單了。所以說，用不著慌張。

野營地設了軍用營帳。

迪亞布羅立於相形之下顯得特別豪華的君王專用營帳前，馬上被薩雷跟他的部下團團包圍。

但迪亞布羅依然一臉開心樣。

話雖如此，他眼裡燃著熊熊怒火，不過沒人發現。

一群記者嚇到紛紛出籠，想說發生什麼事了，迪亞布羅面對他們依舊笑意不減。

「我沒有傷害你們的意思。乖乖待在那兒就對了。」

話一說完，迪亞布羅就「啪」的一聲彈動手指。

隨著聲音響起，這群記者被「結界」包住。這是迪亞布羅的用心，避免他們遭受波及。背後隱含「敢從那裡出來別怪我不客氣」的意思，但記者們若沒察覺會比較幸福。

準備就緒，愛德華也找回餘力。

「這不是魔王利姆路派來的使者大人嗎？今日到訪不知有何貴幹？」

他想稍微展現威嚴卻失敗，但愛德華還是端出尊貴的態度，朝迪亞布羅問話。

迪亞布羅接著應答。

「咯呵呵呵，沒什麼，只為一件事。我是來警告你們的。」

「警告？什麼樣的警告？」

「現在立刻退兵，跟尤姆先生和解。那樣一來，你們就不會受從未嘗過的恐懼折磨。」

他還是有顧慮一下形式，從和解交涉開始談。不過，這並非迪亞布羅的本意。

對方願意照辦反倒麻煩。

「哈哈哈，瞧您說的，這話可怪了。說到底，這事導火線出自王兄私自霸占本該支付給貴國的賠償金。朕為了展現對貴國的誠意，才想出兵取回那筆錢。您無權置喙！」

「原來如此。你的意思是說一切都照和議跑是吧？」

「當然。不過，似乎沒那個必要。朕也被騙了！」

「此話怎講？」

「哼，還裝蒜！你們跟王兄——不對，跟艾德馬利斯和騙子串通，企圖從我國詐取雙重賠償金吧？

這等卑鄙的企圖，朕早就看穿了！」

「……」

「無話可說了？對外號稱魔王，那個叫利姆路的傢伙也不怎樣嘛。死要錢，試圖播下戰爭的火種不是嗎？」

「…………」

「只不過，可惜啊。你們為了封口殺害大主教雷西姆大人，但他的話都清清楚楚記在這裡！」

看迪亞布羅不說話就拿翹，愛德華愈說愈起勁。

接著他拿出水晶球將之高舉，讓記者也能看個真切。

裡頭映出疑似受人拷問的雷西姆。

影像中的雷西姆在那嚷嚷：「我沒有背叛你們啊！請原諒我，原諒我！」

任誰看了都會覺得這是在他喪命前夕錄下的影像。

「這些又能證明什麼？」

迪亞布羅一問，愛德華狗眼看人低地笑道：

「你沒看懂？這樣東西啊，是那邊那位古蓮妲小姐拿來的。就是你潛進魯貝利歐斯，殺害雷西姆大人吧？看你威脅雷西姆大人還以為能高枕無憂呢，但他對神虔誠，那份篤信之心凌駕對你的恐懼！你得知此事怕他對外昭告，才痛下殺手吧！」

一副朝對方示威的嘴臉，愛德華看著迪亞布羅。

然而迪亞布羅依然帶著笑靨。

「那真是太好了。你說區區一個『人類』克服對我的恐懼？這玩笑還真有趣。」

「還裝傻！這裡已經有足夠的證據。休想顧左右而言——」

「夠了。給我閉嘴。」

愛德華原本想在記者面前耍威風，卻被迪亞布羅沉靜的聲音打斷。

笑容瞬間從迪亞布羅臉上消失。

換上極為空洞、令人恐懼不已的神情。

「鬧劇到此結束。我是想陪你鬥智樂一樂，但你的智商根本不配。」

迪亞布羅如此斷言，讓愛德華僵在原地。

「原本還打算將真相弄個水落石出，證明我的清白，看來沒這個必要。因為人類這種生物，只相信自己想信的東西。不過，其實可以用更簡單的方法證明——」

「你、你這話是……？」

迪亞布羅散發的氣息變了，愛德華為此心生恐懼。我是不是做錯了？——如今他總算驚覺。

接著，迪亞布羅出聲宣告：

「你想證明不是嗎？假如你們其中一人能克服對我的恐懼，這次就算我輸。只不過，給你們一個忠告。至今為止，我從未敗給任何人。想跟我作對最好有所覺悟。」

此話說得很溫和。

然而在那對金色眼眸裡，紅色瞳孔正燃起怒火。

如果只針對他，迪亞布羅還忍得住。可是愛德華連利姆路都罵進去，把他說成大壞蛋。

當那句話一出口，愛德華的氣數就盡了。

害怕的愛德華開始咆哮：

「大家上，把這傢伙殺了！把那個危險的惡魔——」

有人早就在等他下令，是混在愛德華護衛群裡頭的惡魔討伐者。

他們依序跳出，開始向迪亞布羅發動攻擊。

「克服恐懼？別笑死人！看來你是惡魔裡最高階的高階魔將才這麼囂張，但在我們的祖國一點也不稀罕！」

「所謂的惡魔族，只要粉碎那具肉體就無法維持形體！就算是高階魔將也一樣！」

「我們一直鑽研對付惡魔的戰術。別小看人類！」

惡魔討伐者接二連三叫囂，攜手合作擺出必殺陣型。

跟那些話相反，他們並沒有大意。因為迪亞布羅方才道出了他的名字。

「具名」高階魔將更加危險。

「怎麼了，連給點反應都沒辦法？」

「到頭來只是耍嘴皮子嘛。」

惡魔討伐者拿起以特殊合金製成、染上聖屬性的鎖鏈，將迪亞布羅捆個紮實。

由於一發動攻擊就輕鬆得手的關係，他們對迪亞布羅的戒備跟著放鬆些許。

相較於西方諸國，惡魔對東方帝國造成的傷害更大。據說原因在於那塊東方大地上，一個擁有強大力量的惡魔將據點設於那裡。

但正因如此，他們對抗惡魔的戰術才如此精進。連在西方這邊只存於傳說的威脅高階魔將也不能倖免，東方居民將這些惡魔的力量區分成幾個階段，研擬應對方法。

惡魔討伐者的領隊認為迪亞布羅是中世種。可是將「具名」這點一併考量進去，他改變評斷，認為該惡魔是媲美古代種的威脅。

擁有莫大的力量和豐富知識，是來到貴族階級的惡魔。

這類威脅已證實可能率領為數眾多的眷族，絕不能小看。

然而就算是這樣，該領隊仍認為惡魔討伐者有勝算。

其實他有過跟高階魔將數度交手的經驗。那股自信讓他如此判斷，不疑有他。

「都準備好了？」

所以當領隊聽到迪亞布羅用這句話反問，就感到一陣錯愕。

「什、什麼？」

「沒什麼，假如你們準備妥當，就給個開戰信號吧。」

看迪亞布羅老神在在，領隊一時間沒聽懂他的話。

「……哦？這意思是不管我們做什麼你都不會出手妨礙？」

領隊藏起那陣慌亂，語帶挑釁地質問。

「我做那種事幹嘛？難得你們那麼努力，我不會妨礙你們。畢竟這樣可以帶來更大的恐懼啊。」

「呵呵呵，別小看我們，惡魔。等你灰飛煙滅，就知道自己有多傲慢！」

迪亞布羅答得戲謔，讓惡魔討伐者們感受到一股惡寒。

惡魔原本就過分自信，多半會鄙視人類。因此單看迪亞布羅的發言，並沒有特別奇特。

然而這次身體都被人綁住還說那種話。面對那大到過分的自信，就連身經百戰的惡魔討伐者也感到不安。

不過，他們可是專家。行動上毫不拖泥帶水，比照反復接受的訓練，迅速做完準備。

「——那麼，你就去另一個世界為自己的傲慢懺悔吧！消滅他，六連雷光擊(Thunderbolt)——！」

愛德華王、各國記者及薩雷等魯貝利歐斯近衛騎士都在觀望。

眩目的雷光焚燒迪亞布羅。

「怎麼樣！魔素除外，被純自然雷光擊中的滋味如何！」

「你們這種惡魔族，身體都用『多重』結界守護吧？可惜了！帝國利用他們的技術，找出打破這種『結界』的術！」

「惡魔族要對物質世界造成影響，必須擁有肉體。只要破壞那具肉體，你就沒轍了！」

惡魔討伐者們信心十足地放話。

如果是靠魔素發動的力量，將被妨礙魔素的「結界」輕易阻隔。所以他們就想到一個點子，開發不讓魔素起作用的兵器。

這次的雷擊就是其一，是用來對付惡魔的最新兵器。

聽到這句話，身陷恐懼的愛德華也放下心中那塊大石。

「太棒了！不愧是『東方』的勇者們。得賞賜那個商人才行。」

他一臉喜悅地說著，用扭曲的神情看迪亞布羅。

雷擊正灼燒迪亞布羅。

灼燒……真的有燒到？

被那些光籠罩，迪亞布羅的嘴邊卻帶著笑意。

此時感到不對勁的，就只有薩雷和古蓮妲這兩人。

而惡魔討伐者的領隊自覺情況不妙。

（——好奇怪。太奇怪了！為什麼連衣服都沒燒焦？）

他感到疑惑，接著發現一件事。

發現對方帶著邪惡的笑容。

「你、你這傢伙——！」

「咯呵呵呵呵，好弱。你們太弱了。就這點程度，還想跟我作戰？枉費你們那麼努力，真教人失望。」

話說到這兒，迪亞布羅輕輕地舉手。

手一舉起，綁住迪亞布羅的鎖鏈就跟著彈開。

「唔喔！」

「咕唔！」

展現令人難以置信的怪力，迪亞布羅將特殊合金製成的鎖鏈弄斷。

「怪、怪物！」

領隊大吃一驚，下意識吐出那個字眼。

迪亞布羅笑了。

「好了。接下來，讓我們展開選別測試。」

他若無其事地說道。

「等、等等！太奇怪了吧！雷擊怎麼沒用？」

是不能接受嗎，還是為了排解心中恐懼？領隊出聲質問。

有鑑於此，迪亞布羅溫和地道出答案。

「你想知道為什麼嗎？答案很簡單。我對自然影響具備高度抗性，包含放電現象在內。話說你剛才的攻擊，我連張防禦結界都不需要，只是一點微弱的刺激罷了。」

這樣你滿意了嗎？他還補上這句話。

領隊開始打哆嗦。

不過，這反應還算好的。

疑似聽出那句話背後的含意──

「唔、唔哇──！別過來，住手，別過來！」

「咿──！救、救命啊！」

這幫隊員鬼吼鬼叫，全都當場嚇得屁滾尿流。

一流的惡魔討伐者，看過各種大風大浪、戰鬥經驗豐富的猛將──做出這般反應。

不僅如此。

除了受保護的記者，當下，在場眾人全都怕到背脊發涼。至於愛德華，他更是當場口吐白沫昏厥。

不只愛德華，護衛騎士也一樣。

發生什麼事？

領隊總算理解了。

這是……如此猛烈的恐懼──來自眼前這隻惡魔散發的壓迫感。

簡單講，就是迪亞布羅釋放先前壓抑的妖氣，如此而已。

然而這股妖氣帶著足以殺死人類的威力。

「哎呀？通過測試的只有三人嗎？但沒關係，還是替你們拍拍手。雖然已經放水了，但你們還是挺過我的『魔王霸氣』。准許你們跟我正面對決。」

聽到這句話，恐懼快要讓他換不過氣，領隊轉頭望去。

視線前方只站了另外兩人，也是迪亞布羅提到的合格者。

是一名少年，還有野性美女──薩雷跟古蓮妲。

看他們兩個泰然自若，領隊找回信心。

（沒問題，還有轉機。不愧是「三武仙」，西方的頂尖英雄。我的部下已經不行了，但這兩人在仍有勝算可言……）

有人撐腰的領隊重新燃起鬥志，他面向迪亞布羅。

「呵呵呵呵，替魔王辦事的惡魔果然厲害。看來你吹牛的功夫也很了得啊。」

「你說吹牛？」

「對，就是吹牛。你剛才提到『魔王霸氣』吧？能用那招的，只有『魔王種』魔物。惡魔族的最終進化體是高階魔將，不可能變成『魔王種』！這證明你的話只是在虛張聲勢！」

這可是東方研究成果裡的機密事項。

惡魔的魔素量存在上限。數值都差不多，僅個體強度有別。

這表示愈古老的惡魔戰鬥經驗愈豐富，打起仗來更有效率。

同時還成了一種根據，讓人明白惡魔沒什麼好怕的。

清楚知道他們的能力極限在哪裡，不管惡魔做什麼都能應變。

知識就是力量。只要握有正確知識，就不會被惡魔虛張聲勢的行為蠱惑。

「原來如此。這話對錯參半。我們惡魔族確實被定了魔素上限。不過，我們還是能向上進化喔，只要滿足某個條件就行了。」
「啊？」
「例如『赤紅』，在你們那邊也很有名不是嗎？」
「——『赤紅』？你在說什麼……」
話說到一半，領隊腦海中浮現某個惡魔。那個惡魔太有名了，有名得過分，堪稱例外……
「此外，如果只是要獲得當上魔王的資格，其實很簡單。將力量蓄積到極限，撐個二千年以上就行了。不費吹灰之力。」
迪亞布羅說得容易，其實做起來相當困難。
惡魔族身為精神生命體，是好戰的種族。就算沒被叫到現實世界，他們仍一天到晚在精神世界裡廝殺。
戰敗將導致魔素量的絕對值下降，有時還會退化。
將力量蓄積到極限，撐個二千年以上就行了——這表示進化成高階魔將後不容許敗仗，條件相當嚴苛。
惡魔討伐者領隊並沒有聽出話中玄機，但他隱約知道迪亞布羅在說很超現實的事。
然而更讓他在意的是——迪亞布羅直呼「赤紅」。
竟然直呼那個名聲響亮過頭的惡魔霸主……
（不可能。怎麼可能有這種事——）
惡魔之間的上下關係是絕對的——該理論由東方帝國的偉大魔法師蓋多拉大師提倡。
面對同一種屬的始祖之王自然免不了，就連面對其他種屬的上位者也不例外，都存在嚴格的身分關係。

地位較低者直呼上位者，那種事就算太陽打西邊出來也不可能發生。

「如果是你出生的東方，也許『純白』會比較有名吧。前些日子，我觀測到她的『魔王霸氣』出現在東方——」

領隊一愣，迪亞布羅的話挑起記憶。

數年前，「純白」——那個可怕的純白始祖出現在世上，差點獲得肉體。

通稱——「紅染湖畔事變」。

一個不小心，可能會催生第二個金．克林姆茲。

差一點，魔王之間的均衡就會崩裂，世界會陷入混沌。

他們賭上帝國的威信湮滅這起事件。

領隊面色鐵青，他會意過來。

「赤紅」與「純白」——眼前這隻惡魔沒對他們加敬稱，表示他與其地位相當。

（這、這怎麼……這怎麼可能——！）

他暗自哀號。

（贏、贏……贏不了他！太扯了。怎麼會發生這種事——！）

就這樣，他屈服了。三兩下屈服。

惡魔討伐者是一份專職，不需要為超出費用的事賭命。

守護親朋好友另當別論，沒人想客死他鄉。再加上得知雙方實力差距大到令人絕望，知道抵抗是沒用的，當然會選擇放棄。

「求您高抬貴手！饒我一條小命，求求您、求求您！」

也不怕外人笑話，領隊在那懇求迪亞布羅。

對此，迪亞布羅露出非常溫和的微笑。

「哎呀，你怎麼了？難得通過測試，不來找點樂子嗎？你不是想弄清楚？看我的話是不是在虛張聲勢，親身體驗就知道了。」

雖然惡魔這麼說，領隊還是拚命求饒。他發現迪亞布羅的真面目極其危險，已經不懷疑他的話了。

怎麼可能是虛張聲勢呢。

「請您原諒我，放過我吧！我只是拿錢辦事。今後再也不跟您作對，我發誓！絕對不會礙您的好事。若您下令要我殺掉昏死在那的王，小的樂於從命！所以求您務必饒我一命！」

絲毫不在意外界眼光，領隊一直難堪地求饒。後來，他的努力有了回報。

「好吧，那你退下。退到那些記者待的結界裡，礙事的傢伙都給我進去。」

迪亞布羅對領隊失去興趣，張口宣示。

領隊照辦。毫不猶豫地照辦。

他叫醒部下，要他們帶走那些倒地的騎士。

自己則扛起國王，依言逃進「結界」裡。

沒有半個記者笑他。

面對如此異常的情形，他們只能緊張地觀望……

＊

收拾乾淨的軍營前。

薩雷臉上帶著不以為然的笑容，站在迪亞布羅前方。

「哦，看樣子你滿厲害的。一點都不像只到災厄級的高階魔將。」

「——？你不逃嗎？」

「逃？這話還真有趣。我叫薩雷。隸屬神聖法皇國魯貝利歐斯的法皇直屬近衛師團，負責對抗魔王的『十大聖人』，『三武仙』之一。所以呢，你到底是誰？」

「剛才已經報過名號了，我的名字是迪亞布羅。來自偉大的吾王利姆路大人，是他御賜的好『名字』。」

「……你還不打算挑明身分？」

薩雷依舊裝得老神在在，但他的心快因屈辱激動到沸騰。

要是你們誰能克服恐懼——諸如此類，迪亞布羅的話對薩雷來說完全是種侮辱。

只剩思考迴路仍保持冷靜。雖不至於因無聊的怒火失去自制力，但迪亞布羅的反應擺明把薩雷看得很扁。

「東方」的惡魔討伐者實在可笑。誇下海口說他們是擊退惡魔的專家，難堪地求饒就算了最後還逃跑，一群膽小鬼。

古蓮妲曾說要讓這些人當死士，所以薩雷就隨他們去，結果真的很教人失望。

（到頭來只是一般人。相較於擔當重任，負責守護法皇陛下甚至是神魯米納斯的我等，作戰覺悟就是不一樣！）

想到這裡，薩雷在心裡嘲笑那些惡魔討伐者。

話雖如此，他仍然提高警覺，跟迪亞布羅對峙。

（格萊哥利也想出戰，可是那隻獵物選的是我呢。好了，既然這樣——我要讓你後悔自己狗眼看人低。）

迪亞布羅這個名號沒被任何古文獻記載過。名字連聽都沒聽過，表示他並非構成威脅的大惡魔。

（他只是直呼「赤紅」與「純白」，在那虛張聲勢，有什麼好怕的。）

如果是無名「始祖」就另當別論——薩雷心想。

他知道對方不是區區的高階魔將，但薩雷依然斷定不會對自己構成威脅。

知識不足的可悲——他對惡魔的認識不夠豐富。

薩雷開始思考。

既然對方不打算挑明真實身分，他就靠實力逼出惡魔的真面目。畢竟薩雷擁有單槍匹馬對付魔王的力量。

以前出兵討伐魔王瓦倫泰時，可惜被他逃掉，但將魔王逼到只差臨門一腳就能取其性命的地步。不過是一個高階魔將，沒什麼好怕的。

所以薩雷才對迪亞布羅的態度忍無可忍……然而迪亞布羅接下來的話一入耳，讓他懷疑是不是自己聽錯了。

「——真面目是嗎？對了，因為我對強度階級沒興趣，都給忘了。我的確不是你說的高階魔將。已經進化成惡魔大公。差異不大，但還是希望你別搞錯。」

惡魔輕輕帶過。

對迪亞布羅來說最重要的是「名字」，不是他的種屬。所以他對那些事沒興趣，可是在薩雷看來問題可大了。

薩雷慌了。

他不敢相信，也不願相信。

眼前這隻惡魔剛才說什麼來著？

好像提到「惡魔大公」？

「惡魔大公」——傳說中的存在。

檯面下將他定為災禍級威脅。

然而實力凌駕一般魔王。

想必就連高階精靈都不是其對手吧。必須好幾隻精靈王一起上才能對付得了。

對這個世界進行干涉的例子僅古文獻記載，不過，已將其定義為確實存在的物種。

證據就是那個最強魔王——

緊接著——薩雷心想「對喔」，他恍然大悟。

以前當耳邊風聽過的，活過數千年成為「魔王種」的這類高階魔將會因某些契機進化，變成「惡魔大公」。如此一來，實力非同小可可說是理所當然。

最起碼，魔素量膨脹成高階魔將的好幾倍，再加上還有活過漫長歲月得來的經驗。

——實力無上限。

惡魔討伐者的領隊原本還戰戰兢兢地觀望戰況，聽到「惡魔大公」這個字眼當場暈倒。

那是心安使然。想到自己若與他對戰會有什麼下場便心生恐懼，感謝自己運氣好才沒淪落到那般田地，所以就昏了。

看他這樣，沒人出言責備。

薩雷也變得好想逃。

最令人恐慌的是，竟然有人笨到替這類稀少高階魔將隨意命名。

（魔王利姆路，你到底在想什麼啊——！）

薩雷知道自己身上的每個毛孔都噴出冷汗。

糟了——本能火力全開敲響警鐘。

剛才還保有的餘力一口氣消失殆盡。

他知道自己打不過對方。

惡魔敢毫不猶豫地報上名號，表示他的名字屬於某個人。

如果是沒有主子的「命名魔物」，報出真名很可能被人操控。因此一般而言絕對不會報上名號。

這表示真的是魔王利姆路替他命名。

（——不過，替高階魔將命名，剛當上魔王的利姆路有那個能耐？）

對此感到納悶也沒用，但薩雷還是不免想到這件事。

他只是在逃避現實罷了。

就在這時，薩雷身旁出現動靜。

「你在發什麼呆，薩雷！就你跟我，快點把那個性感的惡魔收拾掉！」

古蓮妲喊出這句話。

「笨蛋！住手，古蓮妲！」

薩雷出聲制止，但為時已晚。

古蓮妲迅捷如風，悄聲無息地靠近迪亞布羅。接著一把黑色短刀一口氣刺向惡魔。

那把短刀沒受到任何阻礙，朝迪亞布羅的心臟部位刺去。

「哼！你也不怎樣嘛！」

明確的手感回傳，古蓮妲笑道。

然而——

可惜，迪亞布羅原本就不打算避開。

「咯呵呵呵，好卓越的身體機能。只可惜，物理攻擊傷不了我。」

迪亞布羅淡淡地宣告。

那是事實。迪亞布羅也獲得「物理攻擊無效」特性。

「嘖，真難纏！」

古蓮妲趕緊拉開距離。

無視薩雷的忠告，她一鼓作氣發動速攻。

她也知道迪亞布羅是強敵。沒像當初那樣看輕對手，把這隻惡魔當成魔王對決。

可是這些行動在迪亞布羅看來只是兒戲。實力差距太過懸殊，古蓮妲的行動全淪為徒勞。

她察覺這點——該說一開始就發現了。

而古蓮妲的目的其實是──

這下薩雷也沒得選，只能做出覺悟。
想說不能丟下古蓮妲，才跳進去參戰。
先是解放靈力，將身體機能提至極限。
再拿出靠大筆財力購買的特質級武器「破邪寶劍（Demon Slayer）」砍向迪亞布羅。
但那些攻擊也不管用。
「可惡，用刀砍真的不管用！古蓮妲，快爭取時間！我趁現在用『神聖魔法』──」
只能靠最強魔法打倒這個敵人──薩雷做出判斷，希望古蓮妲幫忙爭取時間。
但古蓮妲沒反應。
一句殘酷的話朝薩雷澆去。
「若你說的是那個女性同夥，剛才已經馬力全開逃走嘍。」
聽迪亞布羅這麼說，薩雷一時間難以理解話中含意。
心想「不會吧？」一面轉頭看去，古蓮妲已經不見蹤影。正如迪亞布羅所說，她老早就逃走了。
「可惡────！」
薩雷為了甩去懊惱大聲咆哮，不過，一切都為時已晚。
古蓮妲擅自動手，薩雷被迫替她擦屁股。
火大歸火大，但眼前有個笑容邪惡的迪亞布羅。綜觀眼下情況，比起落跑的古蓮妲，他更該擔心自己的生死。

（打就打，我打就是了！在格萊哥利回來之前，看我爭取時間！）

一邊冀盼可靠副手格萊哥利歸來，薩雷燃起鬥志。

格萊哥利只是去鎮上把惡魔引出來。既然他的目標在這兒，應該很快就會回來。

薩雷如此深信，一場屬於他的絕望戰役揭開序幕。

然而這是微小的希望，幾乎不可能實現。

●

正當薩雷陷入苦戰之時——

其中一名「三武仙」格萊哥利也身陷絕望。

他在戰場上馳騁，災厄當著他的面從天而降。

尤姆僱了傭兵部隊，他們正為保衛鎮門作戰。對手是先鋒部隊，虧他們擋得住。

格萊哥利的獵物不是他們。他對法爾姆斯王國的內亂沒興趣，認為那與自己無關。

要說他的目標為何，就是據傳殺害大主教雷西姆的惡魔。他收到情報指稱惡魔在鎮上蠢動，格萊哥利才親自過來討伐。

（愛德華王身邊有來自「東方」的人隨侍。要是沒超前偷跑，就沒我出場的機會。）

格萊哥利如此盤算。

可是現在他遇到並非惡魔的可怕巨狼，接著下馬。

出現在格萊哥利面前的巨狼——當然就是蘭加。

他開心地搖著尾巴，在空中奔馳。

體態輕盈，宛如羽毛一般。

蹬地的感覺沒了，不知不覺間那具軀體衝上天際。這是少部分獸魔才會使用的技藝「飛梭」，他自然而然學會這招。

可是對蘭加而言，那都是一些瑣碎小事。獲得解放的力量波動讓他整個人浸淫在喜悅中。

他的身體強力躍動，可見魔素量充實。

四肢包在漆黑的毛皮裡，上頭帶著金色閃電。外漏的妖氣不受蘭加控制，引發放電現象。

額頭上的角閃出金光，藉此控制雷電。

那閃亮的角——有如王冠。

一身漆黑毛皮帶著閃電，彷彿用黑闇編織而成的披風。

讓狼王蘭加更有威嚴。

在空中奔跑的速度來到音速等級，一下子就找到迪亞布羅報告中提到的團體。

接著，他降到格萊哥利面前。

追隨格萊哥利的只有數名騎士，隸屬於近衛師團。

其他五千名士兵是愛德華王派來當援軍的第二部隊，都是法爾姆斯騎士。

「唔，格萊哥利大人，該怎麼辦？」

率領騎士的貴族將軍朝格萊哥利提問。

格萊哥利心想「我哪知道」。

身手較厲害的騎士因上次的遠征全滅，如今只剩知識技術拙劣、連二流都稱不上的貨色吧。所以腦袋空到無法自行思考，雖是協力關係但格萊哥利算外國人，這人毫不知恥地向他徵詢意見。

「卡斯通將軍，你負責對付待會兒過來的部隊。天上地下不是都有敵兵殺過來嗎？」

被格萊哥利一點，卡斯通將軍這才發現。

「知道了。那格萊哥利大人您呢……？」

「我？那還用說。要陪那傢伙玩玩。派森、卡路西亞，你們保護卡斯——」

「——唔！」

你們保護卡斯通將軍——才要下令，一道黑色旋風就從格萊哥利身旁颳過。

因為是格萊哥利才來得及反應，蘭加照那種速度突襲卡斯通將軍率領的部隊。

格萊哥利勃然大怒。

「可惡，這隻臭狗！」

他用力刺出戰斧槍（Halberd），蘭加則輕鬆閃避。

接著開始橫衝直撞大鬧。

模樣像極了見雪心喜的狗。

他大鬧特鬧，陸續製造大批犧牲者。

連同派森、卡路西亞跟其他團員都接連遭殃。變成蘭加的獵物，一一趴倒在地。

最後，他終於朝格萊哥利伸魔爪——

哥布達跟戈畢爾拚命追趕蘭加。

「蘭加先生，你跑太快啦……」

「沒錯。這樣下去，我們就沒機會出場啦。」

「哥哥，別發牢騷了，快點追過去。」

戈畢爾跟蒼華口頭上你來我往。

還是老樣子愛鬥嘴，但大家都知道他們感情好。以為大家沒發現的就只有他們兩個。

「那我們走吧！」

「好，收到！」

哥布達靠「影瞬」先行離去。

緊接在後的是百名狼鬼兵部隊成員。

戈畢爾飛了起來。百名飛龍眾也同時起飛。

接著蒼華啟程，去跟負責指揮的白老報備。

率先抵達戰場的人是哥布達，他看到大量橫屍的士兵聚在同一處。

其他騎士遠離蘭加包圍他，祈禱對抗蘭加的格萊哥利獲勝。

倒地者都是頗具實力的高手。為了掩護格萊哥利衝向蘭加，結果被三兩下反擊因而落敗。

蘭加踩住敗戰騎士沒有殺他們，再用前腳踢飛這幫人。所以才會有一群騎士倒在相同地點。

至於在旁邊祈禱的騎士，他們都一臉絕望。當初還很有氣勢地替人加油，現在那些聲音全沒了。

這是因為……

格萊哥利已經被打到滿身是傷。

怎麼看都覺得要獲勝根本是痴人說夢。

格萊哥利有媲美金剛不壞之身的「萬物不動」韌性，然而在蘭加看來只是一個比較難弄壞的玩具罷了。此外格萊哥利不會昏倒，讓他長時間處於痛苦之中。

「等等！看起來不妙耶，蘭加先生！繼續打會把他弄死的！」

「說得對！得快點替他處理傷口——」

哥布達跟戈畢爾趕緊出面制止。

被人這麼一說，蘭加的動作頓時停擺。

這才注意到四周的慘況，讓他沮喪地垂下尾巴。連尺寸都跟著縮小。

「——唔，嗯。可是，這個人也想再多玩一會兒吧……？」

手裡還拿著折斷的戰斧槍，格萊哥利筋疲力竭。蘭加用前腳戳戳他，依依不捨地說著。

似乎覺得對方太可憐，哥布達和戈畢爾開始勸蘭加。

一想到自己若跟敵人站在相同立場會有什麼下場，他們就無法置身事外。

「不、不不不不，沒這回事！」

「就、就是說啊！要是你再不住手，利姆路大人會生氣喔！」

兩人抬出利姆路的大名，蘭加總算妥協。

「那就糟了。這樣下去，我會被罵——」

蘭加先是用哀傷的眼神看哥布達跟戈畢爾，接著終於願意放棄。

格萊哥利獲釋。

蘭加的口水害他弄得一身黏，手腳也彎成有點奇怪的弧度。雖然只有一點點，但角度已經超越人體

構造的彎曲範圍，想必格萊哥利傷勢嚴重。

嚴重到人還活著簡直是奇蹟的地步。

但格萊哥利挺過來了。這些傷並沒有留下後遺症，因哥布達等人準備的回復藥眨眼間痊癒。

只不過，不曉得他的心靈狀態如何——

格萊哥利於後世留下勇名「討厭狗的不動要塞」，沒人知道其中緣由……

若你們當場退兵我們就不發動追擊——對於戈畢爾這句話，卡斯通將軍二話不說答應。

還向待在鎮門前被迫採取守勢的部隊傳令，決定撤兵。

「哪贏得了！根本沒勝算啊——！」

最後他丟下這句話，成了知名事件。

就這樣，尼德勒領地的攻防戰都還沒進入正式階段就宣告結束。

快來，快點來啊，格萊哥利！薩雷拚命祈禱。

那個格萊哥利現在被蘭加揹著，正在輸送中。

應該很快就會按薩雷的心願抵達。

——只不過，八成難以照他的期待行事。不知道這件事，算薩雷幸運。

話說回來——薩雷心想。

這個叫迪亞布羅的惡魔真是強得亂七八糟。薩雷是人類世界裡屈指可數的強者，連他都看不清迪亞布羅的實力上限。

如今薩雷再也不會對迪亞布羅的話存疑。

他是比魔王瓦倫泰還要強大的怪物，不需要刻意殺死大主教雷西姆。

如他所說，只要稍微威脅一下，任誰都不敢違抗吧。

（既然如此，我怎麼會落到這種地步……？）

眼下薩雷仍盡全力對抗迪亞布羅的攻擊，但他快要到達極限，體力與精神力幾近見底。

「咯呵呵呵呵，你再加點油，讓我看看有趣的技能吧。」

聽迪亞布羅說得這麼愉快，薩雷真的好想哭。

好想回家。

大家都說他是天才。

由於他是長耳族後裔所以很長壽。除此之外，他努力不懈磨練自己的身手。這樣的他得到獨有技「萬能者」。

對手的技藝只消看一眼就能讀破。不僅如此，該優秀技能還讓他有機會學得對方的技藝。跟日向的獨有技「篡奪者」原理相仿，是針對技藝強化的能力。

要將獲得的技藝發揮得淋漓盡致，飽經鍛鍊的優越身體機能自然不可少。

薩雷深知其中的道理，學會各式各樣的技巧。

還學會堪稱難度最高、由魔法和技藝組成的融和技。那招可以對自身鬥氣賦予魔法效果，砍出威力絕大的斬擊。

「氣斬」在能提昇身體機能的「氣鬥法」裡屬於基本技巧，同時也是究極技藝，以它為基礎賦予對應敵方弱點的屬性魔法。如此一來，能斬斷所有魔物的一擊必殺究極技就完成了。

——薩雷在心裡自賣自誇。

可是那招完全行不通。

薩雷才要發動魔法，迪亞布羅就解讀架構將其分解掉。若無法干涉世界真理就不能改變法則，奇蹟也不會發生。

薩雷放棄使用魔法，只靠「氣鬥法」和技藝「鬥氣劍」戰鬥。

「可惡……」

他懊惱地低喃。

最讓薩雷惱火的是，他發現迪亞布羅根本沒認真打。

魔法技巧方面，雙方差距大到用大人跟剛出生的嬰兒來形容還不夠。身體機能也一樣，唯有一點——飽經鍛鍊的技量，這方面薩雷才能跟迪亞布羅相提並論。

然而那些也在短短的戰鬥時間內縮短差距。好驚人的成長速度。如果是現在的迪亞布羅，只要他有那個意思，可以不費吹灰之力殺掉薩雷。

（他沒這麼做，果然……）

這表示——迪亞布羅不打算取薩雷性命。

那麼，殺害大主教雷西姆的另有其人，至於是誰——

（對了。老大這次原本擬定方針，不打算跟法爾姆斯內亂扯上關係。這次事情發生在她出外遠行後，感覺就是衝著這個時間點來。也就是說，果然是——）

啟人疑竇，不對。

肯定沒錯──「七曜大師」就是真正的犯人。

薩雷如此確信。

就在這個時候──

『薩雷啊，我們來幫你了。』

『要心懷感恩。一起消滅惡魔吧！』

『繼續制住惡魔。看我等用魔法收拾他。』

薩雷背後的空間出現歪斜，擁有龐大力量的人物出現。

三名賢者現身──是「七曜大師」。

而「七曜」言行不一，打算發動在這使用會帶來過大危險的魔法。

犯人企圖湮滅證據。

這裡所指的證據，就是發現迪亞布羅並沒有殺害大主教雷西姆的人們。

各國記者可不是笨蛋。正如薩雷嗅出端倪，少數人也看清真相。

這也正是迪亞布羅企圖之事，可說理所當然。

也就是說，「七曜大師」的目標不是迪亞布羅──

「糟了，你們快逃啊──！」

薩雷剛朝記者們發出警訊，現場就出現巨大的火球吞噬一切。

日向的胸被熱線貫穿。

我趕緊抱起日向。

「喂，妳還好嗎？」

「咕、哈——」

日向吐出鮮血。

她痛苦地以手掩胸，打算發動魔法，卻以失敗告終。

連聲音都發不出來，以至於無法行使魔法。她渾身無力，靠在我身上癱著。

日向流出鮮血，我的衣服也隨之染紅。照這樣下去，日向將死得不明不白……

發生什麼事了，晚點再來驗證。

我從「胃袋」取出回復藥，朝日向的胸口灑。可是，平常身體馬上就會再生，這次卻沒有發揮效果。

《答。個體名「坂口日向」似乎對魔法有高度抗性。會自動分解魔素，讓影響無效化。》

魔法無效，是這個意思？

「魔、魔法對日向大人不管用。回復魔法也一樣，非神聖魔法系統將會無效化……」

日向的部下——阿爾諾趕緊跑過來搖搖頭說道。

這樣啊，不具魔素成分的「神聖魔法」就能起到效果嗎？

總而言之，我的回復藥好像行不通。

既然如此──

「那好，別發呆了，快點對她用回復魔法！」

就採行最有效的辦法吧。

日向還活著。現在用「神聖魔法」療傷，她還有機會康復。

經我喝斥，阿爾諾等人準備採取行動。

但他們遭某些人妨礙，無法如願。

出現光圈將阿爾諾等人綑住。

幾名力量強大的人透過上級傳送魔法進行空間跳躍，來到這個地方，再綁住阿爾諾等人。

那兩個謎樣人物突然出現，在我跟前下跪。

接著──

『魔王利姆路啊，初次見面。我等乃「七曜大師」。這次來是想收拾違抗命令的坂口日向──』

他們說這話臉不紅氣不喘。

日向倒在那兒，意識朦朧。

阿爾諾等人遭縛。

謎樣二人組突然現身。

話說「七曜大師」，印象中有聽過，是阿德曼厭惡的傢伙。

真夠可疑的。

很想針對詳細情形做個了解，但眼下情形不適合說那些。

「我不知道你們有什麼過節，但別妨礙我救日向。我們已經做個了斷了，不會讓日向死的。」

當我煩躁地說完這些，「七曜」以誇張動作拒絕我的要求。

『很遺憾，那可不行。這個人——也就是日向，她無視神魯米納斯的聖意。這是不可原諒的暴行，必須接受神的制裁。』

對方端起架子，在別人的地盤亂講話。

「可、可是！」

「請您原諒日向大人！日向大人也是有苦衷的——」

聖騎士們紛紛跳出來幫腔，但對方似乎聽不進去。

緊接著，其中一名聖騎士激動地大叫。

「開、開什麼玩笑！你們幾個欺騙了我吧！你們原本就打算殺掉日向大人——」

這個人是紫苑的對手，率領百名騎士的隊長。

然而，情況變得更加撲朔迷離。

站在他身旁的同袍拔劍，毫不猶豫地拿劍刺向隊長。

「——什——蓋羅多，你、你怎麼……」

「你太無禮了，雷納德。竟然對『七曜』大師口出惡言，我可不能坐視不管。你才跟逆賊日向共謀，企圖誆騙我們吧！」

因蓋羅多喊出這句話，被綁住的聖騎士們也因而動搖。

誰的話才是真的，他們也被搞糊塗了吧。

光是這樣便能表示這「七曜」握有莫大的權力，是這樣嗎？

不，應該沒這麼簡單。

貫穿日向的熱線，剛好從蓋羅多在的方向打出。這表示——

話說真是讓人頭疼啊。

狀況變得更混亂，一發不可收拾了。

我想救瀕死的日向，「七曜」出面阻攔，再加上那個雷納德剛才被人暗算命在旦夕。

而且那個「七曜」還說他們是來收拾違反命令的日向。至少，這些人似乎沒有跟我敵對的意思。

接下來，該怎麼辦……

首先大前提是我想救助日向。

一方面是靜小姐拜託我，而且感覺還差那麼一點點誤會就能解開。如果能跟日向和解，似乎能跟西方聖教會甚至是神聖法皇國魯貝利歐斯構築友好關係。

要我在這對日向見死不救，根本就不在選項內。

「你們的說詞待會兒再聽。這裡是我的國家，你們也要遵守我國『法律』。所以說，你叫阿爾諾吧？快點對日向用回復魔法——」

我國是沒有法律啦，但我想藉這個說法強迫他們就範。

不過，「七曜」就是要阻擾我。

『那可不行。我們這些魯米納斯教的信徒都宣誓效忠神魯米納斯，絕對不會變節。就算是魔王利姆路開口，我們也不會聽你的。』

他們順便說些有的沒的，牽制聖騎士的行動。

真的好煩。

沒空跟他們瞎扯，現在就來強行——念頭才閃過，迪亞布羅就透過「思念網」回傳消息。

『利姆路大人。有緊急事項報告——』

『什麼消息？這邊也有事情要忙，簡短一點。』

『不好意思。已經弄清楚殺害大主教雷西姆的犯人是誰。背後似乎有一群人在操控，叫「七曜大師」。』

『哦……』

『此外，現在我眼前就有三個，留他們活口會成禍患——』

『你能準備證據，證明他們是犯人嗎？』

『各國記者有不少人都是目擊證人——』

『——准了。驅逐他們吧。』

『遵命！』

來得好啊。

迪亞布羅這球傳得太好太美妙啦。不知道事情怎麼會運行得如此恰到好處，但交給迪亞布羅似乎是正確的選擇。

這下謎底全都解開了。

原來，真正的犯人就是「七曜」。不曉得他們的目的是什麼，但目標好像不是我，而是衝著日向。

可能是日向活著對他們不利吧，才想盡辦法除掉日向。光憑實力要打倒她不容易，就要心機是吧。

剛才那傢伙刺名叫雷納德的聖騎士一刀，背地裡肯定跟「七曜」掛勾。

也有可能是「七曜」本人。

射擊日向的犯人恐怕就是這個蓋羅多吧。他可能想確實暗殺日向，但當著我的面實行大錯特錯。

在我的「萬能感知」範圍內犯罪，就跟自首沒兩樣。

給日向的留言疑似遭人扭曲，八成也是這幫人幹的好事，就是他們阻擾迪亞布羅的計畫。

總而言之，既然知道這些傢伙是犯人，就不須顧慮跟神聖法皇國魯貝利歐斯的關係，對他們客氣。

這裡是我的王國。

是有想過留活口的事，但他們也給我添了不少麻煩。就想說沒這個必要。與其讓他們逃掉，還不如先收拾乾淨。

迪亞布羅那邊隨他辦，我這邊就照自己的方式做。

那麼，就來紓解一下至今累積的鳥氣吧。

「紅丸，蒼影！」

「「是！」」

「抓住那兩人。要是他們抵抗，允許你們以暴制暴。」

「就等您下這句命令！」

「包在我身上。謹遵利姆路大人諭旨。」

紅丸跟蒼影朝「七曜」走去。

不等他們走到，「七曜」用忿恨的眼神看我。

我不以為意，做出後續指示。

「紫苑！」

「在！」

「那邊那個蓋羅多就交給妳了。」

「！」

「別大意，他可能是『七曜』變的。」

「我懂了！讓他們見識地獄，剝下面具就行了吧！」

紫苑一臉欣喜，跟著抽出大太刀備戰。

這次不阻止她。老實說，我正期待她那麼做呢。

『咯、咯咯咯，哎呀不得了……』

『這樣好嗎？雙方將全面開戰喔！』

「七曜」的兩名成員在痴人說夢。

就這樣放著不管，會留下禍患好嗎？

既然要打，就做得徹底一點。

「你們做得太過火了。還想將殺害大主教雷西姆的罪推給我們，都被我看透了。是你們主動找我打的，已經做好覺悟了吧？」

我這話一出口，聖騎士們就一頭霧水地互看彼此。不過某些人露出恍然大悟的表情。

至於阿爾諾，更是怒著臉拿劍指向「七曜」。

情況都變成這樣了，「七曜」仍不為所動。

豈止不為所動，甚至開始高聲大笑。

『咯咯咯，沒想到早就穿幫了。』

『哇哈哈哈哈！可是「聖人」已死！魔王利姆路，想必你跟日向對戰也打到筋疲力盡了吧？』

『如此佳機，豈有不用的道理！』

『既然你們知道真相，就順便跟魔王一起收拾掉吧！』

不打算掩飾，「七曜」乾脆地顯露本性。

接著，現場揚起充滿惡意的哄笑聲。

感覺超下流，我都快吐了。這種人根本不值得留活口。

紅丸跟蒼影出動，還有紫苑。

他們各自品評獵物，接著出招。

不過，「七曜」的狡猾程度超乎我預期。

『蠢材！看破我的真面目值得讚許，但我們早就準備好，萬無一失。』

『我們一開始就打算殺光所有人！』

『呵呵呵，那就開始吧——』

「七曜」兩名成員做出宣言，迅速拉開距離飛到半空中。紫苑正要過去對付的蓋羅多也一樣，現出真身朝空中浮起。

接著以三人為頂點，開始構築廣範圍魔法陣。的確，看樣子那是沒事先做足準備就無法發動的超乎想像的危險招數。

範圍內自然少不了我們幾個，還包括兩名三獸士跟那群聖騎士。

看來他們要殺光所有人，力圖湮滅證據。

「黑焰獄——！」

「操絲妖斬流。」

孕育業火的黑焰球、連鋼鐵都能斬斷的「黏鋼絲」激流各自包覆目標。不料一陣狂笑響徹此地。

『沒用的，白費功夫。除了聖屬性，其他都會被這個魔法陣排除！你們這群邪惡魔物，所有的攻擊都不管用啦。』

『咯哈哈哈，愚蠢。人類的睿智歷經漫長歲月鑽研。魔物因自身力量驕矜自滿，我們絕不會輸給你們！』

在刺耳的高笑聲中，我拚命替日向延續生命，抽不開身。

我透過自己的身體臨摹代用心臟，但她真的會排斥魔素。我很少做這種事，再加上相容性太低，就跟當初救繆蘭一樣，一直練不好。

這時紫苑埋頭猛衝，將我的焦慮吹散。

「吵死了！那種東西遇到我的『剛力丸．改』就沒用啦！」

這些莫名其妙的話說得理直氣壯，看起來什麼都沒想，朝「七曜」火力全開揮刀。照一般角度來看就跟笨蛋沒兩樣，但紫苑就是不一樣。

『呵哈哈哈！笨蛋，那種劍能幹嘛——？』

「七曜」原本還忙著嘲笑人，這時他們前方的空間啪嘰一聲，帶著細小聲響裂開。

『糟、糟了！』

『不妙，這樣下去魔法陣會崩塌！』

『事已至此，我們直接施放吧！』

紫苑跳脫正常邏輯的攻勢與屬性無關，完全仰賴蠻力劈出。還有另外那個是——

《答。推測她利用獨有技「廚師」的「確定結果」，改寫事象——》

紫苑這傢伙真的很亂來。

只有這傢伙我可不想跟她為敵。

《警告。雖然可能性不高，但個體名「紫苑」的攻擊有機會對主人造成傷害。》

真的假的。

看來最好別惹紫苑生氣。

紫苑很厲害，我重新體認到了，只可惜就算發動這種攻擊，仍不夠格阻擋「七曜」的攻勢。

《警告。攻擊來襲。》

大規模殲滅型魔法似乎構置完畢。

可惡，該怎麼辦——

《宣告。沒問題。已解析魔法陣。》

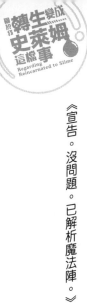

我急成那樣，一道極度冷靜又可靠的聲音出面安慰我。

咦，啊，好。

這樣聽起來應該沒問題，但那個魔法陣好像很複雜……不，對智慧之王拉斐爾大師來說只是一個小小的問題吧。

趁「七曜大師」信心滿滿的時候打擾不好意思，但智慧之王拉斐爾大師認真起來，你們都不是它的對手。

『『『受死吧！聖三位靈崩陣(Trinity Break)——！』』』

三人聲音重疊，該魔法發動。

不過，已經沒有意義了。

《宣告。重新啟動究極技能「暴食之王別西卜」。》

當大師宣告的聲音傳來，朝地面如雨傾洩的殺戮怪光全被我家「暴食之王別西卜」吞得一乾二淨。

哎呀，這股力量馬力全開威力真是驚人啊。

看殺戮怪光從眼前消失，聖騎士們全都睜大雙眼。

話說回來，怪了？等等？

剛才對付日向的攻擊不是犧牲「暴食之王別西卜」嗎……

《答。確實犧牲究極技能「暴食之王別西卜」，但已事先拷貝技能故不構成問題。》

你說什麼？弄了備份？

咦，幹嘛說得像過往雲煙啊。既然這樣一開始挑明跟我說不就好了！

我還以為再也不能用呢。

對大師來說已經是過去式了，但總覺得，有種無法釋懷的感覺。

《警告。靈力反應增高。將發動主要攻擊。》

是喔，原來剛才那個不是主要攻擊。

『『『看我們滅了你，魔王！三重靈子崩壞（Trinity Disintegration）！』』』

糟糕！這次靠「暴食之王別西卜」挺不過去。

《答。沒問題。要發動究極技能「誓約之王烏列爾」的「絕對防禦」嗎？

YES／NO》

噢噢，不愧是大師。

當然要選YES啦，咦？

又有一種怪怪的感覺。

我正在煩惱時，「誓約之王烏列爾」的「絕對防禦」首次發動。我的皮膚上好像罩了一層薄薄的無色透明薄膜。

有那層皮膜——「絕對防禦」擋著，「三重靈子崩壞」遭人完封。

＊

是說我這才想起來。

剛才是我第一次發動這個吧。

在那之前都不是靠「絕對防禦」，而是用「多重結界」。

趁「思考加速」提昇到極限，我朝智慧之王拉斐爾提問。

喂，剛才怎麼不發動？日向的攻擊也是，有這個就能擋啦？

面對這個問題，智慧之王拉斐爾大師給出驚人的解答。

我快要傻眼到一個極限。因為——

《答。就算發動究極技能「誓約之王烏列爾」的「絕對防禦」，「靈子」仍有可能貫穿。因此，認定發動該技能並無任何意義。》

——就像這樣，它說得很理所當然。

再大的完美主義也該有個極限吧，智慧之王拉斐爾大師……

「靈子」是構成魔素的特殊粒子，據說預測其動向極其困難。靈子一動起來能跨越時間和空間，通過所有屏障。

主宰該不規則動作的亂數相位——「靈子」自然移轉的法則特性——若是沒看破，就連我的「絕對防禦」都會被貫穿。

不過眼下，我的「絕對防禦」完美擋下「三重靈子崩壞」。

表示大師完美預測了「靈子」的動向？

《答。剛才的攻擊——「崩魔靈子斬」藉「暴食之王別西卜」相抵銷，同時進行「捕食」。當時按計畫蒐集資訊，成功認識「靈子」的亂數相位。因此能預測聖屬性攻擊並採取防禦動作。補充一點，亦獲得聖劍技「崩魔靈子斬」。》

是喔——……

嗯？等等。先等一下——

咦？這麼說來，剛才對戰果然是故意接下日向的劍嘍……？

《……》

喂！竟然沉默，這傢伙！

那反應好像在說「糟糕！」……

是說，不敢回答就是答案。

咦？可是……

等等？智慧之王拉斐爾大師不會做危險的賭注才對，該不會……

——就算不拿「暴食之王別西卜」相抵，我被「崩魔靈子斬」正面打中也不會死？

《答。當然不會。推測會消耗大量魔素，但物質體可以靠「無限再生」即刻復活。》

……

那你在緊張什麼？

難道說，你是想吞掉「崩魔靈子斬」解析看看？

《……》

哎唷，又來這招嗎？

這傢伙，應答手法愈來愈高竿。該說它變得更人性化，還是心機變重呢。

若說它已經有自我意志了，聽到這種話我可能會不疑有他採信喔。

——不過話又說回來，的確——

那是我的願望沒錯。

好像希望挺過那個攻擊，學來用用之類的。

你感應到一閃而逝的願望，立刻付諸實行嗎？

如果是這樣，這宇宙無敵超強技能（智慧之王拉斐爾）根本太超過啊。

這股力量給我用太浪費。

《不。我是只為主人而生。》

它立刻否認。

喔，謝謝喔。

今後也拜託你啦，夥伴！

——不過，拜託盡量不要對我有所隱瞞。

就這樣，在受到延長的這段時間裡，我跟智慧之王拉斐爾對話，換算成現實時間僅只一瞬。

*

『不可能，怎麼會——！』

『這不是真的。怎麼可能會有這麼誇張的事！』

『這世上沒人能挺得過「靈子崩壞」直擊——』

諸如此類。

那三名大師極度混亂。

也是啦。

就連發招的我都覺得這有點超過。

除了是神聖系最強魔法還疊了三份，擁有絕對的破壞力，我卻輕鬆擋下。

怪不得會感到驚愕，不想接受現實。

但很可惜。這就是現實。

你們的敗因是跟我——該說是跟智慧之王拉斐爾為敵。

「好了，這次輪到我們。」

我的話一說完，紅丸、蒼影、紫苑就點點頭。

「你們引以為豪的魔法陣好像也沒了，這次也能抵擋得了嗎？」

紅丸說話時，黑色火焰在他手中搖曳。

「七曜」一看到就面露怯色。

王牌已經用掉，似乎很焦急。

「別想逃，這群雜碎。覺悟吧！」

只見紫苑露出可怕的笑容，在那品評獵物。

蒼影不發一語，但他緊盯「七曜」的動向。

三獸士阿爾比思跟蘇菲亞也加入，俯瞰全體聖騎士、對他們施加壓力。我想裡頭應該沒有危險人物了，但多留意沒什麼損失。若有可疑人物混在裡面，這樣他就沒辦法作亂吧。

『唔……』

「七曜」被逼至某處。可是他們就算面臨這種狀況還是不打算放棄。

『你們好好想想！我們是人類守護神！殺了我們，神魯米納斯的信徒不會坐視不管！』
『正是！神魯米納斯的怒火將燒向你們！』
『這次我等先撤退。如今我等知道你們並不壞，未來也會去跟西方諸國美言幾句。今後就當好鄰居——』

他們一下用話恐嚇一下搞懷柔，高高在上地交涉。
真的好煩喔，差不多該讓他們閉嘴了——原本有這個打算……

「——魔王利姆路啊，給你添麻煩了。」

這時突然有道凜冽之聲響起。
空間劃開一條縫，巨大的門出現。
接著門開啟，一名美麗的少女現身。
有著獨特的銀髮和異色雙眼——這個人不是別人，正是魔王瓦倫泰本尊駕臨。

妳怎麼會在這裡？問這句話好像滿白目的。
『咕、咕欸！』
『妳……您不是——！』
『您怎麼會來這種地方——』

「七曜」大感震驚，更多的是氣焰消弭。
他們在害怕，還當場跪下。
也就是說，是這麼一回事吧。
神魯米納斯的真面目竟然是魔王瓦倫泰。
得知這項事實，我驚到啞口無言。

●

迪亞布羅開心到發抖，揚起邪惡的笑容。
『——准了。驅逐他們。』
有利姆路這句話，他就能行使一切暴力行為。
他很想快點驅除那些蠢蛋，但在那之前，還有一件事得做。
「對了，各位。你們還安好嗎？」
迪亞布羅開開心心地詢問記者們。
火球被迪亞布羅張的「結界」擋下，沒有記者犧牲。進入該「結界」的惡魔討伐者團員、愛德華王跟他的護衛騎士，大家都毫髮無傷。
「元素魔法」或「精靈魔法」須利用魔素，無法打破迪亞布羅張的「結界」。
『嘖，可恨的惡魔。竟然有這等能耐——』
『可怕的傢伙。既然如此，我們也來展現神聖力量吧——』

『要上了，大家準備好！』

「七曜」原本認為能輕鬆擺平所有人，眼下情況還真是出乎他們意料。

不管是多麼強大的惡魔族，降生用的肉體一旦毀滅，就會失去影響力。無法維持魔體，將在那瞬間回歸精神世界。

以此為前提，「七曜」成員一出現就發動究極魔法。

打出超大火球——核擊魔法「破滅之焰（Nuclear Flame）」。

單憑一己之力甚至無法控制，必須三人協同才能行使該元素系究極魔法。

將燒盡一切，是地獄的業火。然而，有迪亞布羅坐鎮根本起不了作用。

驚愕的「七曜」毫不猶豫，決定採取最終手段。

要打倒如此危險的迪亞布羅，只能靠神聖力量——基於上述考量，他們這次決定祭出留著待用的王牌「聖三位崩靈陣」。

就是其他成員對利姆路等人用的術式，是他們的奧義。

須花點時間準備，但施術過程中有「結界」保護，大可放心。此外，該術式最後會放出「三重靈子崩壞」，是能消滅一切物質的神聖系究極魔法。

不管是多麼巨大的魔物或魔人——就算是魔王，也無法抵擋這道術式。懷著如上的十足把握，「七曜」發動術式——

迪亞布羅心想「那麼——」，跟人展開交涉。

「七曜」的事完全沒放在眼裡，視線一直放在記者身上。

「你們都目睹剛才那道攻擊吧？他們幾個顯然想殺掉你們，不覺得嗎？」

他問得很輕柔。

連剛才跟他對戰的薩雷都無法否認這句話。

當然，記者那邊無人出聲否決。

大夥兒點點頭，都了然於心。

人類守護神、偉大的英雄——他們是傳說中的「七曜大師」。在當記者的人都知道他們。

記者們看出迪亞布羅的話並無半點虛假，他們都成了犧牲品。

「七曜」打算將他們跟迪亞布羅一併除去，再對外宣稱一切都是迪亞布羅搞的鬼。

「不過，你們大可放心。我會保護你們。」

看在那群記者眼裡，迪亞布羅笑得跟佛祖一樣，一臉慈愛。

還對迪亞布羅的話有信心。他強到能輕鬆對付「三武仙」薩雷，定能戰勝傳說中的「七曜大師」。

「我、我們該拿什麼回報——」

「錢嗎？」

某些人懷疑迪亞布羅有所求。

因為惡魔不會做白工，一定會索求報酬。

迪亞布羅也是如此。面對利姆路以外的人，他不會無私奉獻。

「咯呵呵呵，你們明事理真是太好了。我要的只有一樣——」

他笑著提出要求。

要記者們證明自己的清白。

聽到這句話，記者們不僅放下心中大石，也覺得這樣合情合理。

原本聽說他是窮凶惡極的惡魔，事實上卻不是這樣。神聖法皇國魯貝利歐斯的一大幹部薩雷也受到牽連，記者們因此察覺這是最高幹部「七曜」在背後搞的鬼。

那他們也只是被人利用而已，沒道理否決迪亞布羅的要求。

「當然好！務必讓我對外宣傳這件事！」

「好啊，我會統統寫下來！包括你大顯身手的事！」

「沒問題。所以說，拜託你了！請幫幫我們！」

記者近百名，他們都答應協助迪亞布羅。

而這表示他們開始受獨有技「誘惑者」影響。

不許他們背叛，契約就此簽訂。

「咯呵呵呵呵，好吧。我跟你們約好，將拯救你們。只不過，你除外。」

迪亞布羅說著說著便指向某人，是從昏死狀態轉醒的愛德華。

「為、為何？朕做了什麼——」

「住口！你愚弄偉大的利姆路大人。這個罪萬死不足惜。給我搞清楚，你根本沒有獲救的價值。」

迪亞布羅話說得很不屑。

愛德華則用打結的腦袋拚命思考。但他就是想不出好點子。

只知道一件事，這樣下去自己肯定會沒命。

他看向騎士們，結果對方馬上把視線轉開。

這也難怪。對手是那種怪物和傳說中的英雄，跟他們作對也贏不了。

「求求你，真的、真的拜託你了，也救救朕……不，也救救我吧！」

愛德華能做的就只有哭喪臉懇求。但那無法打動迪亞布羅的心。

「咯呵呵呵，你就在那為自己的愚蠢哀嘆，到另一個世界去吧。」

無論記者抑或其他人，都不打算救助愛德華。

他們不可能去做那種事。始作俑者可是愛德華，這些人才不想過去當和事佬。幹那種事最後報應在自己身上，都是他活該自找。

發現大家都沒有出手幫忙的意思，愛德華哭了出來。

「全都給你。不管金錢還是地位。王、王位也讓給你。我要退位讓出一切——」

聽到這句話，迪亞布羅稍加思索。

「對了，英雄尤姆負責照顧艾德馬利斯閣下。我認為他這個男人夠格領導貴國法爾姆斯，你怎麼看？」

接著迪亞布羅稍微將說話語氣放柔，朝愛德華問道。

愛德華聽懂了。腦子運轉速度提至畢生最快，將意思聽明白。

「我、我也這麼認為！他是個人才。定要對外發表，說他是我的繼承人——」

愛德華的答案似乎讓迪亞布羅相當滿意。

記者也嗅出端倪。

「哈哈哈哈。英雄王要誕生了？」

「一定要大肆宣傳——」

他們很識時務，聽出迪亞布羅的意思，嘴裡如是說道。

迪亞布羅則開心地頷首。

這下都安排妥當。雖然計畫有點偏離，但結果似乎令人滿意。

那麼，接下來只要收拾垃圾就行了——

接著那一刻到來。

『哼，做好覺悟了嗎？』

『再過不久，用來消滅邪惡的光就會射過去。』

『好好享受為數不多的壽命吧——』

大概對自家術式頗有自信，「七曜」老神在在地坐觀其成。而他們即將身陷絕望。

「覺悟？別笑死人了，一群垃圾。妨礙我的計畫，害我在利姆路大人面前丟臉——這個罪太過深重。我嘗到的恐懼與絕望要加倍奉還給你——」

迪亞布羅看向「七曜」，不帶半點笑意。那張臉沒有任何表情，俊美樣貌更是加深人們的恐懼。

『什、什麼——？』

『你說什麼鬼話？』

『你瘋了不成？有這套術式在——』

這時迪亞布羅啪嘰一聲彈動手指，打斷「七曜」的話。

緊接著，整個世界便籠罩在恐懼之中。

「這個世界將慢慢毀滅，讓你們嘗嘗束手無策的絕望！發動——『絕望時間（Despair Time）』——」

這就是迪亞布羅的力量。

利用獨有技「誘惑者」的其中一項能力——「誘惑世界」。

原本會直接對標的的意識生效，對其精神產生影響，但迪亞布羅讓這能力更上一層樓。

令假想世界實體化，在那個世界裡發動絕對威權。

只要去到那個世界，就連作用對象的生死都在迪亞布羅的掌控之中。而且還能透過「虛實變換」，讓那個世界發生的事虛實交錯。

被迪亞布羅施加的幻覺將來到物質世界，化為現實——該技能就是如此可怕，超乎常理。

要破壞該能力只能鍛鍊精神體，靠意志力破除。

可是能戰勝本是精神生命體的迪亞布羅的人寥寥無幾，就連「七曜大師」都不例外。

『這、這是什麼！』

『魔法、魔法消失了——！』

『怎、怎麼會……』

他們驚訝地嚷嚷，但這樣依然不能改變什麼。

只能處在絕望之中，任憑時間流逝。

最後，世界開始崩壞。

「你們就去地獄深淵，在那裡省思自己的愚蠢吧——」

說完這句話，迪亞布羅做最後的收尾。

「崩壞世界（End Of World）」——「誘惑世界」崩解時，會殃及被吸進世界裡的人。

連同「七曜」的絕望一併吞噬，世界宣告終結。

——接著，在這打下的約定順利履行。

魔王瓦倫泰——不對，魯米納斯的到來已經夠讓人驚訝了，還有另一人通過門扉出來。

印象中這個男人好像是魔王瓦倫泰，現在想想，他一直在當魯米納斯的替身吧。

「七曜」三名成員面色蒼白，跪在魯米納斯跟前。

看來已經不打算跟我們打了，那副驚懼樣有如待宰羔羊。

接下來，魯米納斯會如何出招？

她說給我添麻煩了，照這句話看來，應該沒有跟我們對戰的意思……

剛想到這兒，當替身的男人便開口道：

「還不跪下。吾乃法皇路易。這邊這位大人是我們的神——魯米納斯大人！」

他語氣洪亮地宣示。

聽到這句話，聖騎士們不約而同下跪。好像見到某名退隱的副將軍（水戶黃門）一樣，這件事還是放在心裡吧。

感到困惑之餘，我們還是決定在一旁靜觀其變。

不過……魔王就是神，在開哪門子玩笑？

當魔王替身的人就是法皇？天啊，這外在假象太超過，連我都消化不良。

但仔細想想，那樣效率超高吧——

《肯定。推測可以針對「人」這個物種的支配工作創造有效情境。》

啊，嗯。

那麼說不是要來有樣學樣的意思，別搞錯嘍！

不提點一下，智慧之王拉斐爾可能會失控。總之，那個先擺一邊。

「——日向。妾身不是要妳好自為之嗎？竟擅自胡來……」

說話時，魯米納斯朝被我抱住的日向伸手。

「心臟啊，活過來吧（死者甦生）！」

這是神蹟「亡者復活（Resurrection）」——

在我眼前，自日向背後貫穿左胸的傷口逐漸癒合。

效果比我的回復藥更好，但暫停一下。

魔王怎麼會行使神蹟？

《答。神蹟指的是一種魔法，將「靈子」有效運用。一般手段無法干涉「靈子」，但運行手法已辨明。

再來是解析——》

總覺得不是很懂，但智慧之王拉斐爾大師好像躍躍欲試。

交給智慧之王拉斐爾辦事我放心，就放著不管好了。

「唔、唔——嗯……老、老師——？」

哦，日向好像恢復意識了。

把我誤認成靜小姐嗎？

「噢，妳醒醒啊。什麼老師？我可——」

因為很有趣，我就開日向的玩笑。

沒有平常的狠戾樣，她看起來一臉無邪。

我記得她還在當女高中生就跑來這兒，到現在經過十年左右吧？也就是說年齡約——

才想到這裡，日向的眼神就跟著銳利起來。

用冷酷的目光看我。

「——喂。」

「是。」

「你剛才是不是在想很失禮的事？」

「不，哪有。」

「是嗎？好吧，這件事就算了。對了，你打算抱我抱到什麼時候？」

講什麼抱，多難聽。虧我還照顧妳，說這種話好過分。

雖然很想針對這件事情抱怨一下，不知道為什麼，那氣氛就是讓我說不出口，現在還是乖乖道歉吧。

吃虧就是占便宜，即所謂的成熟處世之道。

「對不起！讓我大飽眼福！」

我說完就從日向身邊跳開。

聽我這麼一說，日向轉眼看向自己的胸口。

衣服上出現空洞，露出白皙胸脯。

「──哦？」

糟糕。日向的殺氣非比尋常。

難道說，我不小心踩到地雷？

「都沒人說你神經大條嗎？」

她瞪著我看，對我這麼說。

「妳、妳才是，用那麼銳利的目光瞪人。個性頑固，別人的意見都聽不進去！」

我不禁拿這句話回嗆，結果是大敗筆。

只見日向美麗的臉龐染上怒意，嘴裡「嘖」了一聲。

但日向深呼吸一口，藉此壓下怒火，接著笑臉迎人地面向我。

這樣更恐怖耶……

「──告訴你，我有近視。我看你的神經果然很大條吧？你那副德性，我想以前應該都不受女孩子歡迎吧？」

日向一句話刺進我的心窩，造成致命傷。

吵死了！竟然讓我想起早已遺忘的過去。

「沒、沒那種事好嗎？我以前很細心、很可靠喔！」

「哦──那就好。」

日向用同情的目光看我，還不屑地笑了一聲。

不甘心。我輸了。

戰勝的人明明是我，卻有濃濃的戰敗感。

話說回來，都還沒宣布獲勝呢……

丟下受到上述打擊的我，日向用回復魔法替雷納德療傷。

這方面的手法也很高竿。

她可能認為有什麼萬一，魯米納斯會出手相救吧，所以一直丟著不管。看來魯米納斯是沒興趣的對象會徹底無視的類型。

雷納德，加油。一個比我還可憐的傢伙。

看到魯米納斯治好日向，聖騎士們似乎也對魯米納斯深信不疑。有些人似乎也認識法皇路易，沒道理懷疑。

當雷納德恢復意識，大夥兒便一起分享喜悅。

接著大家叫道「日向大人！」，流著淚圍住日向。

啊，看日向胸部的人被揍了。

不愧是日向，好可怕。

有沒有近視不重要吧？她平常好像都有發動「魔力感知」。

唉，男人偷看被女人發現的機率逼近百分之百，我也要小心點。

雖然已經太遲了啦。

如此這般，等大家恢復冷靜，魯米納斯充滿威嚴地開口：

「──那麼『七曜』，這次事件，你們做何解釋？」

大家都好奇魯米納斯會怎麼收拾殘局，所以我們也留在那觀看。

這時迪亞布羅向我報備。

『──利姆路大人，結束了。』

『好。那麼，事情辦得怎樣？』

『咯呵呵呵。都按原定計畫走──』

迪亞布羅這傢伙，心情很好喔。

表示問題都解決了吧。

『好，等事情告一段落再來跟我報告。』

『遵命。期待那一刻到來。』

說到這兒，迪亞布羅切斷「思念網」，回去執行任務。

這麼說來他揹上不實罪名，那些殺人嫌疑也順利洗清了吧。

既然如此，在場的「七曜」該如何處置，就不用我插嘴。

是給我添麻煩沒錯，但道歉剛才已經收到了。進一步干涉會讓事情變得很麻煩，探究的重點擺在雙方關係今後該如何改善就好。

當我想到這裡，判決結果似乎隨之出爐。

快狠準當機立斷。

「這是死罪。就讓妾身親手送你們上路，當作餞別──」

『饒、饒命啊！』

『我等都是為了魯米納斯大人——』

『請看在、看在我等效忠已久，懇請——』

「七曜」難看地哀求魯米納斯向她求饒，不過，願望沒能實現。

「——獻給死者的祝福（Death Blessing）！」

魯米納斯張開雙手，看不見的神之手溫柔地包住「七曜」成員。這是她給部下的最後一點仁慈吧。

充滿慈愛的擁抱——看起來只有這樣，但那好像是讓人由生入死的殘酷能力。足以窺見魔王魯米納斯的實力一隅。

企圖陷我們於不利的「七曜」沒有任何痛苦，轉眼間走向毀滅。

虧我都做好跟神聖法皇國魯貝利歐斯全面對戰的心理準備，沒想到結束得這麼隨便。

就這樣，舞台移到用來交涉的場所，探討今後雙方該如何相處。

*

站著說話不太好，所以我們換個地方。

我凱旋而歸，領魯米納斯、路易和日向一行人來到城鎮上。

接著，看到出來迎接我的維爾德拉才想起來。

「啊，抱歉。最終防線沒機會出場。」

「什麼！害人家卯足勁等在那兒……」

維爾德拉好像頗有怨言，但也只能請他接受了。

所以說，事件圓滿解決──原以為是這樣，可是天底下沒那麼好的事。

一看到魯米納斯，維爾德拉就丟出爆炸性發言。

「──！噢噢，妳是那個！我想起來了，想起來啦！魯米納斯，這不是魔王魯米納斯嗎！在那個城堡被我打爛的女吸血鬼。哎呀，總算想起來了，暢快、暢──」

維爾德拉連這種料都爆，魯米納斯突然變出一把劍插他，要他閉上狗嘴。

是說，已經來不及了。

神魯米納斯就是魔王魯米納斯．瓦倫泰的事徹底穿幫。

聖騎士們一陣沉默。

剛才聽說的事讓他們一頭霧水吧。

日向疑似知情，抬手抵在頭上還發出嘆息，路易則從頭到尾置身事外。

真受不了。

維爾德拉果然是麻煩製造機，我重新有了體認。

之後──

魯米納斯大罵：「這隻臭蜥蜴，每次都來礙妾身的好事──！」她勃然大怒外加大失控，大夥兒拚命安撫她，不過──

那又是另一段故事了。

終章

新關係

Regarding Reincarnated to Slime

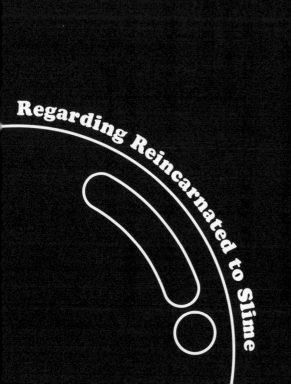

地點來到聖地——「內殿」。

「七曜大師」的頭頭「日曜師」格蘭手邊工作告一段落，在那兒苦等同伴歸來。

抹殺日向的計畫疑似生變，火曜師緊急向他求救。這件事絕對不許失敗，所以月曜師跟金曜師一併出戰。

（那個女人太聰明。今日若沒抹殺她，將對我的計畫造成阻礙。神魯米納斯——不對，我要利用那個魔王，成為真正的統治者——）

日曜師私底下暗藏這份野心，侍奉魯米納斯長達數百年以上。

為了避免才華太過突出的人出頭，他早早拔除危險的新芽。

還靠言語巧妙操弄既是同僚又是部下的「七曜」成員，日曜師一直扮演虔誠的神之使徒。

要讓其他人出動很簡單。

某些人受魯米納斯寵愛，只要讓其他成員為此感到嫉妒，他們就會樂得隨日曜師的意思起舞。

這次也一樣，他們順著日曜師的意……

火曜師變裝成被他偷偷解決的聖騎士蓋羅多，前去暗殺日向。

都已經安排好了。

月曜師透過幻術幫他變裝，不會被人看破。

交給日向的破龍聖劍動過手腳，要在什麼時候破壞都行。配合魔王利姆路的攻擊毀掉聖劍，日向肯定為因此敗北。
可是日向沒有使用破龍聖劍，跟魔王對打甚至還占上風。
聽到這個消息，他決定更動計畫內容。
若魔王利姆路收拾日向，那就好。假如失敗，到時會由火曜師確實抹殺日向。
之後再藉「七曜」之手殺光所有目擊證人，讓魔王利姆路消氣。
接著博取魔王利姆路的信任，改變方針為今後好好巴結他。

可是，問題接踵而來。
法爾姆斯王國尼德勒的領地也出狀況，惡魔強到超乎想像的地步。除此之外，還很狡猾。
誇示自身實力——這個蠻橫招數成功讓好不容易聚齊的各國記者心生疑念。
聽到負責監視的土曜師回傳報告，日曜師趕緊派水曜師跟木曜師過去。
既然事情演變成這樣，就把目擊證人全都處理掉，再將所有的罪過都推給那隻惡魔。
惡魔殘忍的行徑不可原諒，才降下天譴——利用這種說詞，主張「七曜」具正義和正當性。
就說那是危險的惡魔自行胡來，不向魔王利姆路究責，照這個方向走就行了。
倘若交涉起來有困難，到時再搬出神魯米納斯。魔王利姆路於西方諸國打下根基，被貼上「神之大敵」的標籤會很困擾吧。應該有很大的交涉空間。
日曜師對現狀如此解讀，認定計畫一定會成功。
要說哪裡有問題，就是那隻惡魔——迪亞布羅異常強大……
但連實力僅次於自己的木曜師都過去了，肯定能贏——日曜師不疑有他。

然而，同僚卻遲遲沒有回來。

『那些傢伙在幹嘛——』

一句牢騷不禁脫口而出。

照理說不會有人回答他的話，可是，回應他的人出現了。

「您怎麼了？看起來心浮氣躁呢。」

『你……來這幹嘛——？』

藏起那份驚訝，日曜師問道。

不請自來進入這個房間的，是日向的心腹——尼可拉斯樞機。

「我發現一樣有趣的東西。」

『發現東西？』

「對。就是這個。」

尼可拉斯說完取出錄有利姆路留言的水晶球。

『那樣東西怎——』

「我發現有人對這樣東西動過手腳。」

打斷日曜師的話，尼可拉斯補上這一句。

面對傳說中的英雄人物，這種行為實在太過無禮。不過，尼可拉斯一點也不在意。

對此感到不快之餘，日曜師看向水晶球。

理應削除的內容重現，映出正確的留言內容。

『——唔！』

看出日曜師的慌亂，尼可拉斯繼續開口：

「你們的目的是什麼，我一點興趣也沒有。你們想當神魯米納斯的寵臣也好，又或者，企圖利用神的力量也罷……」

『說這什麼話？神是一種概念，常存於人們的心中——』

「用不著掩飾。神魯米納斯確實存在，這種事我早就發現了。因為日向大人沒有對外張揚，我才跟著照辦，如此而已。因此，我真的沒興趣——」

日曜師彷彿聽見尼可拉斯在心裡補上一句「包括你想利用神——」。

日曜師雙眼大睜，看著尼可拉斯。

尼可拉斯則用那張聰慧的臉回望日曜師，緊緊地盯著他。那雙眼透著詭譎，有如無底沼澤般，不帶一絲一毫的情感。

『你——』

日曜師本想說些什麼，尼可拉斯卻不許他說完。

「你們這些老不死，都去死吧。『靈子崩壞』！」

『怎——！』

怎麼會——大概想吶喊這三個字吧，帶著吃驚的表情僵住，日曜師被光之粒子吞噬，徹底消滅。

「臭蟲。竟然想害日向大人，以為我會放過你嗎？」

留下這句話，尼可拉斯裝作若無其事，返回他的辦公室……

尼可拉斯·修伯特斯樞機——日向的心腹，她的狂熱信徒。

對這樣的他來說，宗教不過是跟日向連繫的手段之一。

尼可拉斯是異端。

立於法皇廳的頂點，卻不信神。

他只信奉日向一人。

＊

暖爐的火溫暖這個房間。

坐在厚重的柔軟椅子上，格蘭貝爾．羅素正在冥想。

「尼可拉斯……你這個兔崽子……」

他喃喃自語並睜開眼睛。

「靈子崩壞」的刺眼光芒仍深深烙在腦海裡。

沒錯，格蘭貝爾．羅素的真實身分就是「七曜大師」之長──「日曜師」格蘭。

格蘭貝爾擁有一種力量，能讓精神體脫離並附在他人身上。前陣子才換上新的肉體，被人毀掉令他滿心憤慨。

只不過，假如在場的是他本人──想到這兒，他不否認這次真的捏了把冷汗。

這點更助長格蘭貝爾心中那把怒火。

但現在是該抽手了。

睜眼的同時，他察覺古蓮妲正朝宅邸靠近。

這代表出了不在計畫範圍內的意外，換句話說，就是作戰失敗。

古蓮妲衝進房間，一看到格蘭貝爾就大聲嚷嚷。

「格蘭貝爾大人，那個我打不贏。出現不得了的怪物，我沒辦法應付！」

她臉上盡是疲憊之色，一看就知道使盡吃奶力氣逃亡。用不著懷疑，想必那些話都是真的。

「其他『三武仙』怎麼了？要是你們一起上——」

「不行，對方沒這麼弱。我對戰場上的死亡氣息很敏感。認定事情不妙，就推給薩雷逃回來了。那是魔王等級——不，可能更厲害……」

以上是古蓮妲的說詞。

大驚小怪——格蘭貝爾心想，可是其他身為日曜師同僚的「七曜」成員都沒有跟他聯絡。

感到不安的格蘭貝爾試著探測，卻測不出任何反應。

「莫非……」

就算格蘭貝爾為此驚愕猜疑，仍無法扭轉事實。

幾天後——

據安插於各地的密探回報，格蘭貝爾得知愛德華王失勢的事。

各國記者似乎都平安無事，他們大肆報導，鬧得廣為人知。

接著，聽說魔國聯邦正在策劃盛大的慶典，該傳聞透過布爾蒙王國輾轉流入。

綜觀這些情報，只能斷定格蘭貝爾的計畫失敗。

包含格蘭貝爾在內，「七曜大師」全滅。
這下他再也無法假借神魯米納斯之名……

後來，最愛的瑪莉安貝爾還預言——
「危險、危險啊。那座城鎮太危險了！」
不明白其中意涵，格蘭貝爾反問：
「——是指天使來襲？」
「不。不是的，爺爺。那個魔王打算靠經濟支配全世界。」
靠經濟支配人類世界——這是羅素一族的殷切想望。
也是格蘭貝爾目前著手的計畫。
「這怎麼可能……」
「是真的。一定會成真。所以——一定要擊潰他。」
瑪莉安貝爾不會撒謊。
——至今為止從不曾撒謊。
因此今後她的話依然值得當作參考。
「原來如此，妳都這麼說了，肯定是那樣吧。」
畢竟瑪莉安貝爾是格蘭貝爾的直系子孫——
「是的。下次一定會實現的。賭上我這個『貪婪』瑪莉安貝爾之名！」
——她還是轉生者。

擁有來自「異界」的知識、非比尋常的力量，是羅素一族的希望。
有瑪莉安貝爾在，羅素一族穩操勝算——懷著上述想法，格蘭貝爾的野心再次點燃……

●

歷經一番波折，我跟魯米納斯和解。
也解開跟日向之間的誤會。
為了表示歉意，他們答應我，會以西方聖教會的名義背書，宣稱我們是無害的。
之所以引發誤會，都是因為彼此在理解上出現一些障礙。
今後八成還會碰到類似問題，但我要將這次的事件引為借鏡並克服。

就這樣，我國跟神聖法皇國魯貝利歐斯的關係也經過修正。
當面簽訂互不侵犯條約，達成共識，默許彼此的行為。
是說某人（維爾德拉）闖的禍造成問題，但一碼歸一碼。
這是個人（維爾德拉）的問題，我堅持一貫的態度，認為那方面與我國無關。
魯米納斯不怎麼開心，不過，我發誓絕不插嘴跟那號人物有關的事，她才心不甘情不願地同意。
——沒差，只要有究極技能「暴風之王維爾德拉」，從某個角度來說維爾德拉等同不死身。就算發生什麼不測，應該也沒問題吧。

《答。沒問題。》

嗯。

這樣好像出賣朋友有點罪惡感，話雖如此，還是要讓維爾德拉大哥當活祭品，鎮住魯米納斯的怒火。

「唔喔，你要對我見死不救——？」

有人拚命叫嚷，肯定是我聽錯了。

基本上，一方面是他自作自受，我沒辦法顧那麼遠。

雖然可悲，但成熟的處世之道就該這樣。

如此這般，構築在小小的犧牲上，我們迎接和平的到來。

不曉得中間有過哪些環節才演變成那樣，總之尤姆即位的事也敲定了。

接下來就等加冕儀式舉行，一切都很順利真是太好了。

大致上就是這樣，問題一口氣解決。

從今天開始——

西方諸國正式接納我們。

ROUGH SKETCH
巴卡斯
夫利葹
蓋羅多

ROUGH SKETCH

後記

讓各位久等了，為大家送上《關於我轉生變成史萊姆這檔事》第七集。

這次的文量也稍微多了點。

「這次會寫短一點！」

「是嗎？嘴巴上這麼說，到時還是會拉長吧？」

「不會啦，這次網路版部分砍掉不少，會變短的！」

「我已經放棄了，不用勉強縮減沒關係。」

印象中曾經有過這段對話，結果是安心安定的增量。

「那個，我寫到最後，長度還是多了那麼一點點……」

「這句話，你每次都說不是嗎？我早就有心理準備了。」

那果然就是所謂的信賴關係嗎？

編輯I氏似乎早就看透了。

咦？難道一開始就看出我會增量？

不，對這種事認真就輸了。

就是這麼一回事，接下來要講解這次的內容。

一直奉陪到這集的讀者們想必都心裡有底，知道後記包含劇透的可能性很高。
話說回來，有點事到如今就是。
應該沒什麼人直接從第七集開始看，不勸大家先看本文也沒差吧。

＊

對於曾經看過網路版的讀者來說，或許會覺得這集完全是不一樣的東西。
老實說，內容完全不一樣。
「大綱一樣」逐漸變成一種虛幻說詞。
劇情發展上做了各種變動，結果跟舊劇情很難接得上——理由就出在這兒。
這時我想說好歹要轉向大綱，就進行大幅改寫。
不過最大的原因在於某角色設定大幅變更吧。
就不說是誰了，性格上沒有變，但目的跟能力卻不一樣。
受該角色煽動的人就是本集主要角色日向小姐。或許日向小姐看起來也跟網路版判若兩人。
不過，這才是原本的她。
劇情朝不同的方向跑，就變成這種感覺了。
這部分只要看兩個版本的故事對照就知道——我是這麼想的，不過，沒看網路版的人可能認為直接等書籍版更有樂趣也說不定。這方面就請大家挑自己喜歡的方式看嘍！

一開始有些人在談可疑的事，故事主軸這邊怎麼沒看到他們露臉？給心裡出現這種疑問的人，那是有原因的。

絕對不是作者忘記，敬請期待下集！

不過故事發展到這裡，我想各位大致上都有概念了。

這個作者什麼都沒在想吧？——並非如此，而是作者好像根本不打算把網路版直接搬過來寫了呢。的確是這樣沒錯，感覺要比照原本的故事寫下去已經變成艱難任務。不過來到這本第七集總算是回歸到原本的劇情走向……大概有。

當我撰寫這篇後記時，心裡是想說第八集應該能寫到貼近網路版的感覺啦……

這方面要看動筆那一刻的心情決定——雖說作者老愛講些五四三，但還是請大家不要拋棄我，繼續陪我走下去。

那麼，我們下集見！

漫畫發行紀念 **漫畫特別篇**

畫：川上泰樹

坂口日向，擔任聖騎士團長的美人。
Hinata Sakaguchi
她真是個美人呢～～♥
什麼啊，你喜歡那種類型喔？
就是那種冷酷目光讓人受不了呢。
希望她能用看垃圾的眼神看我罵我，
用「七彩終焉刺擊」戳戳人家。
你還沒死啊？蟑螂的生命力就是不一樣呢。
哎呀，不是蟑螂，是哥布林呢。
啊，是喔…
太好了呢，夢想要實現嘍。
咦？
只是不保證能夠生還。

Kadokawa Light Novels

轉生成蜘蛛又怎樣！ 1~2 待續

Kadokawa Fantastic Novels

作者：馬場翁　插畫：輝竜司

蟬聯「成為小說家吧」2015、2016年第1名！
女子高中生轉生成蜘蛛的求生異世界物語！

「我」已經習慣運用蜘蛛絲和魔物戰鬥。我以回到危險的地下迷宮為目標，來到「中層」——那裡卻是岩漿亂噴的灼熱大地！光是站著不動也會扣HP，我唯一的武器蜘蛛絲還被燒個精光！蜘蛛子的生存戰略第二章，即將在充滿業火的獄炎迷宮展開！

各 **NT$240/HK$75**

台灣角川